관계를 바꾸는

유쾌한
대화의 힘

관계를 바꾸는

유쾌한
대화의 힘

유재화 지음

자유로운 상상

머리말

부주의한 말 한마디가 싸움의 불씨가 되고
잔인한 말 한마디가 삶을 파괴합니다.
쓰디쓴 말 한마디가 증오의 씨를 뿌리고
무례한 말 한마디가 사랑의 불을 끕니다.
은혜같은 말 한마디가 길을 평탄케 하고
즐거운 말 한마디가 하루를 빛나게 합니다.
때에 맞는 말 한마디가 긴장을 풀어주고
사랑의 말 한마디가 축복을 줍니다.

_ 김수환 추기경 잠언

우연히 내뱉은 한마디가 비수가 되어 꽂힐 때가 있습니다.
그것은 내가 당한 일일 때도 있고 상대의 경우일 수도 있습니다.
현재를 살아가는 우리들에게 논리적이고 합리적인 언변은
사회생활의 성공을 위해 필수적인 요소입니다. 사회생활에서의 대화란, 대체로 의도와 목적을 가지고 상대방을 설득하는 말하기를 전제로 합니다. 일단 말문을 열고, 두려움 없이 생각과 의도를 피력하기 위해 필요한 것은 우선, 자신감입니다. 상대가 어떤 반응을 보일지 걱정이 많다 보니, 의외로 입을 떼는 일조차 어려워하는 사람이 적지 않습니다. 상대방과 원만한 소통을 원한다면 다음의 몇 가지를 염두에 두어 봅시다.

첫 번째, 질문을 적극적으로 활용합니다.

우리는 대화를 통해 공감에 이르고 의견일치를 이루며 하나가 되는 경험을 합니다. 그러나, 소통의 주체는 내가 아닌 상대방이 되어야 합니다. 공감과 일치라는 궁극의 목표를 향해 나아가는 대화 상황에서 상대의 의중을 꿰뚫고 나의 의견을 효과적으로 전달하기 위해, 또 말문을 열기 위해서도 질문이 유용합니다. 질문을 던지고 주체적으로 말하게 함으로써 상대방에 대한 이해가 가능합니다. 상대방에 대한 이해도가 높을수록 이어지는 대화의 내용 역시 더욱 풍부해지고 공감대를 이룰 확률 또한 높아지게 됩니다.

다음으로는, 상대와의 공통점을 찾아봅니다.

일대일 대화는 물론 다수를 상대로 한 말하기의 상황에서도 질문을 통해 상대방을 이해하며 그로부터 나와의 공감대, 공통점을 발견하게 됩니다. 상대방과의 공감 포인트를 발견하면 보다 적극적으로 대화를 이어갈 수 있습니다. 또한, 나의 말을 듣는 상대방의 표정과 태도 등의 신체 언어를 주의 깊게 살피고 대응함으로써 대화는 더욱 원만해질 것입니다.

세 번째, 간결하면서도 구체적인 문장으로 말합니다.

대화는 주고받는 말이라는 사실을 명심해야 합니다. 내가 말할 순서일지라도, 말이 길어지면 전달하고자 하는 의도의 명확성이 떨어질 가능성이 높습니다. 미사여구를 붙여 자신의 지식을 뽐내는 현혹적인 말하기가 아닌, 상대가 듣고자 하는 요점을 간결하면서도 구체적으로 표현하도록 노력합니다.

전달하려는 내용의 풍부화를 위해서는 다양한 말하기 기술도 적극적으로 활용합니다.

기술이라고 하니 어렵게 느껴진다면, 말하기의 요소를 적절히 활용하는 법이라고 하겠습니다. 다양한 감탄사, 수식어, 유머 등을 섞어 말하면 요점은 같아도 내용이 풍부해져 듣는 이에게 전달되는 느낌도 다를 것입니다.

상대가 말하는 상황에서는 그의 말에 집중해야 합니다.

그것은 곧, 경청과 공감입니다.

말하는 사람의 눈을 바라보며 그의 말이나 의견에 고개를 끄덕이거나 감탄사를 표현하는 등, 적절한 리액션을 보임으로써 '당신의 말에 귀 기울여 잘 듣고 있으며 공감한다'는 뜻을 적극적으로 표현합니다.

열심히 이야기하는데, 상대방이 딴짓을 하거나 하품을 하거나 혹은 아무런 반응도 보이지 않는다면 말할 맛이 나지 않던 경험은 누구나 있을 것입니다. 바로 그와 같습니다, 역지사지.

내 말에 귀 기울이지 않는 사람과는 대화하기 싫었던 경험을 떠올린다면, 상대방의 말에 귀 기울여야 한다는 것이 어떤 의미인지 명확해집니다.

모든 대화 상황의 근본은 상대방에 대한 배려입니다. 화자로서 자신감을 가지고 상황에 임하되, 상대를 존중하고 배려하는 자세를 갖춤으로써 나의 말하기가 풍부해질 수 있다는 사실을 기억합시다. 풍부한 리액션은 또한 말하는 이에게 더 잘 말하고자 하는 격려가 됩니다.

그러나, 지나치면 부족함만 못하다는 점을 염두에 두어야 합니다.

대화 상황에서, 의식적 무의식적으로 흔히들 저지르는 실수가 있습니다. 상대방의 말에 격하게 공감한 나머지, 그의 말이 끝나기도 전에 끼어드는 행위입니다. 그야말로 절대로 하지 말아야 할 금기 행위입니다. 적극적인 공감은 '끼어 들어 말 가로채기'가 아닌 풍부한 표정과 더불어 '아, 그렇군요!' '정말이에요?'와 같은 짧은 감탄사, 그리고 적절한 보디랭귀지로 충분합니다. 그다음, 내 차례가 되었을 때 공감하는 내용에 대해 충분히 표현하면 됩니다.

이와 같은 말하기의 다양한 요인들을 활용할 때, 대화는 이전까지와는 새로운 국면으로 관계를 바꾸는 힘을 발휘합니다. 그로써 진정한 이해와 설득의 단계로 나아갑니다. 대화는 당연히 서로 주고받기의 상황입니다. 상대방을 이해하겠다는 생각이 우선되어야 원만한 대화가 가능합니다. 상대가 내게 무조건 동조하기만을 바란다면 궁극적인 소통에 도달하지 못합니다.

궁극적인 소통과 이해, 설득의 단계에 이르기 위해 양념처럼 필요한 능력은 유머입니다.

어떠한 말하기의 상황에서도 본질적인 주제만을 늘어놓는 것은 그 내용의 경중을 떠나서 듣는 이에게 온전하고 충실하게 전달되기가 쉽지 않습니다. 말하려는 주제에 적절하고 상황에 맞는 유머와 에피소드를 잘 버무려 이야기할 수 있어야 합니다. 상황에 맞는 유머와 위트는 시간 낭비가 아니라 오히려 듣는 이의 주위를 환기하고 이해의 폭을 넓히며 주제를 효과적으로 각인시키는 효과가 있습니다. 그렇기에 엄숙하고 진지하기만 한 강의보다는 재미있고 즐거운 강의가 위력을 발휘합니다.

물론 '말이 많으면 쓸 말이 적다'는 명언도 있습니다. 유머는 지루할 만큼 진지하고 장황하게 많은 말을 늘어놓지 않고도 효과적으로 전달하기 위한 견인차가 되어 줍니다.

이제 당신은 재미있는 사람, 다시 만나 대화하고 싶은 사람이 될 수 있습니다.

앞서, 김수경 추기경의 '말 한마디의 위력'을 되새겨 보시기 바랍니다.

그중에서도 '즐거운 말 한마디가 하루를 빛나게 한다'는 구절이 의미하는 바에 주목해야 합니다.

아무리 AI가 대화의 기술조차 알려주는 시대가 되었어도, 대화 당사자인 당신 자신이 그 기술을 익히고 적극적, 능동적으로 활용할 때 비로소 성공적인 사회생활이 가능할 것입니다.

사람과 사람이 함께 살아가는 세상에서 '말하기'는 서로를 이해하고 이어주는 불가결한 행위이며 그것은 시간이 흘러도 변함없는 진리임을 깨닫습니다.

2024년 유재화 씀

* 이 책은 17년 전 저자가 집필하여 출간하였던 '재미있게 말하는 사람이 성공한다'의 리뉴얼북입니다. 내용들을 오늘의 시점에 맞게 다듬고 보충하여 완성하였음을 알려드립니다.

차례

Chapter 3   성공하는 리더들의 대화법

1
Chapter

재미있게 성공을
이야기 하라

삶의 고단함은 크기와 빛깔이 다를 뿐 누구에게
나 주어지는 것이다. 그러므로 더 이상 도망칠
곳조차 없는 막다른 골목인 것만 같은 상황을
자신만의 방식으로 관통해 나온 자가 들려주 는
유머와 해학은 듣는 이들에게 '너도 괜찮은 삶을
살고 있다' 는 희망을 줄 수 있다

유머, 상황을 바꾸는 한마디

사회생활에서 성공하고 싶다면 재미있게 말하는 능력을 갖추어야 한다. 늘 재미있는 이야기보따리를 가지고 다니며 적재적소에서 기막힌 유머를 풀어놓는 사람은 누구에게나 즐거움을 주는 사람으로 기억된다. 등장하기만 하면 무언가 재미있고 유쾌한 경험을 하게 된다는 인식을 주는 사람은 그렇지 않은 경우보다 적어도 한 박자는 유리한 위치에 섰다고 말할 수 있을 것이다.

특히 전혀 예상치 못한 순간에서도 재치와 순발력 있는 말 한마디로 상황을 반전시키는 능력은 성공적인 대화를 위하여 간과할 수 없는 요소임이 틀림없다. 예상치 못한 상황이란, 그야말로 예측불허의 순간이 아닌가. 그러니 어떤 마음의 준비도 적절한 대응화법도 준비할 수가 없기 때문이다.

그런 순간에조차 버튼을 누르면 자동으로 튀어 오르는 용수철 인형처럼 상대방의 허를 찌르는 유머와 말하기 능력을 지닌 인물로 먼저 떠오르는 사람이 있다.

영국의 61, 63대 총리를 지낸 윈스턴 처칠(1874-1965)은 세상을 떠난 지 60여 년이 흐른 현재까지도 그와 관련된 상황 반전의 일화와 명언 등이 회자되고 있다. 특히 그의 일화 가운데는 재치 있는 한마디가 당혹스럽거나 위기로 느껴지는 상황을 바꾸어 놓은 경우가 많다. 그에 관하여 다시금 몇 가지를 떠올려 보자.

1945년, 영국에서는 2차대전 직후 처음 실시한 총선에서 승리한 노동당의 대표 클레멘트 애틀리(1883~1967년)가 총리에 취임하였다. 애틀리 내각은 철도, 은행 등 영국 주요 산업의 국유화를 추진하기 시작했는데 처칠과 보수당은 이에 반대하는 입장을 취하면서 의회에서는 날마다 격론이 벌어졌다. 그렇게 대립했던 시절에도 처칠과 애틀리가 개인적인 사이는 나쁘지 않았는지 이런저런 재미있는 일화가 많다. 그 가운데 화장실에서의 일화는 특히 유명하다.

어느 날 애틀리가 화장실에서 소변을 보는 사이 처칠이 뒤이어 들어왔다. 그런데 처칠은 애틀리에게서 가장 멀리 떨어져 있는 소변기로 가서 볼일을 보는 것이 아닌가. 이를 본 애틀리가 비꼬듯 물었다.

"우리끼리 아무리 정치적 입장에 차이가 있더라도 굳이 이럴 필요까지 있습니까? 잠시도 옆에 서 있기 싫을 정도로 제가 싫으신 겁니까?"

그러자 처칠이 이렇게 응수했다고 한다.

"오, 친애하는 클레멘트, 그럴 리가요? 미안하지만 이건 개인적인 감정에서 그런 게 아니라, 큰 것만 보면 다 국유화하려고 덤비는 당신들(사회주의자) 때문이오! 내 소중한 물건이 국유화되면 큰일이잖소?"

그 말을 들은 애틀리는 폭소를 터뜨렸고, 그 때문이었는지 몰라도 그 후 노동당은 대기업의 국유화를 철회했다고 한다.

기간산업 국유화 반대를 외치는 입장에서 이와 같은 재치는 상대에게 깊은 인상과 설득력이 있었음을 짐작할 수 있다.

이렇게 재치 넘치는 처칠은, 영국 총리를 두 번이나 역임한 정치가, 군인이며 제2차 세계 대전 중에 총리가 되어 연합군을 승리로 이끈 전쟁영웅일 뿐 아니라 아마추어 수준을 뛰어넘는 수채화 화가이자 노벨문학상을 받은 문필가이기도 하지만 한편으로는 일상적으로는 무척 덜렁대는 면이 있었다고 한다.

그래서인지 길을 가다가도 자주 넘어지곤 했다는데, 한번은 의회에서 연설을 하기 위해 연단에 오르다가 요란한 소리와 함께 넘어져 크게 엉덩방아를 찧는 망신스러운 상황이 벌어졌다. 뜻밖의 상황을 목격한 여야 의원들과 관중들은 박장대소를 터뜨렸다.

한껏 무게를 잡고 수많은 사람들 앞에서 멋지게 일장 연설을 하려던 입장에서, 순간적인 부주의로 인해 벌어진 참사의 당사자가 된다면 얼마나 당황스러울 것인가. 누구라도 재빨리 수습하고 다시 침착하게 연설자로서의 기품을 회복하기란 말처럼 쉽지 않을 것이다.

그러나 그처럼 대책 없는 상황에서도 처칠은 청중들을 쳐다보며 함께 껄껄 웃으며 이렇게 말했다.

"하하, 여러분들이 이렇게나 좋아하시니, 한 번 더 넘어지겠습니다."

몹시 난처한 국면에서도 허둥대지 않고 덩달아 웃어넘기는 이와 같은 여유는 어디서 나오는 것일까.

자신에게 불리한 상황을 극복하는 방법에는 여러 가지가 있을 수 있다.

서둘러 수습하기 위해 아무렇지 않은 척 정색하며 오히려 자신의 상황을 지켜본 이들에게 공격적인 태도를 보일 수도 있다.

'사람이 실수를 할 수도 있지, 뭘 그렇게 고소하다는 듯이 웃어대느냐?' 하며 화를 내는 경우도 있을 것이다. 반면, 처칠처럼 오히려 자신의 실수를 지켜본 관객들의 입장을 이해하고 함께 너털웃음을 터뜨리며 유머러스한 한마디로 위기를 넘기는 경우도 있다.

이와 같은 순간적인 위기 극복의 동력인 유머는 즐거움, 웃음, 미소 등을 유발하는 자극 자체를 의미하며, 즐거움이나 웃음을 유발하는 자극을 적극적으로 사용하거나 창출해 내는 능력을 의미하기도 한다. 그러니 자신과 타인을 웃게 하는 능력으로써의 유머는 언어뿐 아니라 시각적·신체적인 비언어적 형식의 의사소통 수단으로도 효과적으로 활용될 수 있다.

처칠의 유머는 그 자신은 물론 듣는 이들 모두에게 동정과 관용을 전제로 하여 복잡하고 힘든 상황에서조차 함께 웃어버림으로써 극복하려는 노력이다.

그런 의미에서 '유머'는 공격성을 전제로 하는 '풍자'와는 웃음의 성격이 분명히 다르다.

즉, 특정 현상을 희화화하여 새로운 인식, 즉 '반전'에 이르게 하는 무조건적인 웃음이며 상황을 반전시킨다는 의미에서 정말 힘들고 '이게 끝이다.' 싶은 위기의 상황을 뒤집을 필요가 있을 때 필요한 한 방, 그것이 바로 유머가 아닌가.

수백 개의 눈이 지켜보는 가운데 우당탕 넘어진 뒤에도 껄껄 웃으며 털고 일어나 자신의 실수를 솔직하게 인정하며 내던진 처칠의 한마디는 대중들의 마음을 완전히 무장 해제시켰다. 그로써 상황은 처칠의 편으로 반전되었음에 틀림없다.

70여 년 전 위기에 직면할 때마다 빛나는 유머로 재미있게 상황을 반전시켰던 처칠 경이 있었듯, 오늘날에도 수많은 명강사가 대중들 앞에 나타났다 사라지곤 한다. 최근 재미있는 입담으로 세간의 주목을 받는 이들 중에는 '소통'이라는 주제로 강의를 하는 김모 교수도 있다. 청중들은 그의 이야기에 '무척 재미있어서 시간 가는 줄 모르고 듣게 될 뿐 아니라, 울고 웃으며 이야기를 듣고 나면 진한 위로가 남는다'는 소감을 전한다. 어느새 그의 이름 뒤에는 '스타 강사', '소통의 달인', '강사들의 롤모델', '힐링 퍼포먼스의 일인자' 등 수많은 수식어가 따라붙기 시작했다. 특히 그는 자신의 가족 이야기를 주저 없이 강연의 소재로 삼는다. 이야기의 소재는 청각장애를 가진 아버지와 글을 읽지 못하는 어머니와 넉넉하지 않았던 어린 시절의 기억에서 건져 올린다.

솔직하게 스스로 먼저 가진 것을 몽땅 내보이는 그의 지나간 삶은 실패와 좌절, 열등감, 불통의 경험들로 가득하다. 그러나 그는 주저 없이 수많은 상처들을 꺼내어 웃음의 소재로 삼으며 상처가 아물어가는 과정에서 얻게 된 자신만의 소중한 깨달음에 대해 전하며 공감을 얻는다. 힘들고 좌절하던 순간을 살아나온 뒤, 돌아보니 그토록 힘겨운 상황 속에서도 자신이 얻은 것이 적지 않았음을 알아차린 사람만이 피력할 수 있는 진솔함이 있기 때문일 것이다.

삶의 고단함은 크기와 빛깔이 다를 뿐 누구에게나 주어지는 것이다. 그러므로 더 이상 도망칠 곳조차 없는 막다른 골목인 것만 같은 상황을 자신만의 방식으로 관통해 나온 자가 들려주는 유머와 해학은 듣는 이들에게 '너도 괜찮은 삶을 살고 있다'는 희망을 줄 수 있다. 아무리 힘들어도 더 나은 삶을 향해가고 있으며 포기하지만 않는다면 반드시 삶을 반전시킬 수 있다는 용기와 희망을 주는 것이다.

그의 강연이 사람들의 마음에 가닿은 이유는 무엇인가. 훈장님처럼, '그 시절엔 누구나 그렇게 살았다. 참고 견디면 나아질 테니 징징대지 말고 견뎌라!'고 일장 설교를 늘어놓는 게 아니다. 그 자신만의 통찰력은 힘들고 지치는 상황을 이야기할 때도 위트 넘치는 언변으로 표출되기 때문이다.

누군가에게 나의 의도를 충분히 전하기 위해서는 그들이 나에게 귀 기울이게 해야 한다. 사람들이 모인 자리에서 즐겁고 유쾌하게 분위기를 이끄는 사람들은 이야기의 재미를 위해 유머와 재치뿐 아니라 어느 정도 과장과 허풍을 더하기도 한다.

영국의 유명한 시인 에머슨은 "진정한 성공은 얼마나 많이 자주 웃느냐로 알 수 있다"라고 했다. 나 자신이 잘 웃는 것도 중요하지만 다른 사람을 즐겁게 하는 것도 중요하다는 사실도 짐작할 수 있다. 그러기 위해 필요한 것이 바로 '유머'이다. 각종 행사 진행에 관록이 붙은 진행자는 겉보기에도 화려한 차림으로 우선 시선을 모을 뿐 아니라 오랜 경험과 삶이 녹아든 우스갯소리로 사람들을 끌어당긴다. 다만, 아무리 재미있는 이야기일지라도 상대방에 대한 배려와 존중이 결여되면 천박한 잡담으로 격하될 수 있다는 점을 기억하자. 나는 그저 웃자고 한 이야기인데 이야기를 듣는 입장에서는 마음에 상처를 입거나 혹은 불쾌감을 느낀다면 그 유머는 빛을 잃을 수도 있다. 적절하고 상황에 맞는 촌철살인의 유머는 어색하고 낯선 순간에도 위력을 떨칠 것이다. 그리고 그 상황을 얼마나 잘 읽고 이해하느냐는 당신의 판단에 달렸다.

대화의 상황을 즐겨라

어떤 상황에서도 그러한 순간을 느긋하고 웃어넘기는 여유를 보이는 처칠의 일화가 역사적으로 가장 많은 유머 사례로 꼽히는 이유는 무엇일까. 그야말로 뼛속까지 유머와 재치가 충만했기 때문이 아닐까 생각된다.

처칠이 정계에서 은퇴한 후 자연인으로 살아가던 어느 날, 80세가 넘어 한 파티에 초대받았다. 그런데, 화장실에 다녀온 처칠은 자신의 바지 앞부분 지퍼가 열린 것을 모르고 있었다. 그것을 본 한 여인이 처칠에게 다가왔다. 그녀 역시 젊은 시절 처칠의 유머 감각을 잘 알기에 일부러 짓궂은 질문을 던지며 어떻게 나오는지 지켜보기로 했다.

"어머~! 총리님… 앞 지퍼가 활짝 열렸어요!"

뜻밖의 상황에 근처에 있던 사람들의 시선이 일제히 시선이 처칠에게로 쏠렸다. 그러나 처칠은 싱긋 웃으며 이렇게 대답했다.

"아무 걱정하지 마세요, 부인! 이미 '죽은 새'는 새장 문이 열렸다고 해도 밖으로 나올 수 없으니까요!"

관계를 바꾸는 유쾌한 대화의 힘 ~~~~

생각해 보면 얼마나 난처한가. 남자들의 바지 앞 지퍼가 열린 것을 보았다고 해도 특히 여자로서는 선뜻 그것을 알려 주기란 쉽지 않기도 하지만, 굳이 알려 주었다 한들 당사자로서는 몹시 당황하게 마련이다. 그럼에도 처칠은 당황하기는커녕, 자신의 나이에 빗대어 자신을 소재로 웃어넘기는 여유를 보인 것이다.

그가 90세 무렵 어느 날 진행했던 인터뷰를 끝내던 순간에도 이런 유머를 던졌다고 한다.

인터뷰를 마무리하며 기자가 인사말을 건넸다.

"총리님, 내년에도 건강하게 다시 뵈었으면 좋겠습니다!"

그러자 처칠은 기자의 얼굴을 한번 훑어보더니 이렇게 대꾸했다.

"우리가 내년에도 못 만날 이유가 뭐가 있겠나? 내가 보기에… 자네는 아주 건강해 보이네! 내년까지는 충분히 살 것 같으니 아무 걱정하지 말게나!!"

기자는 연로한 처칠의 건강을 걱정하는 덕담을 던진 것이지만, 그 의도를 뻔히 알면서도 처칠은 그것을 상대방에 대한 염려로 돌려주는 유머를 발휘한 것이다.

이렇게 적절한 상황에 빛을 발하는 유머는 그저 그렇게 넘길 수도 있는 순간에서조차 또 한 번 강렬한 인상을 남기는 힘이 되기도 한다. 처칠이 교과서를 뒤지고 외워서 학습한 것이 아닐 것이다. 그것은 그 자신의 자연스러운 삶 속에서 모든 상황을 대하는 마음의 여유와 통찰력의 깊은 내공으로부터 생겨나고 축적되어 온 것이다.

이와 같은 에피소드에서 얻을 수 있는 팁은 무엇인가.

바로, 화자와 청자 사이의 '적당한 긴장감'이다. 그것은 경직된 스트레스 상황과는 다른 의미의 긴장감이다. 어느 순간이든 주어진 대화의 상황을 즐기려는 여유, 상대가 어떤 말을 하든 가볍게 유쾌하게 톡-쳐 넘겨주겠다는 즐거운 기대감 충만한 마음의 준비상태 아니겠는가. 이처럼 지나치지 않은 적당한 긴장은 외줄을 타는 듯 대화 상황에서 상대방에게 강한 인상을 남기게 마련이다.

이러한 마음의 준비는 대화 상황에서 언제나 순간을 즐기려는 자세를 갖추게 한다. 그러면 어떤 대화이든, 수많은 청중을 앞에 두고 이야기를 해야 하는 상황이든 능동적이고 여유 있게 풀어나갈 수 있다.

그럼에도 말하기 상황을 두려워하는 이들은 적지 않은 것도 사실이다. 그 순간을 즐기려는 담대함을 가져야 한다는 생각은 하면서도 말하기 상황이 현실이 되면 당황하는 사람들이 적지 않은 것이다. 이런 질문을 한번 던져보겠다.

"당신은 세상에서 가장 두려운 것이 무엇입니까?"

이러한 질문을 받는다면 뭐라고 대답할 것인가?
죽음? 혹은 고통스러운 질병? 누군가에게 버림받는 것⋯?

관계를 바꾸는 유쾌한 대화의 힘 ~~~~~

실제로 1974년 미국의 한 대학에서는 '사람들이 세상에서 가장 두려워하는 것'에 대해 연구한 적이 있다. 그 연구 보고서는 의외의 결과를 보여주었다. 흔히 가장 두려움이 클 것 같은 죽음이나 질병은 5위에 머무른 반면, 금전 문제와 고소 공포가 각각 3위와 2위를 차지했다.

그리고 놀랍게도 세상 사람들이 가장 두려워하는 것은 바로, '남들 앞에 서는 것'이었다!

어떻게 죽음보다도, 높은 곳에서 느끼는 공포감보다도 남들 앞에 서는 일이 가장 두려운 일로 꼽힌 것일까? 사실 누구를 막론하고 사람들 앞에 나서서 시선을 받게 되면 대체로 얼굴이 붉어지거나 심장박동이 마구 뛰는 증상을 느끼게 된다. 그것은 모두의 시선을 홀로 받아야 한다는 부담감은 물론 자칫 실수할지도 모른다는 걱정에서 비롯된 극도의 긴장감이 초래하는 공포심 때문이리라.

더욱이 그 정도가 지나치면 정상적인 생활이 어려울 정도가 되어 사회적 기능 장애로까지 이어지기도 한다. 이렇듯 개인에 따라 정도는 다르지만 쉽지 않은 일임이 틀림없는, 남들 앞에 말을 해야 하는 경우는 어느 때인가? 그것은 낯모르는 사람을 상대로 대화해야 하거나 업무 내용을 브리핑하거나, 또는 더 많은 사람들 앞에서 연설이나 강의를 하는 것 등이다.

예전에는 강의나 연설을 하는 사람의 선택 기준으로 강의 내용이나 경력 따위를 중요시했지만, 이제는 얼마나 말을 재미있게 하느냐, 긴 시간 동안 지루하지 않게 좌중을 사로잡을 수 있느냐가 더욱 중요한 판단기준이다. 그것은 누구에게나 웃음을 주는 사람, 같은 말이라도 이왕이면 재미있게 하는 사람, 업무 처리도 즐겁고 유쾌하게 해내는 사람이 주목받는 시대가 되었다는 의미이다.

그래서 너도나도 말을 재미있게 하는 법을 배우려 애쓰고, 유머와 위트를 갖추려 노력하기 시작한 것이다. 하지만 그런 도전이나 노력도 누군가에게는 무척 어려운 일이 되기도 하는데, 남들 앞에만 서면 지나치게 긴장하는 사람들이 그들이다.

그들은 평소에는 말을 잘하다가도 남들 앞에 나서서 뭔가 이야기를 해야 한다고 생각하는 순간 입이 붙어버리고 손과 등줄기에 땀이 배기 시작한다. 그리고 그러한 변화를 스스로 깨달을수록 눈앞은 더욱 아득해지는 것이다. 간신히 어디를 헤매는지 모르게 겨우 더듬거리다 내려와서는 말한다.

"왜 이렇게 떨리는지. 다들 말을 잘하는데 나만 사시나무처럼 떠는 것 같아…"

과연 그럴까? 유창하고 화려한 말솜씨, 적당한 순간마다 튀어나오는 유머와 재치로 무장한 인기 강사들은 전혀 떨지 않고 여유를 즐기며 좌중의 속마음을 꿰뚫어가며 이야기하는 걸까? 꼭 그렇지는 않을 것이다. 사람은 누구나 낯선 것에 대한 막연한 두려움을 가지고 있다. 따라서 낯선 사람들이 한둘도 아닌 수십 명 또는 수백 명씩 모여 앉아 '얼마나 재미있게 잘하는지 보자'며 눈

　　　　　　　　관계를 바꾸는 유쾌한 대화의 힘　～～～

을 빛내고 있는 순간을 마주하면 아무리 유능한 강사라도 일말의 긴장과 떨림을 경험하게 될 것이다. 그것은 인간이기 때문에 너무나 당연한 일이다.

"천만에, 나는 처음 보는 사람이라도 두렵지 않아! 아무리 많은 사람 앞이라도 떨리는 법이 없어!"라고 자신 있게 말할 사람이 과연 얼마나 될까? 아니, 있기나 할까?

그러니 간단하고 쉽게 생각하자. 대화의 상황이든 많은 사람들 앞에 나서서 말을 해야 할 때든 누구나 얼마간의 스트레스는 받게 마련이다. 꼭 나만 그런 것이 아니라는 것을 기억하고 과감하게 현실에 직면하도록 하라. 그리고 처칠처럼, 그 상황을 오히려 내가 주도적으로 이끌어가는 것이다. 그러기 위해서는 자기 암시가 필요하다.

가장 먼저, 이 순간 매우 중요한 역할을 하기 위해 나섰으므로 '나는 매우 중요한 존재'라고 스스로에게 일러준다. 만약 도살장에 끌려가는 소의 심정으로 나온 것이 아니라면 말이다.

다음으로는 상대방은 나로부터 듣고 싶어 하는 이야기가 있다는 점을 기억한다. 그리고 그것을 충족시켜 줄 수 있다고 의식적·무의식적으로 자신감을 불어넣는다.

그리고 이 순간 이 자리의 주인은 나이며, 대화상대이든 다수의 청중이든 그들의 관심을 끌어내고 내 편으로 이끄는 것은 그 누구도 아닌 바로 나 자신이라는 점을 자신에게 인식시킨다. '할 수 있다'는 자기 암시는 부지불식간에 용기와 자신감을 충전시킬 것이다.

　사람의 행동은 어떤 생각을 하느냐에 따라 달라진다는 사실을 잘 알 것이다. 스스로 그 상황의 주인이며 나만이 그 일을 할 수 있는 중요한 존재임을 인식한다면 긴장할 필요도 두려움을 가질 필요도 없다. 내 말 한마디, 손짓 하나에 그들이 울고 웃을 것이기 때문이다. 그리고 무엇보다 중요한 것은 그런 상황을 '즐기는 것'이다. 상황을 주도하는 것도 결국은 '그 상황을 즐기는 것'이기 때문이다.

마음을 비우고 유머를 채워라

　　직장생활을 하다 보면 미운 사람이 전혀 없을 수는 없다. 상사라는 지위를 앞세워 어느 때건 우선순위를 받으려 하는 것도 밉게 보자면 밉다. 일단 상대가 미워 보이기 시작하면 그 뒤로는 어떤 말도 곱게 나오지 않는다. 그럴수록 서로 관계만 험악해질 뿐이니 차라리 생각을 바꿔보는 것은 어떤가. 상대의 싫은 점만 보며 불평하기보다 마음을 비우고 재치 있는 유머를 던져 웃음을 나눔으로써 모든 불만을 날려버리는 것이다.

　　상사와 부하직원이 함께 거래처에 다녀오는 길, 승용차에 문제가 생기는 바람에 차는 정비소에 보내고 전철을 타게 되었다. 마침 두 사람 앉았던 자리가 동시에 났다. 순간, 팀장이 재빨리 앉으며 형식적으로 말했다.

　　"혼자만 앉아서 미안하네, 껄껄…"

　　팀장은 100킬로그램이 넘는 거구로 두 사람이 앉을 만한 자리를 혼자 차지해 버렸다. 부하직원도 사람인지라 이왕이면 앉아서 가고 싶은 마음 간절했지만' 내색하지 않고 대답했다.

"괜찮습니다. 대신 팀장님이 내리면 다른 승객 두 명이 앉을 수 있을 테니 다행이죠."

즐겁고 원만한 사회생활을 위해 갖추어야 할 능력이 재치 있는 말재주라고 한다.

그러나 마음만 먹는다고 재미있는 사람이 되는 것도 아니다. 재미있게 말하기 위해서는 준비와 노력이 필요하다.

주위에 '말 좀 한다'는 사람들의 공통점을 살펴본 적이 있는가. 대체로 그들은 어떤 다급한 상황에서도 서두르거나 당황하는 기색이 없다. 마음이 느긋하고, 침착하다. 여유롭다는 것은 달리 생각하면 마음에 '여백'이 많다는 뜻이기도 하다.

다급하고 힘겨운 상황에서도 감정에 휘둘리지 않으려면 마음에 여유가 있어야 한다. 그러자면, 우선 마음을 비워야 한다. 욕심과 집착, 분노와 욕망 따위가 가득한 사람은 공존하는 세상과 다른 사람에 대한 관심이나 여유가 부족할 수밖에 없다. 그러니 항상, 자신의 문제에 골몰하느라 타인을 배려하려는 생각도 하기 어렵다. 그러므로 결코 재미있는 사람, 어떤 위기 상황에서도 한 박자 쉬어가듯 주위 사람을 웃게 만드는 처칠 같은 사람이 될 수 없다.

마음을 비우면 욕망에 흔들리지 않으므로 얼굴에 늘 웃음이 가득하고 상황에서도 여유롭게 대처하며 언제나 주위 사람들을 웃게 한다.

관계를 바꾸는 유쾌한 대화의 힘 〰〰

최종 발주 서류에 사인 한번 잘못했다가 회사에 큰 손해를 입히게 된 직원이 있다. 이 사실을 알게 된 대표는 그 직원을 호출하여 책임을 물었다. 직원은 무거운 책임을 느끼며 머리 위로 떨어질 해고 통보를 기다리는 신세가 되었다. 그때, 대표가 한숨을 쉬며 이렇게 말했다.

"자네가 우리 회사에 끼친 손해만큼, 앞으로 20년간 월급에서 일정 금액을 공제할 테니 그리 알게!"

대표의 처분에 그는 한숨을 쉬며 방을 나섰다. 그리고 아내에게 전화를 걸어 조심스레 말했다.

"여보, 나 앞으로 20년 동안은 강퇴(강제 퇴직) 걱정 안 해도 되겠어!"

중대한 거래처와의 계약에서 엄청난 손해를 끼쳤으니 당장 해고를 당해도 할 말이 없을 지경인데 해고 대신 20년간 감봉 처분이 내려졌다. 심각한 불경기에 청년들도 취업이 어려운 시절을 살아가는 40대 직원으로서는 차라리 다행스럽다. 월급이 깎인다니 가정경제에 부담이 가중될 테니 우울해야 마땅하지만, 당장은 조기 퇴직에 대한 우려가 없어졌다는 점에서 상황의 부정적인 면보다는 긍정적인 측면을 중시한 것이다. 이러한 여유는 마음을 비운 자만이 가질 수 있는 기쁨이다.

무수한 번뇌와 욕망, 탐욕의 조바심을 비운 다음에는 유머를 준비하는 것, 고요하게 비워진 마음속에 유머를 채워야 한다. 유머는 마음에 여백이 있는 자들만이 담을 수 있는 것인지도 모른다. 다급하거나 불리한 순간에도 여유 있게 상황을 바라보면 그에 걸맞은 유머가 떠오른다.

우리가 아는 유쾌한 그들처럼, 대화 상황에 어울리는 유머를 활용할 수 있으려면 어떻게 해야 할까. 유머는 크게 즉흥적인 것과 준비된 것으로 나눌 수 있다. '즉흥적 유머'란 말 그대로 순간순간의 상황에 따라 튀어나오는 것이다. 그것은 재치와 순발력에 의해 좌우된다. '준비된 유머'는 평소에 재미있는 이야기나 소재를 발견할 때마다 기억해 두었다가 적절한 순간에 활용하는 것이다.

제대로 알고 사용하려면 자신의 유형을 파악하는 과정이 필요하다.

유쾌한 사람으로 인정받으려면 '끊임없이 비우고, 채우는 노력'이 필요하다.

아무리 열심히 준비한 유머라도 적절한 곳에서 써먹지 못하면 그것은 죽은 유머나 다름없다. 따라서 어린아이가 처음 말을 배울 때처럼 연습이 필요하다. 가족이나 친구들을 비롯한 가까운 사람들에게 준비한 이야깃거리를 풀어놓고 그들의 반응을 살피다 보면 자신에게 부족한 점을 보완할 수 있을 것이다. 점차 유머가 익숙해지면 실제 상황에서도 재빨리 적합한 유머를 떠올려 내어 활용할 수 있다.

어느 정수기 판매유통 전문회사 마케팅 회의에서의 일이다. 수많은 유명 브랜드의 정수기가 이미 포화상태를 이룬 시장 상황에 이제 갓 생겨난 제품의 브랜드를 알리고 판매하는 일은 쉽지 않은 상황이었다.

한 간부가 그 역시 윗사람에게 한 소리 듣고 나온 다음 몹시 언짢은 기분으로 팀원들을 소집해 놓고 저조한 실적에 대해 잔소리를 늘어놓으며 닦달했다.

"입 아프게 말해봐야 '쇠귀에 경 읽기'이니… 더 이상의 변명은 필요 없습니다. 지금까지의 실적이 여러분의 능력을 말해준다고 생각합니다. 꼭 여러분이 아니더라도 일할 사람은 널려 있습니다. 당장이라도 기회만 준다면 일하겠다는 사람이 줄을 섰어요!"

그는 자신의 말을 확인하려는 듯 축구선수 출신의 한 마케팅 사원에게 물었다.

"김 대리, 축구에서는 성적이 좋지 않을 때 어떻게 하죠? 선수를 교체하죠? 아예 싹 다 갈아치울 수도 있습니다!"

순간, 회의실 분위기가 싸늘해졌다.

그러나 잠시 후, 그가 대답했다.

"팀 전체에 문제가 있을 때는 보통 감독이나 코치를 갈아 치우죠…"

일부러 웃기려고 준비했다기보다는 축구선수 출신이므로 자연스럽게 나온 대답이다. 그런데 그의 한마디는 순식간에 분위기를 반전시켰다. 준비되었든 아니든 유머는 이처럼 뜻밖의 상황에서 허를 찌르는 재미가 있다.

대인관계에서 유머 있는 사람으로 인정받고 싶은가. 그러면 먼저 마음을 비우고 그동안 무심히 들으며 웃어넘겼던 이야기들, 당신에게 짧은 순간이나마 카타르시스를 선물했던 유쾌한 유머를 마음속에, 머릿속에 가득 채워라. 그러면 이미 절반은 성공하는 셈이다.

그리고 누군가와 얼굴을 마주할 때, 마음을 열고 슬그머니 유쾌한 유머를 날려라. 세상이 당신의 한마디에 어깨를 들썩일 것이다. 웃음은 따뜻하고 인간적이다. 사람과 사람 사이를 부드럽게 이어준다. 그리고 관계를 긍정적으로 변화시킬 것이다.

카리스마 있는 유머의 생활화

유머는 상대방을 즐겁게 하기 위해서만 필요한 것일까?

물론 좋은 유머는 듣는 이에게 순간의 즐거움과 오랜 여운을 남긴다. 그러나 여기서 그치지 않고 유머를 말하는 사람에게도 상대방을 유쾌하게 한 것에 대한 만족감과 함께 스스로를 격려하는 힘이 된다. 일단 사람들을 웃게 만들면, 사람들은 당신의 이야기에 귀를 기울이게 된다. 그러면 그들에게 무슨 얘기든 할 수 있게 되는 것이다.

유머 감각이 있다는 것은 마음에 여유가 있다는 뜻이다.

마음에 여유가 있다는 것은 정신적으로 피폐하거나 정서가 메말라 있지 않으므로 주위 현상에 대한 통찰력이 살아 있다는 의미도 된다. 마음의 여유를 찾고 싶다면 각박한 현실에서 한 걸음쯤 물러나 관망하려는 노력도 필요하다. 유머는 다급하고 곤란한 순간에 자신의 문제를 스스로 극복할 힘과 여유를 되찾아주기도 하기 때문이다.

미국의 가장 위대한 지도자로 손꼽히며 존경받는 제16대 대통령으로서, 현재까지도 수많은 이들에 의해 인용되고 회자되는 유창한 연설과, 미연방에 대한 헌신적인 노력은 물론 탁월한 지도력을 바탕으로 한 책임감과 희생정신 등을 기리는 인물로 에이브러험 링컨(1809~1865)도 있다.

우리에게 잘 알려진 링컨 대통령에 대해 이야기할 때는, 노예해방을 선언하던 그 유명한 연설 외에도 평상시 유머 감각 뛰어난 이야기꾼으로서의 면모도 빼놓을 수 없다. 그러한 유머 감각은 아버지에게서 물려받았다고 한다. 특히 그는 자기 자신을 유머의 소재로 삼음으로써 더욱 큰 공감을 얻었다.

대통령 링컨이 어느 일요일, 백악관에서 자신의 구두를 열심히 닦고 있었다.

때마침 링컨을 방문한 친구가 깜짝 놀라며 이렇게 물었다.

"아니, 미합중국의 대통령이라는 사람이 자신의 구두를 직접 닦다니 이래도 되는 건가?"

그러자 링컨이 더욱 깜짝 놀라면서 이렇게 되받았다.

"그게 무슨 소린가? 그러면, 미합중국의 대통령이 거리에 나가서 남의 구두를 닦아야 한단 말인가?"

이와 같은 링컨의 유머 감각은 스스로를 웃음거리로 만드는 여유와 함께 정치적인 반대 세력까지도 웃게 만들곤 했다. 유머가 정치지도자에게 있어, 또 하나의 통치 능력이 된다는 사실을 알 수 있다. 그들은 느닷없는 정적의 공격까지도 당황하지 않

관계를 바꾸는 유쾌한 대화의 힘 〰〰〰

고 천연덕스러운 유머로 재치 있게 받아 쳐냄으로써 상황을 반전시키곤 했다. 웃음으로써 위기를 부드럽게 넘기는 지도자들의 유머는 국민들과 소통하는 다리가 되기도 한다. 그만큼 반짝이는 유머의 힘은 정치지도자들에게는 필요불가결한 요소라는 사실은 오늘날에도 변함이 없다.

링컨이 미국 상원의원 후보 자리를 두고 스티븐 더글러스와 대결할 때의 일화이다.

정적인 더글러스는 링컨에게 '두 얼굴을 가진 이중인격자'라며 인신공격을 해댔다. 그러자 링컨은 그 공격에 대해 침착하게 되물었다.

"여러분께 판단을 맡기겠습니다. 만일, 제게 또 다른 얼굴이 있다면 이토록 중요한 자리에 하필 이 얼굴을 들고 나왔을까요?"

세상 사람들이 '링컨의 얼굴은 못생겼다'고 평가한다는 것을 링컨 스스로가 잘 알고 있었기에, 때에 따라서는 자신의 약점일 수도 있는 얼굴을 운운하며 트집 잡는 상대를 향해 적극적으로 응수한 것이다. 자신만만하고 태연한 그의 항변에 청중들은 폭소를 터뜨렸고, 상대방은 혀를 내둘렀다.

그 외에도 더글러스는 링컨의 또 다른 약점도 시빗거리로 삼았는데, '링컨이 자신의 가게에서 불법적으로 술을 팔았다'고 어느 날 폭로했다.

"이렇게 법을 어긴 사람이 상원의원이 된다면 이 나라의 법

질서가 어떻게 되겠습니까?"

더글러스의 폭로에 청중들은 술렁거렸다. 그러자 링컨은 이번에도 코웃음을 치며 이렇게 대응했다.

"맞습니다, 존경하는 유권자 여러분, 방금 더글러스 후보의 말은 사실입니다. 그 당시 더글러스 후보는 내 가게에서 술을 가장 많이 구한 최고의 고객이었습니다. 게다가 더 분명한 사실은 나는 이미 오래전에 그 일을 그만두었지만, 더글러스는 여전히 그 상점의 충실한 고객으로 남아있다는 점입니다!"

결과는 어떻게 되었을까?

상대방을 음해하려던 더글러스 후보의 폭로는 링컨이 재치 있게 받아친 한마디로 인해, 오히려 제 발등을 찍는 꼴이 되어 버렸음은 물론이다.

이와 같이 자신에게 불리한 상황조차 반전시킬 수 있는 유머는 모임의 분위기와 성격에 맞을 때 더 빛을 발하고 즐거움을 줄 수 있다. 반면 분위기에 맞지 않거나 상대방을 지나치게 비하하는 농담이나 유머는 분위기를 깰 뿐 아니라 듣는 사람을 불쾌하게 만든다. 그러므로 자연스러운 유머를 위해서는 공부가 필요하다. 다양하고 풍부한 경험과 지식이 바탕이 되어야 상황에 맞고 상대방도 배려하는 깊이 있는 유머를 구사할 수 있다.

그렇다면 삶의 활력이 됨은 물론 힘든 순간을 이겨내는 촉매제가 되기도 하는 유머를 제대로 활용하려면 어떤 노력이 필요할까?

링컨이나 처칠처럼 체질적으로 유머가 풍부한 사람에게는 그리 어려운 문제가 아닐 것이다. 그러나 그렇지 않은 대부분의 사람에게 유머를 갖추는 일은 어려운 과제가 될 수도 있다. 그럼에도 유머 역시 노력으로 어느 정도 겸비할 수 있는 능력임이 틀림없다.

명강사라고 하는 이들 역시 단순히 그들의 지식과 경험담만으로 우리를 울고 웃게 하는 것은 아니다. 그들도 강연의 어느 지점에서 어떤 유머를 섞으면 청중들에게 더 잘 쉽게 요지를 전달하고 선명하게 각인시킬 수 있을까 고민하며 끊임없이 노력한다. 그런 노력들에는 다음과 같은 몇 가지가 포함되어야 한다.

첫째, 끝없는 공부가 필요하다.

상대방을 웃게 하려면 배경지식이 있어야 한다. 단순히 어디서 주워들은 한두 가지만 가지고는 오래 버티지 못하기 때문이다. 그러므로 누군가에게 즐거움을 주려면 아는 것이 많아야 한다. 즉, 여러 면에서 박식해야 한다는 뜻이다.

배경지식은 남을 웃기기 위해서뿐 아니라 다른 사람의 유머를 재빠르게 이해하고 핵심을 잡아내는 데 필요한 덕목이다. 자기들끼리는 배꼽을 잡고 웃는 외국인들의 유머는 우리말로 해석해서 들으면 쉽게 이해가 안 될 때가 있다. 이것은 그들 유머에 대한 배경지식이 없기 때문이다. 공부라고 해서 무조건 인터넷이나 책을 파고들라는 말이 아니다. 간단하게는 매일 매일의 뉴스와 최신 정보 따위에 귀를 열어두는 것부터 시작하면 된다.

둘째, 연습이 필요하다.

텔레비전 및 유튜브에 일주일에 한두 번 나오는 개그맨들은 그 몇 분을 위해 일주일 내내 연습에 연습을 거듭한다. 하물며 아마추어인 당신이라면 더욱더 많은 연습이 필요하지 않을까. 재미있는 이야깃거리를 찾아내어 시도했는데 막상 사람들을 별로 웃기지 못했다 해도 실망하지 마라. 아이디어의 발굴과 함께 유머를 재미있게 터뜨리는 것도 꾸준히 연습해야 한다. 거울 보고 표정 연습을 하는 것도 도움이 된다. 누구나 꾸준히 노력하면 성과가 따르게 마련이다.

셋째, 기회를 놓치지 마라.

내가 아무리 많은 유머를 준비했어도 혼자 떠들 수는 없다. 상대방이 이야기할 때는 경청해 주는 배려와 예의가 필요하다. 박수 쳐주거나 충분한 리액션으로 그의 기분을 북돋워 주는 센스도 함께.

그 뒤에 내가 이야기할 차례가 되었을 때 기회를 놓치지 않는다. 상황에 맞게 자신을 적절히 낮춤으로써 상대방의 관심을 끌어내고 자신의 의견을 약간 과장되게 표현하는 것도 요령이다.

넷째, 눈 딱 감고 오버하라.

상대방의 주의를 끌고 눈길을 끌어 나에게 몰입시키려면 어느 정도의 '오버'는 필수적이다. 같은 이야기라도 목소리의 높낮이에 변화를 주고 몸짓이나 손짓, 표정 등을 크게 하면 더욱 관심을 끌게 마련이다. 개그맨들은 같은 내용이라도 온몸으로 이야기하기 때문에 한 편의 만화영화를 보는 듯이 느껴지기도 한다. 반면에 자신 없고 변화 없는 몸짓이나 밋밋한 목소리는 듣는 사람을 기운 빠지게 하고 지루함을 준다. 그러니 눈 딱 감고 약간의 오버에 익숙해져야 한다. 기회가 왔을 때 자신 있게 오버하며 유쾌한 유머를 구사하라.

진정한 유머는 사람들에게 즐거움을 준다. 웃으며 그 속에 숨은 뜻을 되새길 때 여운이 오래 남는 것이다. 이러한 유머는 자신이 하고자 하는 말을 함축적이고 비유적으로 표현할 때 제대로 맛이 살아난다. 비유와 함축이 제대로 이루어지면 유머는 품위를 갖게 되는 것이다.

유머가 품위를 잃으면 음담패설이나 저속한 잡담이 되어버린다.

스스로를 지나치게 비하하거나 사람들의 약점을 웃음거리로 이용하거나 남녀의 특정 신체 부위를 암시하는 외설적인 표현을 사용하여 웃음을 자아내려는 시도가 그것이다. 이런 식의 저급한 유머는 듣는 사람을 수치스럽게 하거나 혐오감을 줄 수도 있으므로 주의해야 한다.

자신의 약점을 스스럼없이 이야기하면서도 청중의 공감을 샀던 조지 부시 대통령의 유머도 빠지지 않는다.

2001년부터 2009년까지 미국의 43대 대통령을 지낸 조지 부시는 2010년 퇴임 후 자신이 졸업한 예일대학 졸업식에서 연설을 하게 되었다. 2천 명이 넘는 참석자들의 기립 박수를 받으며 연단에 올라선 부시 전 대통령은 이렇게 말했다.

"높은 명예와 탁월한 성적으로 졸업하는 학생들에게 먼저 매우 잘했다고 말하고 싶다. 그리고 나처럼 C 학점을 받은 이들은 이제 미합중국의 대통령이 될 수 있는 자격을 갖추었음을 알려주고 싶다."

그의 한마디에 졸업생들을 비롯해 그 자리에 모인 사람들은 크게 환호성을 올렸다.

부시는 그 연설에서 그 자신이 A 학점을 받는 우수한 학생은 아니었다는 사실을 자연스레 이야기할 뿐 아니라, 그럼에도 불구하고 자신의 노력 여하에 따라서는 얼마든지 한 나라의 대통령이 될 수도 있다는 사실을 강조한 것이다.

자신의 약점조차도 어떻게 이야기하느냐에 따라 다른 사람을 유쾌하게 만드는 유머의 위력을 잘 보여주는 예가 아닐 수 없다.

이처럼 유머는 유쾌하고 부드럽게 사람들의 마음을 빨아들이는 힘이 있다.

'부드러운 햇빛이 강한 바람보다 나그네의 옷을 쉽게 벗긴다'는 내용의 우화를 알 것이다. 마찬가지로 이제는 강하고 날카로운 지적보다는 휘어지되 꺾이지 않는 대나무처럼 웃음으로 사람들의 마음을 사로잡는 부드러운 카리스마가 통하는 시대인 것이다.

유머 구사는 같은 면을 보더라도 어떻게 다르게 뒤집을 수 있는 능력을 키우느냐가 핵심이다. 어려울 것 같지만 노력과 훈련으로 얼마든지 개발할 수 있는 능력이다. 그러기 위해서는 유머와 친해지기 위해 의식적인 노력을 해야 한다. 책, 신문, 잡지, 인터넷 등 수많은 매체를 통해 유머의 소재는 얼마든지 수집하고 저장할 수 있다. 의지와 노력만 있다면 그것은 어렵지 않다. 그렇게 수집한 유머의 소재들은 대화의 상황에서 적절하게 꺼내어 터뜨림으로써 내용을 풍부하게 하고 활력을 줄 수 있다. 적절한 유머의 사용은 순발력과 재치를 필요로 한다. 때와 장소에 가장 적합한 유머 카드를 꺼낼 수 있어야 한다. 철저하게 연습하고 준비했더라도 막상 대화 분위기에 어울리지 않는다 싶으면 미련 없이 포기할 줄도 알아야 한다. 상황에 맞지 않는 억지 유머는 역효과를 부를 것이고, 그 결과는 예상할 수 없기 때문이다.

인터넷을 검색하다 보면 다음과 같은 유머를 흔히 볼 수 있다.

예전부터 회자되어 온 것이긴 하지만 버전도 여러 가지이다. 읽어보면 그럴듯해서 웃음이 난다. 강아지 입장에서는 머쓱할 만한 유머라고나 할까.

개와 정치인의 공통점

① 밥만 주면 아무나 주인이다.

② 주인도 못 알아보고 덤빌 때가 있다.

③ 한번 미치면 약도 없다.

④ 족보가 있으나 믿을 수가 없고, 똥 싸놓고 나 몰라라 하는 경우가 비일비재하다.

⑤ 배고프면 먹고, 놀고 싶으면 놀고, 자고 싶으면 자고, 모든 게 자기 마음대로다.

⑥ 자기 밥그릇만 챙긴다. 남과 나눠 먹을 줄은 전혀 모른다.

⑦ 순종보다는 잡종이 많다.

⑧ 앞뒤 안 가리고 마구 덤비다가 힘이 달리면 꼬리를 내리고 슬그머니 사라진다.

⑨ 매도 그때뿐, 곧 옛날 버릇 못 버리고 설친다.

⑩ 어떻게 말해도 다 개소리다.

⑪ 자기 할 일은 안 하고 날마다 양지에 앉아서 졸기만 한다.

　많은 이들의 반려동물인 개가 이렇게 정치인과 처참하게 비교되는 것이 안타깝다고 해야 할까? 하지만 어쩌면 이렇게 딱 들어맞나 싶은 게 신기할 지경이다. 이처럼 함축되고 비유적인 짧은 몇 마디 말로써 깊은 의미와 통쾌한 즐거움을 주는 것이 유머이다.

　이제는 길고 장황한 연설보다도 함축적인 몇 마디 뼈 있는 유머를 상황에 맞게 구사할 줄 아는 사람이 인기를 얻고 성공 가도를 달리게 되었다. 뼈 있는 유머는 분위기를 험악하게 만들지도 않으면서 듣는 사람을 사로잡는 힘, 카리스마가 있다.

대중 앞에서 이야기할 때, 말의 재미를 더하기 위해 품위 있는 유머를 갖추어 한마디를 하더라도 말에 깊이와 맛을 더하는 진정한 유머 맨이 되도록 노력하길 바란다.

세상에 이런 아재 개그 20선

스님이 버스에서 내리면? 중도하차

스님이 가는 내리막길은 불법 다운로드

차 문은 세게 닫으면 안 되는 이유 문은 네 개니까

가장 오래 살 것같은 연예인은 이승깁니다.

신발이 화가 나면? 신발끈

병아리가 먹는약 삐약

동생이 형을 매우 잘 따르는 걸 3글자로 형광펜

한 시간 동안 비가 오는 것은? 추적 60분

세상에서 가장 가난한 왕 최저임금

세상에서 가장 지루한 중학교는? 로딩중

구명보트에 탈 수 있는 인원수는 9명

수박 한 통에 5천 원이면, 두통에는? 게보린

남 등쳐먹고 사는 사람 안마사

차를 발로 차면? 카놀라유

울다가 울음 그친 사람 다섯 글자 아까운 사람

서울에 사는 거지는? 설거지

새우가 주인공인 드라마 제목 대하드라마

어부들이 가장 싫어하는 연예인 배철수

송해 아저씨가 샤워하고 나면 뽀송뽀송해

노인들이 좋아하는 폭포 이름 나이아가라

관계를 바꾸는 유쾌한 대화의 힘

웃음의 다양한 효능

잘 웃는 사람과 그렇지 않은 사람의 얼굴 표정은 사진을 찍어보면 쉽게 구별할 수 있다. 특히 우리나라 사람은 카메라 앞에서는 경직되는 경향을 흔히 볼 수 있다. 잘 웃다가도 사진을 찍겠다고 하면 어떤 표정을 지어야 할지 몰라 난처해하며 굳어지곤 한다. 어색한 것이다. 그래서인지 예전 졸업사진은 물론 증명사진을 들여다보면 그러한 경향을 한눈에 볼 수 있다. 너나 할 것 없이 모두들 두 눈 부릅뜨고 입술은 앙다문 채로 카메라를 응시하고 있음을 확인할 수 있다. 그러나 오래전부터 미국 사람들의 졸업사진, 혹은 증명사진은 좀 다르다고 인식되었다. 그들의 사진은 대부분 활짝 웃는 표정들이다.

한 대학의 졸업 앨범 속에 나타난 미소에 주목한 연구가 미국에서 있었다. 캘리포니아 버클리대학의 리앤 하커와 대처 켈트너 교수는 웃는 얼굴로 사진을 찍은 사람들의 이후 생활을 추적했는데, 그 결과 사진에서 활짝 웃는 사람들이 결혼 생활에서 더 행복했고, 이혼율도 낮았을 뿐 아니라 사회적으로도 더욱 활동적인 삶을 살고 있음이 밝혀졌던 것이다. 물론 이 결과가 절대적인 것은 아니겠으나, 이 외에도 웃음이 사회생활에 미치는 영향을 연구한 결과는 '긍정적'이라는 결론이 대부분이었다.

이와 같이 미소, 나아가 웃음의 위력은 한 사람의 삶의 방향에도 적지 않은 영향을 미치는 것은 물론, 물리적 생리학적으로는 감기 예방이나 얼굴 피부 탄력 개선뿐 아니라 혈압 강하, 혈액 순환 개선, 통증 완화 등 질병 치료에도 효과적이다. 웃음을 통해 긍정적인 태도를 갖게 되면 그 효과는 더욱 배가된다. 또한 웃음은 정신 건강에도 도움을 준다.

위협이나 스트레스 상황에서도 지혜로운 사고를 유도하고, 불안을 해소하며, 익숙하지 않은 상황에서조차 어색함과 심리적 불편을 감소시켜 적응력을 높이는 효과가 있다. 또한 웃음은 사람들을 활기차고 건강하게 하는 엔도르핀 분비를 촉진하여 다른 사람들과 원만하고 좋은 관계를 맺고, 건강한 생활을 할 수 있게 하는 활력소가 된다.

흔히 잘 웃는 사람은 좋은 에너지를 발산하며 보는 사람도 즐겁게 한다. 특히 즐거운 상황, 혹은 유쾌한 이야기를 하다가 터진 웃음이 쉽게 그치지 않는 경우 '웃음보가 터졌다'는 표현을 쓰기도 한다. 이 웃음보에 관한 연구를 1988년 미국의 이차크 프리트 박사가 진행했는데, 단백질과 도파민으로 형성되어 웃음의 실행을 담당하는 웃음보가 실제로 우리 뇌에 존재한다는 사실을 밝혀냈다고 한다.

관계를 바꾸는 유쾌한 대화의 힘

그뿐 아니라 웃음보의 자극으로 웃음이 유발되며, 웃을 때 좋은 호르몬 21가지가 나온다는 것도 알아냈다고 한다. 이와 같은 웃음은 건강에도 적지 않은 긍정적인 효과가 있다.

즉, 웃음은 뇌의 작용을 활성화한다. 우리 뇌의 해마는 새로운 것을 배울 때 일하는 기관인데, 웃으면 해마가 활성화되어 기억력이 올라가게 된다. 또, '웃음'에 의해 뇌파 속에서도 알파파가 늘어나 뇌가 릴랙스하는 것 외에, 의지나 이성을 잡는 대뇌 신피질에 흐르는 혈액량이 증가하기 때문에, 뇌의 기능이 활발해진다.

또한 배꼽을 잡고 웃고 난 뒤에는 어떤 느낌인가. 마음껏 웃었을 때의 호흡은, 심호흡이나 복식 호흡과 같은 상태가 된다. 웃는 순간, 의도하지 않아도 복식 호흡이 일어나며 산소를 대량으로 소비하는 것이다. 웃음 초기에는 맥박과 혈압이 증가하지만, 나중에는 동맥이 이완되면서 맥박과 혈압이 감소 된다. 또한, 웃음은 내부 장기를 마사지하는 효과가 있어서 혈액 순환 및 소화를 촉진 시킨다. 웃을 때의 산소 섭취량은 심호흡 1회의 약 2배, 일상적인 호흡의 약 3~4배에 이른다고 한다. 폐 속 잔류 공기를 감소시켜서 혈류의 산소 농도를 증가시키고, 말초 순환의 증가로 근육에 산소 공급이 늘어나고, 근 긴장을 완화 시킵니다. 이를 통해서, 웃음은 심혈관 및 호흡기 질환에 긍정적인 효과를 발휘한다.

우리 몸의 자율신경에는 교감신경과 부교감신경이 있다. 몸의 긴장을 유발하거나 이완을 유도하는 이 두 가지의 균형이 깨지게 되면 우리 신체는 고통을 느끼게 될 것이다. 긴장되는 상황에서는 교감신경이 활성화되는 것이나 웃으면 교감신경이 촉진되면서 이완 효과를 가져오게 된다. 교감신경과의 스위치가 빈번하게 전환하게 된다. 신경의 균형을 맞춘다.

웃을 줄 모르는 사람은 없을 것이다. 웃고 있을 때 자신의 신체 변화를 조금만 주의 깊게 살펴보아도 심박수와 혈압이 오르는 것은 물론 호흡이 활발해져 산소 소비량도 늘어나는 것을 알 수 있다. 다시 말해 칼로리소비량이 증가하는 것이다. 웃을 일이 없다며 가만히 있는 것보다는 일부러라도 소리 내어 웃는 편이, 신체 활력을 높이는 효과적인 방편이 될 것이다. 더욱이 큰 웃음을 웃다 보면 복부와 횡격막, 늑간근, 얼굴의 표정근육이 당겨지는 등을 근력이 향상되는 효과가 있다.

웃으면 엔도르핀이 분비된다. 우스운 상황에 저절로 터지는 웃음뿐 아니라 억지로 시작한 웃음도 계속 웃다 보면 진짜 웃음으로 바뀌는 경험이 있을 것이다. 그렇게 분비되는 엔도르핀은 행복감을 가져온다. 이는 달릴수록 기분이 상쾌해지는 기분인 '러너스 하이'와도 같다고 할 수 있다. '달리기 애호가들이 느끼는 도취감'이라고 하는 이 느낌은 웃음에도 적용된다. 웃다 보면 웃음이 이어지고 '웃고 있는 순간의 행복감'으로 바뀌는 것이다. 그것은 마약성진통제인 모르핀의 몇 배에 해당하는 강력한 진정 작용을 발휘하여 극심한 고통을 겪는 환자들에게도 통

관계를 바꾸는 유쾌한 대화의 힘 ~~~~~

증을 경감시키는 효과를 발휘하는 것이다.

거울을 보고 자신의 얼굴에 미소를 떠올려 본 적이 있을 것이다. 의도적으로 만든 미소일지언정 미소 띤 얼굴을 보면 기분이 좋아진다. 얼굴 근육의 움직임이 뇌로 전달되면 우리 뇌가 기억하고 있던 즐거운 표정이 떠오르면서, 표정이 감정을 만드는 결과로 이어지는 것이다.

질병과 웃음의 관련성도 활발히 연구되고 있는데, 스트레스는 코르티솔과 같은 호르몬 분비를 증가시키지만, 웃음을 통한 긍정적인 사고와 감정은 질병에 대항하는 면역계의 능력을 강화시킨다. 암과 같은 치명적인 질병 앞에서 당사자는 분노와 두려움에 지배당한다. 이때, 웃음을 통해 부정적인 감정조절이 가능하다고 한다. 웃음은 베타 엔도르핀과 같은 신경펩타이드의 분비도 촉진해 암으로 인한 통증을 감소시킬 뿐 아니라, 한번 빠져들면 헤어 나오기 쉽지 않은 약물 중독치료에서도 부정적인 감정을 표현하도록 도와주고, 절망감과 무기력감을 경감시켜 주는 효과가 있는 것으로 알려져 있다.

이처럼 웃음이 건강에 미치는 효과를 정리하면 다음과 같다.

① 백혈구는 바이러스, 암 등과 싸운다. 웃음은 이런 백혈구의 생명력을 강화시킨다.

② 웃음은 몸의 항체인 T세포와 NK세포 등 각종 항체를 분비해 더욱 튼튼한 면역항체를 갖게 한다.

③ 웃을 때는 심장박동수가 두 배로 증가하고 폐 속에 남아있던 나쁜 공기를 신선한 산소로 빠르게 바꿔주어 유산소 운동 효과가 있다.

④ 웃음은 근육, 신경, 심장, 뇌, 소화기관, 장이 총체적으로 움직이는 운동요법이다.

⑤ 웃음은 스트레스와 긴장, 우울증을 해소한다.

⑥ 웃음은 모르핀보다 수백 배 강하게 통증을 억제하는 엔케팔린 호르몬을 분비해 통증을 줄여준다.

고통조차 잊게 하는 웃음의 위력

재미있는 코미디나 공연을 보며 실컷 웃고 나면 머리가 맑아지고 왠지 홀가분한 기분이 되기도 한다. 웃기 시작하면 우리 몸속 6백50여 개의 근육 중에서 2백30여 개가 한꺼번에 움직이게 된다. 보통 달리기나 걷기, 수영 등의 운동을 할 때도 이처럼 온몸의 3분의 1에 해당하는 근육이 동시에 움직이지는 않는다.

그러나 한 번 웃는 것은 에어로빅을 5분 동안 하는 운동량과 같고, 20분 동안 웃는 것은 3분 동안 격렬하게 노를 젓는 운동량과 같다고 한다. 수많은 근육이 한꺼번에 움직이기 시작하면 심장박동수가 두 배로 증가하여 혈관에 산소 공급도 원활해지고 근육의 긴장도 풀어지면서 운동을 한 뒤와 같은 개운함이 느껴진다.

물론 이런 효과를 보려면 희미한 미소가 아닌 호탕하고 힘찬 웃음소리와 함께 온몸이 들썩일 정도의 웃음이어야 한다. 이때 스트레스도 우울증도 모두 날아간다. 또한 웃음이 혈관 내 조직의 팽창을 일으켜 심장병의 위험을 줄이는 데 중요한 요인이 될 수 있다는 연구 결과도 나와 있다.

웃을 때 우리 몸속에서 만들어지는 호르몬이 엔도르핀이다.

엔도르핀은 운동할 때 생성되는 유쾌한 화학물질이지만 웃을 때도 생성되어 스트레스 호르몬의 영향을 감소시키고 혈관을 팽창시킨다. 이것은 또한 통증을 완화시키는 생체 분비형 진통제이다. 신체적 고통으로 괴로울 때 정신을 팔고 웃다 보면 아픔 따위는 잠시 잊어버린 경험은 누구나 한두 번은 있을 것이다.

말을 재미있게 잘하고 재치 있는 대화로 사람들을 빨아들이기 위해 필요한 또 하나의 덕목은 무엇일까?

화려한 언변 외에 중요한 것이 바로 웃는 얼굴, 미소 띤 표정이 아닐까.

적어도 남들을 즐겁게 만드는 이야기를 할 생각이라면 찡그리고 어두운 표정으로는 적당하지 않을 테니까 말이다. 만약 웃지 않는 얼굴로도 남들을 웃길 수 있다면 그 역시 놀라운 재능이라고 할 수 있겠다. 하지만 '보기 좋은 떡이 먹기도 좋다'는 말이나 '같은 값이면 다홍치마'라는 말이 있듯이 이왕이면 웃는 얼굴로 이야기하는 것이 좋지 않을까.

그러나 아무리 이론은 잘 알고 있다 해도 늘 신중한 표정으로만 살아온 입장이라면 갑자기 웃기도 어렵거니와 얼굴 근육이 땅겨서 무척 괴로울 것이다.

여섯 살짜리 아이는 하루에 4백 회 이상 웃는다고 한다. 하지만 점점 나이가 들수록 얼굴에서 웃음이 사라진다. 그래서 어른

관계를 바꾸는 유쾌한 대화의 힘 ~~~~~

이 되면 하루에 한 번도 웃지 않고 지나가는 일도 흔하다. 어른은 하루 평균 겨우 6회 정도 웃는다는 통계도 있다. 하루에 백 번 웃으면 호흡 기능이 향상되고 면역세포의 활동이 증가해 10분 동안 노를 젓는 것과 똑같은 운동 효과가 있다고 한다.

1979년 노먼 커즌즈의 『환자가 느끼는 병의 해부』라는 책이 나오면서부터 웃음의 치료 효과에 대해 의학계에서도 관심을 두기 시작했다.

노먼은 강직 척추염을 앓는 환자였다. 강직 척추염은 골반에서 염증이 시작돼 척추로 번져 척추가 대나무처럼 굳어지는 류머티즘성 질환이다. 이 병이 진행되면 잠도 제대로 잘 수 없을 정도로 매우 심한 고통을 겪게 된다. 병원에서 그에게 준 것은 다량의 진통제와 신경안정제, 특수 치료 약뿐이었다. 아스피린을 매일 26알씩 복용해야 했고, 신경안정제도 수없이 먹었으나 차도가 없었다.

그는 별 뾰족한 치료법이 없다는 사실을 알고는 진통제와 신경안정제를 끊고 마음으로 병을 다스리기로 결심했다. 그리고 긍정적이고 적극적인 생각을 하며 매일 유쾌하고 즐거운 마음을 가질 수 있는 방법을 찾아냈다. 그중 하나가 텔레비전에서 코미디와 몰래카메라 프로그램을 보면서 실컷 웃는 것이었다. 매일 10분 이상 배꼽이 빠지도록 웃어댔더니 놀랍게도 어느새 고통이 사라졌다.

치료 효과는 의사들에 의해서도 확인되었다.

검사 결과 염증이 가라앉았던 것이다. 그 후 노먼은 마침내 병을 이겨냈다.

과연 웃음만으로 병을 몰아냈는지는 확실하지 않지만 적어도 웃음이 그의 병을 치료하는 데 큰 역할을 했다는 점은 환자 본인은 물론 의사들도 인정하기 시작했다.

그 후 노먼은 이렇게 회고했다.

"10분 동안 배꼽을 잡고 웃고 나면 진통제나 약의 도움 없이 두 시간 동안 편하게 잠들 수 있었다."

이와 같이 웃음은 불치병까지도 극복하는 힘을 준다. 이미 병에 걸린 다음에 치료를 위해 웃느라 고생하지 말고 지금부터 병을 예방한다는 생각으로 즐겁게 적극적으로 호탕하게 웃어보자.

미국 미네소타주에서 암 클럽을 운영하며 웃음과 유머로 암을 이겨내는 방법을 전파하고 있는 크리스틴 클리퍼드는 40세에 유방암 진단을 받고 암 제거 수술을 받았다. 그러나 그 후에도 자신의 어머니와 마찬가지로 유방암으로 죽을까 봐 두려움에 떨어야 했다.

수술 후 한 달이 지난 어느 날, 그는 한밤중에 잠에서 깨어났다.

그러고는 갑자기 새로운 사실을 깨달았다. 그것은 바로 자신의 마음이 이제까지와는 달라진 듯한 느낌이라는 것이었다. 그 이유를 처음엔 알 수 없었다. 그러다 문득 낮에 찾아왔던 친구들의 웃는 얼굴이 떠올랐고, 친구들과 함께 오랜만에 자신도 실컷 웃었다는 사실을 알아차렸다.

'지금 이렇게 마음이 편하고 두려움도 없어진 것은 바로 그것 때문이었어!'

그때부터 그는 항상 즐거운 마음을 갖고 밝게 웃으려 노력하기 시작했다. 이런 노력은 헛되지 않았고 결국 유방암을 극복할 수 있었다. 고통스러운 항암요법을 이겨낼 수 있었던 에너지도 웃음이었다.

'비명을 질러도 고통은 줄어들지 않는다. 그러니 차라리 웃으리라!'

이와 같은 긍정적인 사고로 유방암을 이겨내고 새로운 삶을 시작할 수 있었다.

몸의 병은 약으로 치료한다지만 마음의 병은 치료가 쉽지 않다.

모든 병은 마음에서 비롯된다고 해도 과언이 아니다. 이것은 긍정적이고 즐거운 마음으로 웃고 사는 것이 최고의 건강법이라는 의미도 된다.

이처럼 웃음은 질병 예방이나 치료의 방책일 뿐 아니라 삶의 활력소가 된다.

웃는 얼굴은 보는 사람까지도 즐겁고 기쁘게 한다.

웃음은 사기를 높여주고, 의사소통을 더욱 원활하게 해줄 뿐 아니라 창의력이 향상한다. 또한 긍정적인 사고를 갖게 하여 자신감을 북돋움으로써 원만한 인간관계를 가능하게 한다. 그 결과 업무 효율성도 배가되는 것이다.

한걸음 느긋하게, 질책도 유쾌하게

　　잘 웃고 유쾌한 사람이란 당연히 말을 재미있게 잘하는 사람이다. 고지식하고 원리원칙에 사로잡혀 마음의 여유라고는 없는 사람이 유머러스한 말로 사람들을 웃길 수는 없다. 늘 규칙적이고 치열한 경쟁 속에 살면서 잠시 누군가 어깨를 두드리며 웃음을 준다면 그에게 저절로 마음이 열리게 마련이다.

　　윗사람으로서 그런 미덕을 갖추었다면 더할 나위 없이 멋진 상사로 존경의 대상이 될 수도 있다. 그래서인지 최근 들어 신입사원 선발 기준도 변하고 있다. 대학 성적이나 외국어 실력보다도 얼마나 융통성이 있는지를 더 관심 있게 본다. 융통성이란, 사고의 확장인 동시에 사고의 유연성을 의미한다. 같은 상황에서 얼마나 기발하고 독특한 발상을 끄집어낼 수 있는지를 보는 것이다. 유머와 재치 있는 말솜씨도 그러한 척도가 될 수 있다.

　　처음 입사를 하고 업무를 익혀가는 과정에서 실수도 생길 수 있다. 이럴 때 이미 회사 생활에 관록이 붙은 윗사람의 입장에서 신출내기 사원의 실수에 대해 어떻게 대처해야 할까?

관계를 바꾸는 유쾌한 대화의 힘　〰〰〰〰

말하자면 '질책의 기술'이라 이름 붙여도 좋겠다. 질책은 말 그대로 실수에 대하여 '꾸짖어 나무라는 것'이다. 잘한 일에 대해 칭찬하기는 쉽다. 하지만 잘못한 일을 나무랄 때 어떻게 하느냐에 따라 부하 통솔력을 비롯한 여러 가지 능력이 시험대에 오른다.

이론은 간단하다.

칭찬을 할 때는 직접적이고 분명한 단어를 사용해도 되지만 질책을 할 때 이 방법은 옳지 않다. 직접적인 단어를 사용하여 상대의 기를 죽이면 반발심만 키우기 때문이다. 잘못이 어느 정도였든 처참하게 당했다고 생각하는 순간 상대는 감정적으로 상처를 입는다. 그리하여 장황하게 이어지는 꾸지람의 내용에 대한 반성은커녕 자신을 모욕했다는 생각에 적개심을 품을 수도 있다. 그러므로 질책도 칭찬처럼 웃으며 할 수 있는 여유가 필요하다.

또한 이번에 잘못한 것에 대해 이야기하면서 오래된 잘못까지 끄집어내는 것도 결코 좋은 방법이 아니다. 질책을 얼마나 효과적으로 하느냐에 따라 그 상사는 오히려 존경받을 수도 있다. 바로 찰스 슈왑처럼.

찰스 슈왑은 앤드루 카네기의 철강회사에서 일할 때 미국 실업계에서 최초로 연봉 1백만 달러 이상을 받은 이들 가운데 한 사람이다. 그런 대우를 받은 이유에 대해 사람들이 물으면 그는 '사람들을 움직이는 능력' 때문이라고 대답했다.

"내게는 사람들의 열정을 불러일으키는 능력이 있는 것 같습니다. 그것은 내가 가진 중요한 재산인데, 사람들에게 최고의 가능성을 계발하게 하는 방법은 격려와 칭찬입니다."

슈왑이 철강 공장에서 근무할 때 일의 일이다.

어느 날 오후 직원들이 '흡연 금지'라는 푯말 아래 모여 서서 담배를 피우고 있는 것을 보았다. 그는 반가운 듯 직원들에게 다가가 자신의 담뱃갑에서 시가를 꺼내어 모두에게 한 대씩 나누어주며 이렇게 말했다.

"이 시가는 밖에 나가 피워주면 좋겠어요."

시가를 받아 든 직원들은 곧바로 자신들이 회사 규칙을 어겼다는 것을 알아차렸다. 동시에 그들은 찰스에 대해 존경심도 느끼게 되었다.

이런 경우 일반적으로는 어떻게 행동할까?

대체로 부하 직원의 행동이 잘못되거나 마음에 들지 않으면 그 자리에서 질책을 하지만, 마음에 들게 일을 잘 해내면 아무 반응도 보이지 않는다. 그러나 슈왑은 달랐다. 그의 기본적인 인간 관리 원칙은 칭찬과 격려 외에 실수를 저질렀을 때도 질책하기보다는 우회적인 표현으로 스스로 실수를 깨닫도록 한다는 것이다.

예전에 조직 내에서 승진을 거듭하는 사람들은 일에 인생을 저당 잡힌 것처럼 살았다. 치열한 경쟁만이 조직에서 살아남기 위한 방법이었기 때문이다.

하지만 이제는 달라졌다. 윗사람이든 아랫사람이든 재미없고 인간미가 부족한 사람은 조직 자체가 원하지 않게 된 것이다. 물론 오늘날에도 치열한 경쟁 구조는 존재하고 어쩌면 점점 더 심화하고 있다. 그럼에도 경쟁 자체에 내몰려 숨 가쁘게 앞만 보고 내달리는 사람은 어떤 사회에서도 환영받지 못하게 된 것이다. 21세기형 인재란 유능하면서도 재치 있게 말하는 능력을 갖춘 사람이기 때문이다.

찰스 슈왑과는 전혀 다른 방식으로 신참 직원을 대하는 선임자의 태도에 대한 다음의 에피소드를 보고 독자들 스스로 판단해 보길 바란다.

서울 외곽의 조용한 산자락에 위치한 어느 요양원에서 요양보호사 일을 시작한 지 겨우 보름째인 김보람 요양보호사는 어느 날 아침, 큰 실수를 저질렀다. 원래 3인 1조인 팀에서 한 사람이 빠진 바람에 당장 두 사람이 근무를 한 다음 날 아침까지 25명의 어르신들을 돌보고 있었다. 어르신들이 아침 식탁에 둘러앉아 식사를 하시도록 재빠르게 배식을 끝내고 식사 도움, 정리, 마무리를 바쁘게 해치우던 도중, 김보람 요양보호사는 손도 대지 않은 1인분의 식사가 퇴식구 앞에 놓여 있는 것을 보고는 '남은 것이니 버려야 하는가 보다'는 생각으로 부랴부랴 네 가지 반찬과 국, 밥을 퇴식구에 쏟아버렸다. 그리고 차례로 식사를 끝내는 어르신들의 빈 그릇들을 비우고 정리하고 방에서 식사하는 어르신들을 돕기 위해 쉴 새 없이 돌아다니고 있었다.

잠시 후, 선임 요양보호사이며 김보람 요양보호사와 함께 그날 아침까지 모든 돌봄을 무사히 해내기 위해 바삐 움직이던 이진상 요양보호사가 갑자기 소리를 꽥 질렀다.

"어머나! 여기 있던 식판의 음식 어디 갔어요? 김 선생님, 그거 어쨌어요?"

갑작스럽고 다급한 선임자의 물음에 새내기 요양보호사 김보람 선생은 당황하며 대답했다.

"그거… 쏟아버렸는데요… 퇴식구 앞에 두셨길래 버리는 것인 줄…"

"뭐라고요? 아, 그걸 왜 버려요?!! 멀쩡한 새 밥을, 박순자 어르신이 안 드신 건데, 놔뒀다가 나중에 드시게 할 것이었는데… 보면 몰라요? 그걸 왜 버려요, 거기 약도 있었잖아요?!! 나참 기가 막혀서…!"

"아 저는… 누가 안 드시는 것으로 생각하고… 그럴 경우는 버리곤 했으니까, 버리라고 빼놓으신 줄 알고…"

김보람 선생은 이 선생의 호통에 정신이 번쩍 들면서 자신의 실수를 깨달았다. 그래서, 자신이 어쩌다 실수를 했는지 설명하려고 말을 이었다.

"아, 왜 자꾸 말대답을 해요? 이제 어떡할 거에요 나 참 어이가 없네…!!무조건 잘못했다고 하면 될 것이지 꼬박꼬박 말대답이에요…? 둘이 하느라고 정신없어 죽겠는데 말이야..!!!!"

"아… 죄송합니다… 제가 잘 모르고 그랬네요… 제가 얼른 식당에 가서 1인분 다시 챙겨 오면 안 될까요?"

관계를 바꾸는 유쾌한 대화의 힘 ~~~~~

김보람 선생은 이어지는 선임의 호통에 허둥대는 순간에도 이렇게 해결책을 떠올렸다. 그러나 선임자는 몹시 화가 나서, 아직 일 처리 방식에 익숙하지 못하여 어리바리한 신참에게 계속 언성을 높이며 감정적인 비난을 이어갔다. 식사를 끝낸 십여 명의 어르신들이 아직 식탁에 앉은 채였고, 이 선생은 어르신들에게 들으라는 듯이 더욱 큰소리로 호통을 쳤다.

"아이고 참나… 식당에 가면 뭐, 뭐가 있다고! 없어요, 없어!! 잘못해 놓고 왜 이렇게 말이 많아!!! 아, 정말… 피곤해 죽겠네!!"

김보람 선생은 마침내 눈물을 쏟으며 지하에 있는 식당으로 달려갔다. 그리고 아직 충분히 남아있는 음식들에서 1인분씩을 덜어 새로 1인분의 식판을 마련해 가져왔다. 그 후 두 사람의 관계는 어떻게 되었을까.

이 선생의 불같은 호통은 모두 김 선생의 잘못을 정확히 지적하고 있다. 그러나, 이미 엎질러진 물, 아니 쏟아버린 밥 아닌가? 아무리 호통을 쳐도 다시 주워 담을 수 없다면, 이제 막 일을 시작한 지 2주일밖에 안 된 햇병아리 요양보호사가 저지른 실수가 아무리 어처구니가 없다 하더라도 과연 선임의 태도는 바람직했을까.

같은 상황이 벌어졌을 때 다음과 같은 대응 방법은 어떤가?

"어, 여기 놔둔 1인분 식판 어디 갔지…? 김 선생 못 봤어요?"

"어머나… 전 그것도 그냥 버리는 것인 줄 알고 쏟아버렸는데요…어쩌죠…?"

"아, 그랬어요? 괜찮아요. 식당에 가서 얼른 새로 1인분 담아 오면 돼요. 박순자 어르신이 안 드셔서 나중에 찾으실까 봐 남겨두려던 건데, 혹시 김 선생이 배가 고파서 재빨리 먹어 치웠나 싶어서… 물어봤어요. 일 시작한 지 얼마 안 돼서 식사 시간엔 더 정신없죠? 처음이니까 그런 실수도 하는 거지 어떤 왕 개구리도 올챙이 적은 있는 거니까! 걱정하지 말아요, 괜찮아요!"

이렇게, 정말 본의 아니게 잘 몰라서 저지른 실수에 대하여 눈물 쑥 빠지도록 따끔한 질책보다 우회적인 표현이 더 효과적일 때가 많다. 질책을 하는 경우에도 먼저 잘한 일에 대해 격려하고 배려하는 마음을 보여준 다음에 잘못된 것을 이야기하도록 한다. 그리고 되도록이면 짧고 간결하게 사실에 대해서만 지적하는 것이 좋다. 가장 바람직한 방법은 재치와 유머를 섞어서 부드럽게 말하는 것이다.

질책을 당하는 입장에서는 어떻게 해야 할까? 상사의 주의나 질책을 들을 때 잘못에 대해서 인정할 뿐만 아니라 그것을 긍정적으로 전환시킬 방법을 생각해야 한다. 마음속으로 어떤 부분이 잘못되었는지를 먼저 구체적으로 되짚어보도록 한다. 그리고 인신공격성 발언이나 감정이 담긴 질책이 아니라면 시인할 것은 곧바로 시인하고 그 자리에서 웃으며 털어버릴 수 있는 과감함도 필요하다는 것을 잊지 말자.

유머로 재미있게 말하는 사람들의 성공화법

'말을 재미있게 잘하려면 어떻게 해야 할까? 우리도 말 잘해서 성공하자!'

말을 잘한다는 것은 결국 타인과의 대화를 즐겁게 이끄는 것 아닌가. 이제는 말을 잘해야 먹고 살기도 쉬울 뿐 아니라 성공도 하고 돈도 벌 수 있다. 그래서 열심히 말 잘하려는 방법을 연구하고 시간과 돈을 투자했는데 막상 목소리는 영 아니라면 어떻게 해야 할까? 요즘은 목소리 성형도 한다는데 그걸 한번 해볼까?

"저… 시간 있으시면 카페에서 커피 한잔하시겠어요?"

뒤따르던 남자가 앞에 가는 여자에게 간신히 이렇게 말을 건넸다. 그러자 여자는 머뭇거리다 돌아서서 수줍은 미소를 띠며 이렇게 대답했다.

"네, 좋아요!"

"허걱~!"

남자는 여자의 대답을 듣고는 깜짝 놀라 쓰러지는 시늉을 한다.

오래전 텔레비전 오락 프로그램에서 외모는 여성스러운데 목소리는 아주 걸쭉하고 터프한 남자 목소리라서 상대방 남자가 깜짝 놀라는 상황극을 보고 배꼽을 잡은 적이 있다. 그 코미디에서 웃음을 유발한 요소는 바로 '안 어울림'이었다. 말을 걸어보고 싶을 만큼 예쁜 아가씨였는데 대답으로 날아온 목소리는 거칠기 이를 데 없으니, 기대와 현실의 괴리가 큰 만큼 황당한 웃음이 쏟아진 것이다. 그러나 그것은 픽션의 세계에서나 용납된다. 현실에서는 이해받기 어려운, 따지고 보면 그 여성의 입장에서는 무척 괴로운 일일 것이다.

이와 마찬가지로 사람들 앞에서 재미있게 해줄 신나는 이야깃거리가 한 보따리일지라도 그것을 들려줄 목소리가 부적절하다면 그 괴로움은 당사자 외에는 아무도 모를 것이다. 바로 이런 이유로 목소리도 겉모습만큼 가꾸어야 한다.

모든 사람의 목소리는 지문과 마찬가지로 독특함이 있다. 이것을 성문이라 한다. 개개인의 성문이 다르다는 것은 누구나 선천적으로 아름다운 목소리를 지닐 수는 없다는 말과 같다.

수없이 다양한 외모만큼이나 다양한 목소리도 그 사람에 대한 이미지를 결정하는 데 중요한 역할을 한다. 그러므로 타고난 목소리를 한탄하며 미리 포기하지 말고 가꾸고 노력해야 한다는 말이다. 목소리를 가꾸려면 우선 자신의 목소리가 어떤지 들어보아야 한다. 녹음기를 이용해 자신이 자연스레 말하는 내용을 녹음해서 들어보면 자기 목소리의 장단점을 확인할 수 있다.

즉, 말끝을 흐리게 발음하는지, 자신감이 있는지, 억양이 너무 일정한 것은 아닌지, 책 읽듯이 말을 하지는 않는지 등등을 체크한다. 그리고 소리를 낼 때는 목이 아닌 배에서 내는 훈련을 하는 것도 도움이 된다. 또한 책이나 신문을 소리 내어 읽는 연습도 필요하다. 목소리 자체를 바꿀 수는 없지만 목소리의 느낌이나 성량 따위의 조절은 얼마든지 바꿀 수 있음을 알고 노력해 보자.

다음으로 다른 사람과 차별화된 나만의 말하기 스타일을 갖도록 노력해야 한다.

얼마 전부터 인기 강사로 활약하는 김모 여성 강사는 언제부턴가 청중들에게 자신의 살아온 생생한 경험이 섞인 이야기를 털어놓으며 여성으로서 대한민국에서 기죽지 않고 살아가는 방법에 대하여 자기만의 화술을 이용하여 풀어놓고 있다. 그녀는 꿈과 연애, 직장 생활, 경제 문제 등에 대해 이야기하며, 많은 청중의 공감을 샀을 뿐 아니라 '아트 스피치'라는 영역을 창시한 독보적인 명강사로서 대중들에게 희망의 메시지를 전달하고 있다.

앞에서도 언급했던, 최근 대한민국 소통 강사로 유명한 또 한 사람, 김모 교수도 있다. 그 역시 어린 시절의 우울한 기억을 주제로 삼아 솔직하게 자신의 가족과 가정사를 이야기하며 상대방과 진심으로 소통하는 자신만의 독특한 화법으로 듣는 이들의 마음을 사로잡고 있다.

이와 같이 성공한 사람들의 화술에는 독특한 자신만의 코드가 있다. 목소리는 물론 어떤 에피소드를 언급하여 사람들의 관심을 환기하고 결과를 궁금하게 만드는 개성 있는 스타일이 다. 이들 역시 시행착오를 거쳐 가며 자신만의 개성적인 언변에 이르렀을 것이다.

그런데, 아무리 슬픈 이야기라도 그 속에서 유머와 페이소스, 공감 속에 고개 끄덕이며 마음의 위안까지도 얻게 되는, 그들처럼 말을 잘하려는 열의가 앞서다 보면 어느 순간 과장이 심해질 수도 있다. 처음부터 의도한 것은 아니었더라도 말하는 사람이 저 스스로 흥에 겨워 실수를 저지를 수 있다.

"어젯밤에 고속도로를 운전해서 오는데 갑자기 집채만 한 게 뛰어드는 거예요. 뭐가 딱 부딪혔어요. 놀라서 브레이크를 밟고 세웠더니 엎어져 있던 산만큼 커다란 어미곰이 일어나 덤벼드는 거예요. 그래서 내가 이단 옆차기로 돌려차서 때려눕히고 쓸개를 빼 왔잖아요! 그 쓸개 빼먹고 오늘 이렇게 힘이 뻗치는 거예요!"

과장은 유머를 이야기할 때 큰 효과를 주는 요소이다. 그러나 지나친 허세와 허풍은 사람의 마음에 공감을 주지 못한다. 즉, 화려함이 진실함을 이기지 못하기 때문이다. 차라리 화려한 언변보다는 어눌할지언정 진실한 한마디가 더 큰 감동을 주는 법이다.

관계를 바꾸는 유쾌한 대화의 힘 ~~~~~

사람들 앞에만 서면 어려운 말로 힘들게 설명하느라 애쓰는 사람도 있다. 자신이 아는 바를 쉽게 이야기할 줄 모르기 때문이다. 논리와 근거만을 들이대며 어렵게 말하다 보면 말하는 사람도 상대를 이해를 시키느라 진땀이 나고, 듣는 사람 입장에서도 속으로 진땀이 난다.

당연한 소리지만 어렵게 말하는 습관은 바람직하지 않다. 자신이 아는 것을 최대한 쉽게 이야기하는 것이 듣는 사람에게도 오래 잘 기억되기 때문이다.

'쉽게 이야기하기'란 누구나 이해하기 쉬운 일반적인 예를 들어가며 이야기하는 것이다. 평범함 속에 진리가 있다는 말처럼 꾸미지 않고 있는 그대로의 진실을 담아 이야기하면 듣는 사람의 마음에 감동을 줄 수 있다.

그러나 이 역시 하루아침에 되는 일은 아니므로 꾸준한 책 읽기와 더불어 감상을 글로 써보는 습관이 필요하다. 그 속에서 표현력도 생겨나고 핵심을 전달하는 방법도 익히게 될 것이다. 그렇다고 글을 멋지게 쓰려는 욕심만 부려서는 안 된다. 글을 아름답게 꾸미려는 욕심에 사로잡히면 말을 멋지게 하려는 욕심과 마찬가지로 진정성을 놓칠 수 있기 때문이다. 있는 그대로, 느낌 그대로를 제대로 표현하는 노력이 더욱 필요한 이유이다.

'쿨리지 효과'라 불리며, 미국의 30대 대통령 쿨리지와 관련된 에피소드가 있다.

미국의 30대 대통령인 캘빈 쿨리지(1923~1929) 부부가 어느 농장을 방문했을 때의 일화다.

대통령과 영부인이 정부가 새로 지은 농장을 각자 시찰하며, 닭장 옆을 지나가던 영부인이 수탉이 암탉과 열심히 교미하는 장면을 보게 되었다.

영부인은 뒤따르며 안내하던 관리인에게 수탉이 얼마나 자주 교미하는지를 물었다.

"하루에 열두 번은 합니다."

관리인이 대답하자 영부인은 그에게 이렇게 부탁했다.

"아, 그래요? 대통령이 오시거든 이 사실을 꼭 얘기해 주세요."

잠시 후, 영부인이 지나간 닭장 앞에 대통령이 도착했다. 그때 관리인은 영부인의 당부대로 수탉의 정력에 관하여 설명하였다.

그러자 대통령이 관리인에게 물었다.

"오호, 그렇군요… 저 수탉은 그럼 매번 같은 암컷과 열두 번씩 교미하오?"

뜻밖의 질문에 관리인이 대답했다.

"아니요, 그건 아닙니다. 매번 다른 암탉과 합니다만…"

그 말을 들은 쿨리지 대통령도 웃으면서 관리인에게 말했다.

"그 사실을 영부인에게 꼭 좀 알려주시오."

이 에피소드의 초점은, 성욕에 관한 남녀와 관점의 차이에 대한 것이다.

아내는 닭들도 저렇게 자주 관계를 맺으니 남편인 당신도 좀

'보고 배우라'는 의도였을 것이다. 반면, 남편의 입장에서는 관계의 빈번함이 아닌 '상대의 다양함'에 초점을 두었으니, 남자의 성욕이란 새로운 것에 더 잘 반응한다는 의미일 것이다.

에피소드의 주인공인 쿨리지 대통령의 이름을 따서 일컫는 '쿨리지 효과(Coolidge Effect)'는 한마디로 '성관계 파트너를 바꿨을 때 성적 욕망이 증가하는 현상'을 정의한 것으로, 생태학자인 프랭크 비치(Frank A. Beach)가 1955년의 저작에서 처음으로 사용하였다.

대부분의 포유류 동물은 동일한 암컷과 계속 짝짓기를 하면 지치게 되는데, 새로운 암컷과 교미를 하면 새롭게 흥분하게 된다고 한다. 포유류인 인간, 그중에서도 특히 남자들이 바람을 피우는 일반적인 성향을 이처럼 유머러스하게 표현한 것이다.

이 유머는 '새로운 것에 대한 호기심'이라는 점에 초점을 맞추어 해석하자면, 오래된 것보다는 대체로 새로운 것에 흥미를 갖게 마련이라는 의미로 해석할 수도 있을 것이다.

당신의 인생을 바꾸는 웃음 10계명

1. 크게 웃어라
크게 웃는 웃음은 최고의 운동법이며, 매일 1분 동안 웃으면 8일을 더 오래 산다. 크게 웃을수록 더 큰 자신감을 만들어 준다.

2. 억지로라도 웃어라
웃음은 엄청난 위력을 갖고 있다. 웃음이 만드는 면역에는 질병도 무서워서 도망간다.

3. 일어나자마자 웃어라
아침에 첫 번째 웃는 웃음이 보약 중의 보약이다. 아침 첫 웃음은 보약 10첩보다 낫다.

4. 시간을 정해 놓고 웃어라
시간을 정해 규칙적으로, 운동 삼아 웃으면 병원 갈 일이 점점 줄어든다.

5. 마음까지 웃어라
얼굴 표정보다 마음 표정이 더 중요하다. 마음까지 웃기를 연습해라.

6. 즐거운 생각을 하며 웃어라
즐거운 웃음은 즐거운 일을 창조한다. 웃으면 복이 오고 웃으면 웃을 일이 생긴다.

7. 함께 웃어라
다른 사람과 함께 웃으면 혼자 웃는 것보다 33배 이상 효과가 좋다.

8. 힘들 때 더 웃어라
진정한 웃음은 힘들 때 웃는 것이다. 웃을 일이 없을 때일수록 더 크게 웃어라.

9. 한 번 웃고 또 웃어라
웃지 않고 하루를 보낸 사람은 그날을 낭비한 것이다. 단 하루도 낭비하지 마라.

10. 꿈을 이뤘을 때를 상상하며 웃어라
꿈과 웃음은 한집에 산다. 이미 꿈이 이루어진 것처럼 상상하면서 웃으면 오래지 않아 꿈은 현실이 된다. 웃는 얼굴은 그 자체가 훌륭한 대화의 기능을 발휘한다.

_ 하루 5분 웃음 운동법 중에서

2
Chapter

**관계를 바꾸는
유쾌한 대화법**

좋은 첫인상은 상대방과의 교류를 용이하게 한
다. 상대방이 나에게 호감을 가졌을 때는 내 말
을 건성으로 듣지 않을 뿐 아니라 가능하면 긍
정적으로 받아들이려 하기 때문이다.

첫인상, 성공적인 대화를 위한 기본전략

첫 만남을 자연스럽게 이끌기 위해서는 어떤 노력이 필요할까?

낯선 사람과 대화를 이어가야 한다는 사실은 대부분의 사람들에게 부담이 되기 마련이다. 그러므로 혹시 나 혼자만 그런 것이 아닌가 하여 지나치게 긴장하거나 안절부절못하는 모습을 보이는 것은 좋지 않다. 긴장이 지나치면 열심히 연습한 자연스러운 미소도 어색해질 것이며, 행동도 부자연스럽고 경직될 수밖에 없다.

특별히 상대방에게 잘 보이고 싶을 때가 있다. 이런 경우, 상대방이 자신만 쳐다보는 듯 착각에 빠지면서 등 뒤에서는 식은 땀이 흐르고 갑자기 말 한마디도 건네기가 어려워진다. 상대방을 너무 의식해서 지나치게 긴장된다 싶을 때는 오히려 있는 그대로 자신의 모습을 보여주자는 생각을 의도적으로 가져보자. 긴장한 탓에 지나치게 상대방을 의식하게 된다면 미세한 감정의 변화조차도 상대방에게 그대로 전해질 수 있다.

그러한 순간에조차 필요한 것은 상대방에 대한 성심과 진심일 것이다. 자연스럽게 행동하되 진실하게 대하는 것, 이것이 어색한 첫 만남을 성공적으로 이끄는 비결이 아니겠는가.

첫인상은 특히 남녀 관계에서 앞으로의 만남을 지속할지 말지를 결정하는 중요한 잣대가 된다. 하지만 첫인상이 좋지 않았던 탓에 소개팅 자리에서 손해를 본 적이 있거나, 스스로 자신의 이미지에 대해 자신감이 없는 사람이라도 꾸준히 노력하면 고칠 수 있다.

호감 가는 첫인상을 구성하는 가장 중요한 요소는 얼굴 표정일 것이다. 왜냐하면, 대화를 나눠 보기 전에 반드시 가장 먼저 마주하게 되는 것이 '얼굴'이며, 밉든 곱든 낯선 얼굴일지언정 그 바탕에 떠올라있기 마련인 '표정'이 아닌가. 그 외에도 말솜씨나 스타일, 몸짓 등도 필수 요소임을 잊지 말아야 한다.

표정은 거울을 보고 미소 짓는 연습만으로도 충분히 변화가 가능하다. 처음에는 당겨지지 않는 근육들을 사용하느라 자신도 무척 어색하고 불편하지만, 그것이 몸에 배도록 하여 자기 것으로 익숙하게 만들어야 한다. 특히 부드럽고 자연스러운 미소는 최고의 미덕이다. 입꼬리를 살짝 당겨 올려주면 미소가 생긴다. 그러면서 눈초리는 자연스럽게 따라 내려오게 되어 한층 부드러운 표정이 만들어진다.

다음으로, 스타일은 전체적인 패션 감각이라 해도 좋겠다. 헤어 스타일은 물론이거니와 여성의 경우에는 화장법과 패션을

관계를 바꾸는 유쾌한 대화의 힘 〜〜〜〜

연출하는 요령 등을 전문가에게 조언받으면 훨씬 나아질 수 있다. 그로써 자신의 장점은 돋보이게 하고 단점은 최소화할 수 있는 나만의 스타일을 가꾸는 노력이 필요하다.

값비싼 명품을 입어야 한다는 말이 아니다. 중요한 것은 자신의 체형과 분위기에 얼마나 잘 어울리게 매치시키느냐 하는 것이다. 아무리 멋진 옷을 준비했어도 나에게 어울리지 않으면 남의 것을 얻어 입은 것처럼 어색하고 부담스러울 뿐이다. 그리고 가끔은 평상시와는 아주 다른 파격적인 스타일을 꾸며보는 것도 괜찮다. 평소 무채색 계열을 즐겨 입는다면 가끔 강렬한 원색을 포인트로 사용함으로써 강한 인상을 줄 수도 있기 때문이다.

또 하나, 첫 만남에서 빼놓을 수 없는 요인이 바로 '말', 언변이다. 자연스러운 말씨뿐만 아니라 재치와 유머 있는 말솜씨도 중요하다. 유머는 첫 만남의 어색함을 한 방에 날릴 수 있는 열쇠가 돼줄 수 있다. 한자리에 모인 사람들의 성향이나 주 관심사에 맞는 이야기를 하되 '재미있게' 말하는 것이다. 누군가 시작한 이야기 속에 자연스럽게 끼어들 때도 재치 있는 입담은 효과적이다.

첫 만남에서 특히 경계해야 할 것은 '침묵'이다.

상대가 아무리 재미있고 유쾌한 이야기를 해도 그냥 웃으며 듣고만 있는 것은 실례가 된다. 상대가 재미있는 이야기로 분위기를 이끌면 듣는 입장에서는 적당한 맞장구-리액션을 잊지 말아야 한다. 여기서 적당하다는 말은 '아, 그래요?', '그렇군요', '하하하' 정도를 의미하지 않는다.

 '어머, 정말이에요?', '그래서 어떻게 됐나요?', '대단해요!', '그렇죠, 저도 한번 해보고 싶네요!', '나도 그렇게 생각했어요' 등 좀 더 적극적인 의사 표현으로 호응하며 상대의 이야기에 몰입하고 있음을 표현한다. 그러면 어떤가? 상대가 그토록 적극적으로 나의 이야기에 관심을 보이니 더욱 신이 나서 말을 하게 될 것이다.

 자신의 이야기가 상대방에게 잘 전달되고 있으며 그것을 귀 기울여 듣는다고 생각하면 말하는 데 더 힘이 나는 것은, 인지상정이다.

 한편 첫인상은 더없이 좋았으나 만날수록 이른바 본색이 드러나는 경우도 있다. 처음엔 잘 보이기 위해 가식적으로 행동했다가 점점 실체를 드러내는 것은 잘못된 전술이다. 가식적인 꾸밈은 오래 지속되기 힘들기 때문이다. 언제나 솔직하고 자연스러운 모습이 사람의 마음을 움직인다는 것을 잊지 말자.

 회사원 재형 씨는 직장 동료로부터 한 여성을 소개받았다. 그녀는 다소곳한 외모에 말투도 반듯하여 마음에 쏙 들었다.

 "윤희 씨는 첫인상이 참 좋으시네요. 다음에 또 뵐 수 있을까요?"

 윤희 씨도 상대가 싫지 않았다. 이렇게 해서 두 사람은 이후 계속 만나게 되었다.

그러나 얼마 후 재형 씨는 여자를 소개해 준 동료에게 이렇게 하소연을 했다.

"어유, 난 그렇게 술주정 심한 여자는 처음 봤다. 처음엔 전혀 안 그렇더니 술만 마셨다 하면 밤이 새는 줄도 모를뿐더러 주사는 왜 그렇게 심한 거야? 어유, 질렸어. 나하고는 안 맞는 것 같아!"

대인관계에서 중요하게 작용하는 첫인상을 이왕이면 좋게 남기고 싶은 것은 모든 사람의 바람이다. 그렇다고 너무 꾸미거나 진심이 담기지 않은 채 외적인 면에만 치우쳐서는 안 된다. 겉으로 보이는 모습은 그 사람의 한 부분일 뿐이라는 사실을 잊지 말아야 한다. 가장 먼저 눈에 띄는 외모가 수려하면 좋겠지만 매우 호감이 가지는 않더라도 대화에 임하는 자세나 자신의 생각을 표현하는 방법 또는 유머 감각이 있다면 외모의 비중은 의외로 줄어들게 된다. 그런 경우에는 다시 만나고 싶은 사람이 될 것이다. 그러므로 처음 본 상대를 외모나 조건 따위로만 평가하는 것은 경계해야 한다.

미국의 정신분석학자인 디오도어 루빈은 이런 말을 했다.

"좋은 첫인상을 남길 수 있는 기회란 두 번 다시 오지 않는다."

첫인상이 좋으면 저절로 얼굴에 미소가 떠오르고 대화도 적극적으로 하게 될 뿐 아니라 다음에 다시 만나고 싶어진다.

이성에 대한 호기심이 왕성한 시절, 미팅 나갔을 때 저 멀리서 나타나는 상대자를 바라보는 것으로 만남은 시작된다. 희미하게 보이던 모습이 점점 다가와 얼굴이 분명하게 보이게 되는 순간에 이미 상대방에 대한 호감, 비호감의 80%는 마음속에서 결정된다고 해도 과언이 아니다. 대화도 나누기 전에, 얼굴을 마주하기도 전에 걸어오는 모습만으로 상대방에 대하여 좋다, 싫다를 결정하는 이유는 무엇 때문인가?

바로 첫인상 때문이 아니겠는가.

딱 보는 순간 왠지 마음이 내키지 않는 상대도 있다. 그냥 주는 것 없이 싫은 경우이다. 첫인상이 안 좋으면 그에게 장점이 있다 하더라도 큰 점수를 주지 않게 되고 신뢰감도 갖지 못할 뿐 아니라 거부감까지 갖게 된다.

이런 현상을 '초두 효과(primacy effect)'라고 하는데, 이런 경우 불리한 첫인상을 만회하려면 40시간 이상을 더 투자해야 한다고 한다. 그러니 일반적으로 첫인상이 좋은 사람이 사회생활을 하는 데 훨씬 유리한 것이 사실이다.

도심지의 큰 빌딩이나 백화점, 대형 병원 등의 안내 데스크에는 단정한 차림새의 안내요원들이 배치되어 있다. 그들은 매우 친절하며 자상하게 출입자들을 대한다. 말하자면 그들은 그 기업의 첫인상 역할을 하는 것이다.

처음 찾아간 병원에서 진료 절차를 몰라 어리둥절할 때 친절한 안내를 듣고 문제가 해결되면 기분이 좋아지고 그곳에 대해 호의적인 인상을 받게 된다. 그리고 그런 인상을 받은 사람은 저절로 주위에 홍보대사 역할을 하게 된다. 이런 이유로 언제부턴가 기업들도 이미지를 중시하는 광고 전략에 힘을 쏟고 있다.

해외 유명브랜드 A사의 본점에서 가방, 향수 등 판매를 담당할 직원을 뽑는다는 공고가 나자 수많은 사람들이 몰렸다. 3년간 대기업 취직 시험 준비를 하다가 결국 포기한 영은 씨도 큰 맘 먹고 판매사원에 지원했다.

'나 정도면 당연히 뽑히겠지. 머리 좋겠다, 학벌 좋겠다, 미모도 안 빠지겠다.'

영은 씨는 자신감에 차 있었다.

서류전형에 통과한 사람들이 2차로 면접을 치렀다. 면접은 단순 면접과 상황 적응력 테스트로 이루어졌다. 상황 적응력 테스트란, 말 그대로 뜻밖의 상황에 직면했을 때 판매사원으로서 어떻게 지혜롭게 대처하는지를 보는 것이었다.

며칠 후 지원한 브랜드사 홈페이지를 통해 최종 합격자 발표가 났다. 느긋한 마음으로 결과를 조회하던 영은 씨는 자신의 수험번호가 빠진 것을 알고는 크게 실망했다.

'기준이 뭔데 안 된 거야? 이건 아니야….'

영은 씨는 결과에 승복할 수가 없어서 직접 그 브랜드사의 본점 인사과로 찾아갔다.

"죄송하지만 제가 이번 채용에서 탈락한 이유를 알고 싶습니다. 왜 떨어졌나요?"

채용 담당자는 서류철을 확인하고는 이렇게 말했다.

"김영은 씨는 학력도 좋고 외모나 신체 조건도 좋으시네요. 그런데 면접관들로부터 한 가지 문제가 지적됐습니다. 상황 적응력 테스트에서 좋은 점수를 받지 못하셨어요."

"그게 그렇게 중요한가요? 상황 적응력은 훈련을 통해서 다 들어질 수 있잖아요."

"그보다 중요한 첫인상 부문에서 비교적 낮은 평가를 받으셨네요. 유감스럽게도… 그것이 가장 중요하고 저희 브랜드가 요구하는 요인이라… 안타깝게 됐습니다."

"생긴 것 가지고 사람을 뽑는다는 말인가요? 사람마다 인상은 다른 거잖아요."

"하지만 저희는 국내는 물론 전 세계적으로 오랜 전통과 신념을 바탕으로 한 명품 브랜드로, 최상위 소비자들을 대상으로 특급 서비스를 파는 곳입니다. 그냥 옷이나 가구를 사려면 아무 옷 가게나 가구점에 가면 되지만 저희 브랜드의 본점 매장은 다른 곳에서는 살 수 없는 '특급 친절과 미소'라는 서비스를 함께 파는 곳이죠. 그래서 직원들의 첫인상이 매장을 방문하는 고객들에게 편안하고 안도감을 주며 최고 대우를 받는다는 느낌을 줄 수 있어야 합니다. 말을 걸어보면 그렇지 않다 하더라도 일단 먼저 마주하게 되는 이미지가 저희의 원칙에 맞지 않는다면… 그것은 매출에 반영되기가 쉽지 않을 것 같다는 경영진의 판단이 있었나 봅니다."

탈락 이유는 결국 영은 씨의 첫인상 때문이었다. 자신의 스펙

관계를 바꾸는 유쾌한 대화의 힘 ～～～

이 누구와 견주어도 빠지지 않는다는 자신감 때문이었는지, 혹은 타고난 인상 때문인지는 몰라도 늘 새로운 사람을 대해야 하는 직종에서 불합격 처리되었다.

이처럼 자신의 의지와 상관없이 '초두 효과'가 참 별로이거나, 처음 만난 순간부터 뜻밖에 말이 잘 통하는 등 긍정적인 인상을 주었음에도 불구하고, 어떤 부분에서 본의 아니게도 첫인상이 손상되는 경우도 있을 수 있다. 그럴 때, '이젠 다 끝났다, 다시는 나를 보고 싶지 않겠구나'하고 실망할 일도 아니다. 노력 여하에 따라서는, 당신이 얼마나 절실하고 진심인가에 따라서는 개선의 여지도 있기는 하다. 그러나 그것은 첫인상이 비호감이 되어버린 상대에게 다시 우호적인 시선을 갖게 하기란, 나쁘게 굳어진 인상을 바꾸기란 결코 쉬운 일이 아님을 명심해야 한다.

첫인상을 좋게 변화시키고자 한다면 일상적으로 어떤 노력이 필요할까.

일단 어색하더라도 웃는 얼굴이 중요하다.

'웃는 얼굴에 침 못 뱉는다'는 말처럼 웃는 얼굴에 대고 부정적인 소리를 하거나 화를 낼 사람은 없다. 또한 부드러운 음성과 정직한 눈빛, 바른 자세 등도 좋은 첫인상을 만드는 데 필요한 요소이다. 처음 만난 자리에서 얼굴은 웃고 있는데 앉은 자세가 삐딱하거나 한쪽 다리를 건들거리거나 하면 불량해 보이고 신뢰감이 가지 않는다.

'인상'이라고 해서 얼굴 표정만 중요한 것이 아니다.

좋은 첫인상은 상대방과의 교류를 용이하게 한다. 상대방이 나에게 호감을 가졌을 때는 내 말을 건성으로 듣지 않을 뿐 아니라 가능하면 긍정적으로 받아들이려 하기 때문이다.

또한 대화를 성공적으로 이끌고 싶다면 상대의 말에 집중하여 적극적으로 반응해야 한다. 열심히 말하는 상대를 앞에 두고 속으로는 딴생각을 한다면 티가 나게 마련이다. 상대의 말에 공감하지 않더라도 성실하게 들어주는 것은 노력 이전에 예의이며 첫인상을 결정짓는 요인이 될 수 있다.

'엎질러진 물은 주워 담지 못한다'는 말은, 좋은 첫인상을 만들어야 하는 이유가 될 수도 있다.

관계를 바꾸는 유쾌한 대화의 힘

첫 만남, 대화의 물꼬 트기

상대에 대해 아무것도 모르는 상태라면 누구나 마음속에 막연한 두려움을 갖기 마련이다. 그러므로 상대방이 얼마든지 나를 경계할 수 있다는 것을 예상하고 되도록 경계심보다는 호감을 느낄 수 있도록 자연스럽게 말문을 여는 것이 중요하다.

처음 본 사람에게 말을 건넬 때는 지나치게 긴장하는 것도 좋지 않지만, 너무 쉽게 다가선다는 느낌을 주어서도 안 된다. 처음 본 사람과 부드럽고 자연스럽게 대화를 시작하기 위해서는 우선 상대방의 외적인 모습에 관심을 갖는 것이 좋다. 무작정 다가가려고 하기보다는 상대방의 행동, 말투, 제스처를 주의 깊게 살펴보면 자연스레 건넬 말의 실마리를 찾을 수 있기 때문이다.

우리의 일상에는 수많은 사람을 만나고 헤어지는 일도 포함되어 있다. 만나고 헤어지는 수많은 사람들 중에서도 낯선 상대에게 말을 거는 일은 누구에게나 조심스럽고 신경 쓰이는 일이다. 그리고 낯선 상대에게 건네는 첫 마디는 나의 첫인상을 결정하는 데 많은 영향을 미친다.

"들어오실 때부터 시선이 가던데, 스타일이 무척 감각적이세요! 특히 빛을 받아 반짝이는 넥타이핀이 스타일을 완성하는 것 같네요! 제가 독특한 넥타이핀 수집에 관심이 있어서요…"

예를 들어, 이같이 사소한 특징을 발견하여 대화의 물꼬를 여는 상대에게 어떤 느낌이 드는가. 직접적으로 '외모가 수려하다' 혹은 '호감이 간다'는 표현이 아니더라도 듣는 이의 긴장을 늦추게 한다. 상대가 긴장의 끈을 살짝이라도 늦추게 되면 대화는 좀 더 자연스럽게 이어갈 수 있다. 아무리 업무상 처음 만나 처리해야 할 공적인 만남이라 하더라도, 처음부터 "우리 회사를 대표하는 입장에서 오늘 ○○님과 해결해야 할 일은…"하는 식으로 말문을 여는 것은 오히려 긴장감을 더욱 유지시킬 뿐이다.

남자가 길에서 처음 만난 이성에게 무턱대고 말을 걸었다가 실패하는 이유도 이처럼 상대가 호감을 느낄 시간과 여유가 부족하기 때문이다.

공적인 만남이든 우연적인 만남이든 어떤 첫 만남에서도 서로 간에 긴장과 경계의 끈을 늦출 여유가 주어지지 않는다면, 마음의 거리가 가까워지기는커녕 자연스러운 대화조차 불가능하다는 것을 기억해야 한다.

당연히 어색할 수밖에 없는 첫 만남에서 이야기를 쉽게 풀어 나가기 위한 또 다른 요인은 바로 유머를 활용하는 것이다. 자

관계를 바꾸는 유쾌한 대화의 힘 ～～～

연스레 대화의 물꼬를 트기는 했더라도 서로의 관심사나 배경을 잘 모르는 상태에서 유머와 재치를 곁들인 대화 전술은 반드시 필요하다.

어느 중학교 1학년 첫 학부모 모임에서 부모들이 요즘 아이들 이야기를 나누기 시작했다. 한 학부모가 먼저 이렇게 말문을 열었다.

"요즘 애들은 자기들이 필요한 것을 마련하려고 거짓말도 잘한다고 하더라고요. 말을 어찌나 잘하는지, 우리 애도 나를 얼마나 속이고 있는지 도통 알 수가 없어요."

"맞아요, 우리 애는 엊그제 책 산다고 돈을 받아 가더니 다음 날 시치미 떼고 또 받아 가는 거예요. 나중에 보니까 그런 책은 있지도 않더구먼."

그 소리에 모두들 고개를 끄덕였다. 그때 한 학부모가 끼어들었다.

"저도 학교 다닐 때 거짓말 많이 했어요. 부모님은 모르고 꼬박꼬박 돈을 주시더라고요? '노트' 산다고 돈 달라고 하고 '공책' 산다고 또 돈 달라하고요. 하하…"

그러자 사람들이 킥킥거리며 웃음을 터뜨리기 시작했다.

"그리고 오래된 이야기지만 옛날에는 군대 간 청년이 총알 떨어졌다고, 부모한테 총알 사야 하니까 돈 좀 보내 달라고도 한다는 얘기도 들었어요."

황당한 유머에 사람들은 웃음을 터뜨리며 맞장구를 치기 시작했다.

"맞아, 맞아, 나도 그랬어요. 자습서 산다고 돈 타내고 학습서 산다고 또 타내고 말이에요. 그런 거 다 사서 공부했으면 판사 검사 됐을 거야. 크큭큭…"

"그렇죠? 우리 애들도 만날 뭐 사야 된다고 엄마 아빠가 못 알아듣는 준비물 이름 들이대면서 돈 타 내죠. 그중 절반은 아마 용돈으로 나갈걸요. 허허허."

처음에는 모두 자식들이 거짓말로 부모를 속일 생각만 한다며 걱정스러워하던 사람들이 나중에는 자기들도 예전에 그랬다는 사실을 떠올리며 웃음을 터뜨렸다. 그리고 자녀들을 이해하는 쪽으로 대화가 이어졌다.

"어유… 맞다, 나도 그랬지… 그때는 왜 그렇게 용돈이 부족했는지 말이에요."

이처럼 처음 보는 사람들과의 만남에서 적당한 유머를 사용하면 긴장감이 쉽게 풀어져 자연스럽게 대화가 이어질 수 있다.

이때 필요한 것은 솔직함이다.

자신의 솔직한 경험에 유머를 곁들여 이야기하면 상대방의 마음을 울릴 수 있을 것이다. 경험만큼은 진실을 담보하기 때문이다.

좋은 첫인상을 위한 5가지 비결

1. 시선을 맞추고 눈으로 대화한다
대화를 할 때는 항상 상대방을 바라보아야 한다.
상대방의 이야기에 집중한다면 시선을 맞추게 된다.

2. 웃는 얼굴은 상대방의 마음을 열게 한다
미소 띤 얼굴은 상대방의 경계심을 풀게 한다.

3. 목소리도 얼굴만큼 중요하다
좋은 목소리는 신뢰감을 준다. 목소리도 외모처럼 가꾸어
야 한다.

4. 상대의 이름을 기억하고 불러준다
상대방이 자신의 이름을 기억해주는 것을 싫어하는 사람
은 없다.다시 만났을 때 반갑게 이름을 불러주면 상대방에
대해 호감을 갖게 된다.

5. 반듯한 자세는 자신감의 표현이다
바른 자세는 자신감의 표현이다. 삐딱한 자세나 팔다리를
흔드는 행동, 또는 불안정한 시선은 상대방을 불안하게 만
든다.

상대방에 대한 관심과 배려

미국 코네티컷주에 본사를 두고 있는 미첼스/리처즈는 1958년에 설립되어 단 두 개 매장에서 의류 판매만으로 연간 700억 원의 매출을 올리고 있는 회사이다. 이 회사의 CEO인 잭 미첼이 쓴 책 『내가 1,000마일을 달려가 고객을 만나는 56가지 이유』는 경기 침체기에 불황을 극복하는 판매 철학으로 '껴안기'에 대해 이야기하고 있다.

이 책은 직원들의 다양한 서비스 방법과 그 효과에 대해 설명하고 있는데 무엇보다도 잭 미첼의 실천 방식이 주목할 만하다. 그는 자기 회사의 최상위 고객 1,000명의 이름을 꿰고 있을 뿐 아니라 그들의 직업, 가족 관계, 취미 등에 대해서도 훤히 알고 있다. 중요한 것은, 그가 고객들의 이름을 억지로 외운 것이 아니라는 점이다.

억지로 하는 일에는 한계가 있다. 바로 고객에 대한 관심과 배려가 그토록 놀라운 기억력을 유지시키는 비결이었다. 그의 성공이 눈길을 끄는 것은 바로 이 점 때문이다. 고객의 이름을

관계를 바꾸는 유쾌한 대화의 힘

기억해 주는 것.

이름은 누군가에게 의미를 부여하는 중요한 동기가 된다. 낯선 사람들과 한자리에 모이게 되면 제일 먼저 통성명을 하게 된다. 나는 누구이며 너는 누구인지 서로 알리는 것이다. 이후에 누군가 나의 이름을 기억해 주면 왠지 특별한 대우를 받는 것 같은 기분이 드는 것도 사실이다.

비즈니스 상황에서 상대방의 이름을 기억해 주는 것은 마음을 움직일 수 있는 최고의 방법이다. 한두 번밖에 간 적 없는 음식점이나 옷 가게에서 자신을 알아보거나 고객카드의 이름을 기억해 준다면 손님 입장에서는 놀랍고도 기분 좋은 일이다. 어느 상황에서든 이름을 기억해 주는 것은 긍정적인 효과가 크다.

외국 생활을 오래 한 사람들이나 외국에서 비즈니스 활동을 많이 하는 사람들은 낯선 사람을 대하는 방식에서 우리나라 사람들이 서양인과 매우 다르다고 말한다.

서양인들은 낯선 사람과 자연스럽게 이야기도 나누고 거리낌 없이 춤도 춘다. 하지만 우리나라 사람들은 낯선 사람에게 먼저 손을 내밀지 못한다. 겨우 용기를 내어 누군가 명함을 내밀면 그것을 주고받는 정도이다. 그러나 이럴 때도 상대방의 이름을 기억해 주는 것은 중요하다. 명함을 주고받고는 그냥 잊어버릴 것이 아니라 헤어질 때 상대방의 이름을 불러주며 작별 인사를 건넨다면 그 사소한 배려에 크게 감동할 것이다. 이것이 경계심을 누그러뜨리고 마음을 여는 계기가 된다.

대인관계에서 낯선 사람과 이야기를 나눌 때, 혹은 중요한 비즈니스에서 상대방의 이름을 기억하고 불러주는 것은 그에게 '의미'를 부여하는 것과 같다. '의미 있는 존재'가 된 상대방은 당신에게 좋은 친구가 되려고 노력할 것이다.

관계를 바꾸는 유쾌한 대화의 힘

돈 안 드는 칭찬의 비결

"달리기를 잘하시네요!" "손이 어찌나 빠른지, 남들은 아직 멀었는데 벌써 정리를 끝내셨네요!" "설거지를 정말 꼼꼼하게 하시네요, 컵이 반짝거려요!"

일상 속에서 사소한 발견을 할 때마다 이런 칭찬을 잊지 않고 건넨다면, 당사자는 틀림없이 기분이 좋아질 것이다. 나를 칭찬해 주는데 기분 나빠할 사람은 없을 테니까.

그렇다면, 칭찬을 잘하는 사람에게는 특별한 비결이 있을까?

간단히 말해, 칭찬은 상대방의 장점을 말하는 것이다. 그리고 그 장점으로 인해 상대방의 미래가 얼마나 좋을지, 자신의 느낌을 솔직하게 말하는 것이다.

칭찬은 듣는 이에게 삶의 활력을 불어넣어 줄 뿐 아니라 칭찬하는 사람 자신에게도 행복감을 준다.

한 자동차 부품 제조회사 마케팅 부서 오 팀장은 성격이 매우 까다롭고 어려운 사람으로 통했다. 그래서 팀원들은 작은 실수도 하지 않으려고 노력했다.

퇴근 시간 무렵, 오 팀장이 최근 경력직으로 입사한 김 대리에게 처음 맡긴 업무보고서 제출을 재촉했다.

　"김 대리, 지난주에 맡긴 아프리카지역 판매 실적 보고서… 어떻게 됐나? 오늘쯤 나와야 하는 거 아닌가요?"

　오 팀장의 한마디에 모든 팀원이 움츠러들었다.

　"네 저, 내일 제출하려고…, 지금 열심히 작성하고 있습니다. 팀장님."

　"뭐요? 내일 오전 회의 들어가서 보고 해야 하는데, 내일??"

　"네에, 내일 출근하시면 보실 수 있을 겁니다."

　언성이 높아지는 상사의 태도에 김 대리는 주눅 든 채 말했다.

　다음 날 아침 출근했을 때, 오 팀장의 책상 위에는 정말로 판매 실적 보고서가 놓여 있었다. 오 팀장은 김 대리를 힐끗 쳐다보며, 보고서와 함께 회의실로 사라졌다.

　"저 깐깐한 오 팀장이… 사장님께 야단이라도 맞고 오면, 여긴 핵폭탄이 떨어질 텐데. 김 대리님, 보고서 제대로 잘 만드신 거죠…?"

　동료들은 근심스러운 표정으로 김 대리를 바라보았다.

　한참 후, 오 팀장이 돌아오자, 팀원들은 모두 긴장했다. 그때 오 팀장은 보고서를 작성한 김 대리를 큰소리로 불러세웠다.

　"김 대리, 나 좀 봐요!"

　그러더니 뜻밖의 말을 쏟아내기 시작했다.

　"정말 수고했어요! 어떻게 이렇게 보고서를 꼼꼼하고 체계적으로 작성했나! 특히 전반기 매출 현황기록 그래프와 후반기 예상 매출기대치에 대한 분석과 전망이 무척 현실적이야! 아주 훌륭해. 자네 덕분에 나도 사장님께 칭찬 들었어요. 모두들 PPT 자료가 훌륭하다며 깜짝 놀라더구만! 보고서는 이렇게 만드는 거라고! 역시 경력직은 달라, 다들 김 대리가 작성한 보고서 한번 보세요. 하하!"

김 대리는 상사에게서 이렇게 칭찬을 듣자, 그동안 상사에게 가졌던 선입견이 순식간에 사라지는 것 같았다. 동시에 일에 대한 의욕과 자신감이 생기는 것은 물론 앞으로 더욱 분발해야겠다는 결심을 하였다.

칭찬은 칭찬을 낳는다. 사장이 오 팀장이 들고 온 잘 만들어진 보고서에 대해 칭찬과 격려를 아끼지 않았다. 칭찬을 들은 팀장 또한 기분이 좋아졌고 연쇄반응을 일으키듯 너그러워진 것이다. 작은 칭찬 한마디는 상대방을 기분 좋게 할 뿐 아니라 너그러워지게 한다. 그 너그러움은 다른 사람을 호의적으로 대하게 하여 모두 즐겁게 일할 수 있게 만드는 힘을 발휘한다.

중요 업무가 아닌 사소한 일일지라도, 무심코 지나칠 수 있는 당연한 행동에 대해서도 놓치지 않고 건네는 작은 칭찬은 당사자에게는 큰 감동으로 다가가며 좋은 인상을 줄 수 있다.

사소한 칭찬의 필요성은 가족을 비롯한 가까운 사이에도 마찬가지이다.

어머니가 가족들을 위해 열심히 맛난 음식을 만들었는데 말

없이 먹기만 한다면, 얼마나 맥 빠지고 재미없겠는가.

"엄마, 오늘 고등어조림 너무 맛있었어요! 다른 데서 먹는 건 비린내가 장난 아니거든요!"

"우리 와이프 요리 솜씨는 따라올 사람이 없어. 당신이 만드는 건 어떻게 이렇게 다 맛있지?! 장금이도 울고 갈 실력이야!"

칭찬은 일상 속에서 서로의 감정을 긍정적으로 연결하는 간단하고도 다정한 수단이다.

그러나 무조건 '좋아 좋아, 잘했어 잘했어'만 외친다고 통하는 것도 아니다. 정말로 의미 있는 칭찬은 입에 발린, 진심이 빠진 사탕발림과는 다르기 때문이다. 사소하고 별것 아닐지라도 상대방의 장점이나 성과 등에 대해 칭찬할 때는 진심이 담겨야 한다.

타인을 칭찬하는 일이 익숙하지 않은 사람도 있다. 남의 장점보다는 단점을 더 잘 알아차리는 사람도 있다. 아무리 단점이 크더라도 작은 장점을 찾아 칭찬하도록 노력해야 한다. 칭찬이 서툰 사람이라면 어떻게 해야 할까, 아래의 아홉 가지 포인트를 기억해 보자.

첫 번째, 소유가 아닌 재능을 칭찬한다.

상대방에게 칭찬의 말을 건넬 때, 흔히 물건이나 외적인 것을 칭찬하는 경향이 있다. 가장 먼저 눈에 띄는 것을 칭찬하기 쉽기 때문이다. 그보다는 그의 재능, 능력을 인정하는 것이야말로

관계를 바꾸는 유쾌한 대화의 힘 〰〰〰

진정으로 상대를 존중하는 의미를 전달한다.

이를테면, "감각이 남다르군요! 훌륭해요!"와 같은 표현이 그 것이다.

다음으로는 의지를 칭찬한다.

재능은 타고나는 것이다. 재능이 남다른 경우에도 물론 칭찬 할 만하지만, 재능이 부족한 경우에도 그것을 뛰어넘기 위해 의 지를 가지고 성실하게 노력하는 점을 인정해 준다면 상대방은 더욱 힘을 받을 것이다.

세 번째, 일의 결과보다는 과정을 칭찬한다.

'결과보다 과정이 중요하다'는 말이 있듯이, 결과도 물론 중 요하지만, 대단한 결과를 이루었을 때, 그것을 위해 흘린 땀과 노력을 인정하고 알아주는 것이 더욱 중요하다는 의미이다.

네 번째, 오늘 잘한 일은 바로 즉시 칭찬한다.

과거가 아닌 '오늘 현재의 노력'을 알아주고 칭찬하라는 의미 이다. 그러기 위해 칭찬에 인색하지 말아야 한다. 잘한 줄 알면 서도 당연하다 여기며 그 당시에는 모른 체 하다가, 며칠 몇 달 지나서 다 지나간 일을 떠올려 칭찬하기는 쉽지 않다.

오늘 잘한 일은 오늘 칭찬하라.

다섯 번째, 칭찬은 공개적으로 해야 한다.

실수를 저질렀을 때 일부러 많은 이들 앞에서 큰소리로 서슴지 않고 비난하는 사람이 있다. 그것은 절대 바람직하지 않다. 칭찬이야말로 많은 사람들 앞에서 충분히 표현하는 것이 중요하다. 그로써 당사자에게는 기쁨과 자신감이 커지는 것은 물론, 그것을 지켜보는 사람들에게는 자신도 잘하면 격려받을 수 있다는 긍정적인 동력이 될 것이기 때문이다.

여섯 번째, 말로만 칭찬하지 말고 보상을 더 한다.

말로만 백번 칭찬하는 것보다 사소하더라도 그에 대한 물질적 보상이 함께 주어지면 그 감동은 더욱 커지게 마련이다. 요즘 흔한 모바일 커피 쿠폰이나 상품권 등 일정 금액 이내의 사소한 보상도 없는 것보다는 기쁨을 증폭시키는 도구가 된다.

일곱 번째, 큰 것보다는 작은 것을 칭찬한다.

눈에 띄는 큰 성과만 칭찬받을 이유가 되는 것은 아니다.

별것 아닌 작은 일에서도 긍정적인 점을 발견하여 응원과 칭찬을 아끼지 말아야 한다는 의미이다.

여덟 번째, 칭찬의 표현은 구체적일수록 좋다.

막연하게 그저 '잘한다, 참 좋아요.'와 같은 표현보다는 구체적인 칭찬이 효과적이다.

이를테면, "이진주 씨는 참 부지런해!"라는 표현보다는 "이진주 씨는 항상 아침 8시 반 이전에 출근하더군, 정말 성실하고 부지런해!"와 같이 구체적으로 칭찬하는 것이다.

마지막, 자신의 장점에 대해 스스로 칭찬하라.

이는 타인에 대한 칭찬뿐 아니라 자기 자신에 대한 '셀프 칭찬'도 필요하다는 의미이다. 다른 사람의 장점만 찾느라 애쓰지 말고, 정작 자기 자신도 매일 무엇을 잘하고 있는지, 스스로를 돌아보며 하루 한가지씩이라도 칭찬의 말을 건네보자.

거울을 보며, "(스스로에게)박경훈! 너 참 멋진 녀석이야! 오늘도 일찍 일어나서 1시간 동안 운동한다는 약속을 지켰어. 잘했어! 훌륭해!"하며 자기 머리를 따뜻하게 쓰다듬어주는 제스처도 필요하다. 자기 자신을 인정하고 격려함으로써 자존감과 자신감도 더욱 충전될 것이다.

옛날 바보 온달이 평강공주의 격려와 칭찬으로 말미암아 훌륭한 장군이 되었듯이 칭찬은 바보도 천재로 만드는 힘을 가지고 있다.

칭찬은 더 잘하려는 의욕과 용기를 샘솟게 한다. 조금 잘한 일에 대해서도 굉장히 감동한 듯 칭찬해 주면, 상대방은 더 잘하려고 노력하는 것이다. 그것은 능력의 우열과 상관없이 인간이라면 누구에게나 자연스러운 일이다.

이런 이치는 강아지에게도 적용된다. 용변 가리기 훈련에서

맨 처음 정한 소변 장소에 정확히 소변을 본 강아지에게 칭찬해주면, 강아지는 그 칭찬을 기억한다. 그리고 다시 칭찬을 듣기 위해 소변 장소를 분명히 기억하게 되는 것이다. 이처럼 사람뿐아니라 동물에게도 칭찬의 위력은 크게 작용한다.

우리는 칭찬 듣는 것은 좋아하지만 남을 칭찬하는 데는 인색한 것도 사실이다. 이제부터라도 상대방의 아주 작은 장점에 대해서도 칭찬과 격려를 아끼지 않는 넓은 아량의 소유자가 되어보자.

말 잘하는 사람 & 말 못 하는 사람

　　요즘은 말 못 하는 사람이 없다고 할 만큼 달변가가 참 많은 시절이다. 예전처럼 공중파 방송만이 대세였던 시절을 지나 21세기에 접어들면서 인터넷 방송이 활성화되고 유튜브 크리에이터들의 개인 방송이 본격화하면서 텔레비전이나 유튜브에서는 출연하는 사람들마다 말을 못 하는 사람이 없다고 할 정도로 쉴 새 없이 말하는 프로그램이 넘쳐난다. 그들이 웃고 떠드는 것을 넋 놓고 보다 보면 도낏자루가 썩는 줄도 모를 지경이다. 성업 중인 코칭학원이나 스피치 학원들이 늘어나는 이유도 말을 잘하는 것이 세상을 살아가는 데 여러모로 유리하다는 인식이 보편적으로 자리 잡았기 때문일 것이다.

　　세상이 이렇다 보니 수많은 달변가 속에서 살아가야 하는 말을 잘 못 하는 이들의 고민은 더 커질 수밖에 없다. 말을 잘하는 것이 이제는 성공의 또 다른 키워드가 되었다고 해도 과언이 아니다.

　　하지만 말을 잘한다는 것은 외워서 뱉어 내는 웅변가들처럼 쉬지 않고 말을 쏟아낸다는 의미가 아님은 분명히 알아야 한다.

옛말에도 있듯이, 말이 많으면 쓸 말이 적은 것이 사실이다. 말이 많다 보면 정작 담아야 할 내용은 없이 수식어만 나열하거나, 핵심을 짚어야 할 부분에서도 장님이 코끼리 만지듯 하거나, 말의 기술에만 치중하는 경우가 많다. 또한 비슷한 단어를 나열하거나 유행어와 저속한 표현들만 엮어가며 억지웃음을 유도하는 경우도 있다. 이런 경우는 정말로 말을 잘한다고 인정받을 수 없다.

또 말을 할 때는 어려운 표현보다는 누구나 쉽게 이해할 수 있는 단어를 골라 쓰는 것이 바람직하다. 어려운 말로 상대방을 현혹하는 것은 교만일 뿐이다. '~인 것 같다'는 표현을 남발하는 것도 바람직하지 않다. 자신의 의견이나 생각에 확신이 없는 우유부단한 사람으로 비칠 수 있기 때문이다.

말을 잘하는 것과 말이 많은 것과는 분명 다르다는 것을 염두에 두고, 말을 잘 못 하는 이들이 주의해야 할 점은 무엇인지, 자신의 경우는 어떤지 살펴보도록 한다. 그리고 차근차근 고쳐나가도록 한다.

앞에서 말했듯이 부사와 형용사를 되풀이하거나 유행어와 비속어를 남발하는 일을 바로잡아야 한다. 그리고 '음'이라든지 '말하자면' 또는 '그러니까'와 같은 무의미한 말을 반복하거나 말끝을 흐리고 모호한 표현을 사용하지 않도록 주의한다. 특히 어려운 단어의 사용을 피하고 외국어를 남용하는 것도 바람직하지 않다. 나아가 어떤 이야기를 시작하기 전에 마음속으로 서론, 본론, 결론을 정리해 두어야 한다. 그렇지 않고 무작정 말을 시작해 버리면 서론도 결론도 없이 계속 같은 말만 되풀이하는 일이 발생하기 쉽다.

그러면 어떻게 해야 말을 잘할 수 있을까?

우선 말을 하기 전에 자신이 이야기할 주제에 대해 이성적이고 논리적으로 생각을 정리하는 습관을 갖는다. 그리고 미리 핵심을 정리해 두었다가 일단 말을 시작하면 간결하고 명확한 문장을 사용하여 핵심을 언급한다. 그렇다고 해서 바쁘게 할 말만 하고 끝내라는 뜻은 아니다.

또한 심각하거나 깊이 있는 주제를 이야기할 때도 적당히 유머를 섞어가며 긴장을 풀어주는 여유를 잊지 않도록 한다. 이때 적절한 보디랭귀지를 사용하는 것도 큰 도움이 된다.

말의 속도와 높낮이, 목소리 크기에도 변화를 주도록 한다. 일정하기만 한 음성과 억양은 재미있는 내용이라도 지루하게 느껴지도록 만들 수 있기 때문이다. 그리고 특히 주의해야 할 것은 대화 상대나 청중이 내 생각과 같을 것이라고 속단해서는 안 된다는 것이다. 따라서 그들의 반응에 주의를 기울이며 적절하게 대응하는 자세가 필요하다.

그 외에도 불만이나 부정적인 말은 상대방에게 안 좋은 인상을 준다는 것을 기억하자. 더욱이 친한 친구와 이야기하다 보면 자칫 방심하여 예의를 지키지 않고 함부로 대할 수 있으나 그럴

수록 예의를 잃지 말아야 한다.

　나의 부주의로 인해 상대방이 화가 난 경우에 감정적으로 대응하는 것은 결코 옳은 태도가 아니다. 또한 상대방의 예상치 못한 반응에 당황하여 함부로 말하는 것도 옳지 않다.

　말을 잘하기 위해서는 남 앞에서 이야기할 기회를 자주 만들고, 만약 말하는 도중 실수를 했다면 저지른 실수에 연연하지 말고 유머를 섞어 즉시 정정하도록 한다. 상대방이 싫어할 말이라도 얼렁뚱땅 넘어가지 않도록 하며 칭찬을 할 때도 지나치지 않도록 한다. 아무리 듣기 좋은 칭찬이라도 지나치면 부족한 것만 못하다.

　다시 강조하건대, 말을 정말로 잘하는 사람들의 공통점은 상대방의 말을 잘 들어준다는 것이다. 그들은 우선 상대방의 진심을 들으려고 노력한다. 그리고 상대가 말하는 중간에 적당히 맞장구를 쳐주거나 자기 의견을 적극적으로 표현한다. 또한 다 아는 내용이더라도 참을성 있게 끝까지 들어주고 동의나 이해를 표시한다.

　나아가 그들은 상대방이 자신에게 별로 좋지 않은 말을 하더라도 쉽게 화내지 않으며 어느 경우에도 말하는 사람의 기분에 공감하려는 자세를 잃지 않는다.

　이제 이런 원칙들을 기억하고 재미있게 말하는 연습을 한다면 당신도 성공에 성큼 다가서게 될 것이다.

마음을 사로잡는 6가지 대화의 법칙

첫째, 상대방에게 관심을 두고 다가갈 때 이왕이면 첫인상이 좋아야 한다.

첫인상을 좋게 하는 간단한 방법은 바로 미소이다.

아기의 천진한 미소 앞에서는 어떤 위선이나 거짓도 힘을 쓸수가 없다. 총을 든 괴한까지도 무장 해제시킬 위력이 있다. 미소는 사람으로 하여금 무한한 행복감과 기쁨을 느끼게 한다. 나아가 긴장을 누그러뜨리고 마음을 편하게 해준다. 서비스업종에 종사하는 사람들을 보면 항상 웃는 얼굴이다. 속이야 어떻든 겉으로는 늘 웃는 얼굴이므로 낯선 사람도 다가가 편하게 말을 걸 수 있다.

그렇다면 어떻게 해야 누구나 거부감 없이 다가올 수 있게 만드는 자연스러운 미소를 지을 수 있을까? 우선 억지로라도 미소 짓도록 한다. 혼자 있을 때는 의도적으로 콧노래를 부르며 기분을 바꾸어보고 거울을 보며 미소 짓는 연습을 하는 것도 필요하다. 불행하고 힘겨운 상황이라도 즐겁고 행복한 것처럼 행동하면 정말로 행복해진다. 사람의 행복은 외부 조건보다는 자신의 마음가짐에 달려 있기 때문이다.

둘째, 인간관계를 맺는 데에서 특히 중요한 것은 상대방의 이름을 잘 기억하는 것이다.

사람들 중에는 상대방 이름을 특히 잘 기억하는 사람이 있는가 하면 그렇지 못한 사람도 있다. 그러나 상대방의 이름을 기억하여 불러주는 것은 화술에서 매우 중요한 요소이다. 사람을 잘 다루는 사람은 자신이 대하는 사람의 이름을 반드시 기억하고 불러준다.

우리나라에는 이미 수많은 해외 유명브랜드 매장들이 즐비하다. 그중 의류 브랜드 B사의 강남점 3층짜리 매장에는 독특한 디자인의 고급 의류가 각각의 컨셉트에 따라 층별로 진열되어 있으며 판매 직원도 10명이 넘는다. 그중에서도 보라 씨는 다른 직원보다 뛰어난 매출 실적으로 판매왕에 올랐다.

보라 씨의 비결도 바로 고객의 이름을 기억하는 것이었다.

"어서 오십시오! 원하는 것이 있으시면 말씀하십시오!"

보라 씨는 모든 손님에게 언제나 친절하고 상냥할 뿐 아니라 손님이 매장을 나서기 전에 고객카드를 작성한다.

"이젠 안 올지도 모르는데 왜 이런 걸 써야 하죠?"

고객이 물으면 보라 씨는 이렇게 대답한다.

"저희는 계절별로 이벤트가 있거든요. 단 한 번 오신 분이라도 카드에 기록되어 있으면 이벤트 안내를 해드리고 기념일에는 기념품도 보내드리려고요."

이렇게 해서 고객의 이름과 기념일 등을 알게 되면 그 이름을 기억하는 한편, 그 손님이 다시 오는지에 상관없이 꾸준하게 안내문이나 작은 기념품 따위를 보내주곤 했다.

어느 날, 일 년 반 전 결혼기념일에 남편과 함께 밍크코트를 구입하느라 딱 한 번 들렀던 고객이 우연히 다시 찾아왔다.

보라 씨는 곧바로 달려가 반갑게 맞이했다.

"안녕하세요, 고객님! 혹시 김희순 고객님 아니신가요? 오랜만에 오셨는데 어쩜 미모는 그대로세요!"

뜻밖의 장소에서 자신의 이름이 불리자, 고객은 순간 어리둥절했다.

"어머나, 어떻게 제 이름을 다 기억하세요?"

"첫 방문 때 작성해 주신 고객 카드로 꾸준히 관리하고 있거든요. 또 제 나름의 방법으로 성함을 기억하려 노력하고요… 그동안 보내드린 기념품도 잘 받으셨지요?"

"아, 그럼요. 그래서 오늘 시내 나온 김에 한 번 들러본 건데 이름까지 기억해 주시니 고맙네요!"

두 번 다시 오지 않을지도 모르는 사람의 이름을 기억하는 일이 어리석다고 생각할 수도 있다. 그러나 이처럼 고객이 다시 왔을 때 그 이름을 기억하고 반갑게 맞아준다면 고객은 특별한 대우를 받고 있다고 느끼게 된다. 그래서 보라 씨가 기억해 준 고객들은 그의 오랜 단골이 되고 매출 실적에 큰 도움이 된 것이다.

그렇다면 사업상·업무상 만나는 수많은 사람들의 이름을 외우는 데는 얼마나 많은 시간과 노력이 필요할까? 바빠 죽겠는데 사람들 이름 외울 시간이 어디 있느냐고 항변할지도 모르겠다. 하지만 투자하면 투자한 만큼 분명한 이득이 있다는 것을 믿고 시작해 보자. 노력 없이는 어떤 것도 쉽게 얻어지지 않는다는 사실을 명심해야 한다.

셋째, 상대방의 흥미를 끌기 위해서는 그가 관심 있어 하는 것에 대해 이야기한다.

그 자신이 베테랑 파티쉐이며 사업을 확장하여 제과 제빵 생산공장까지 일구어낸 정석 씨는 나름대로 자신의 일에 상당한 자부심을 느끼고 있었다. 그는 우리나라에 수백 개의 체인점을 소유한 대형 커피숍브랜드 C사에 디저트 납품을 하고자 무척 애썼다. 몇 년째 매주 한국 총괄 매니저를 찾아갔으나 아무런 진전이 없었다. 그는 무척 실망하다가 마지막으로 인간관계에 대해 연구하기 시작했다. 그리고 마침내 새로운 방법을 시도하기로 했다.

'적을 알고 나를 알면 백전백승'이라는 말이 있듯이, 먼저 그 한국 총괄 지배인이 어떤 사람인지 알아보았다. 그 결과 그는 총괄 지배인이면서 개인적으로는 아내의 이름으로 대형 커피숍을 운영하는 인물이었다. 또한 얼마 전에는 한국진출 해외 식음료협회의 이사로 선출되었다는 사실을 알아냈다.

얼마 후 정석 씨는 다시 그를 찾아갔다. 그리고 한국진출 해외 식음료협회에 관한 이야기로 시작해 끝날 때까지 자신의 사업인 디저트에 대해서는 한마디도 하지 않았다. 그러자 그 지배인은 정석 씨를 놀라운 눈으로 바라보았다.

"당신이 우리 협회에 그렇게 깊은 관심을 가지고 계신 줄은 몰랐네요. 우리 협회의 찬조 회원이 돼주시겠습니까?"

기꺼이 협회의 찬조 회원이 된 며칠 후 사무장으로부터 전화가 왔다.

"지배인께서 당신이 판매하는 디저트의 종류 샘플과 가격표를 보내달라고 하십니다. 언제쯤 가능하겠습니까?"

정석 씨는 그 전화를 받고 뛸 듯이 기뻤다. 그의 새로운 인간관계 전술이 힘을 발휘했던 것이다.

이처럼 상대방의 흥미를 끌기 위해서는 나의 관심사를 말하는 것보다 상대방의 관심사가 무엇인지 파악하여 그것을 화제로 삼는 것이 효과적이라는 것을 명심하자.

넷째, 인간관계를 잘 맺으려면 먼저 어느 곳에서나 환영받는 사람이 되어야 한다.

어느 곳에서나 환영받는 방법은 바로 상대방에 대해 '순수한 관심'을 갖는 것이다. 즉, 누군가를 사귀고 싶다면 나 자신보다는 그 사람을 먼저 생각하고 그를 위해 무엇을 해줄까를 생각해야 한다.

여기에는 시간과 노력, 희생과 깊은 배려가 필요하다. 그러면 상대방은 누군가의 관심을 받는 것을 기뻐할 뿐만 아니라 나에게도 마찬가지의 관심을 보여준다. 즉, 내가 상대에게 바라는 것이 있다면 그만큼 내가 먼저 베풀어야 한다는 뜻이다.

비혼주의자인 선경 씨는 혼자서도 열심히 바쁘게 살고 있다.

그녀는 언제 어느 때 누가 찾아와도 늘 반갑고 기쁘게 맞아준다. 한번은 그것에 대해 한 후배가 이렇게 물었다.

"선배는 왜 그렇게 다른 사람들에게 관대한 거죠? 새벽 두세 시에 찾아오는 사람들을 화 한 번 내지 않고 맞아들여 먹여주고 재워주고 하는 게 이해가 안 돼요."

그러자 선경 씨는 이렇게 대답했다.

"나는 혼자 사는 삶의 방식을 택했지만 그렇다고 해서 사람을 싫어하지는 않아. 살기는 혼자 살아도 다른 사람들과 함께 즐기고 기뻐하고 슬퍼할 수는 있잖아. 모르는 사람들은 내가 혼자 살기 때문에 성격이 모나고 까다롭다고 생각할 수도 있어. 그러니 내가 먼저 손을 내밀어야지. 나는 주변 사람들에게 말해. 잘 곳이 필요하거나 쉴 곳이 필요하거나 배가 고프면 언제든지 찾아오라고. 나는 누구든 언제나 기쁘게 맞을 준비가 되어 있다고 말이야."

선경 씨는 자신이 다른 사람에게 마음을 열고 관심을 두는 것이, 다른 사람이 자신에게 그렇게 해주기를 기대하는 것보다 쉬

관계를 바꾸는 유쾌한 대화의 힘 〰〰

운 일이라고 이야기했다.

세상에는 다른 사람으로부터 관심받기를 원하는 사람이 더 많은 것이 사실이다. 그러나 내가 먼저 다른 사람에게 관심을 가지려 노력하면 머지않아 나에게도 돌아올 것이다. 인간관계를 잘 맺으려면 상대에게 먼저 마음을 열고 다가가는 자세가 필요하다.

다섯째, 사람들과 긍정적인 인간관계를 맺으려 할 때 사람들이 나를 즉시 좋아하게 만드는 방법이 있는데, 그것은 바로 상대방의 중요성을 인정하는 것이다.

인간관계에는 중요한 법칙 한 가지가 있다.

그것은 '항상 사람들로 하여금 그 자신이 중요하다는 느낌을 받게 하라'는 것이다.

이것은 이 세상에서 가장 중요한 법칙이다. 흔히 '남에게 대접받고자 하면 남을 대접하라'는 말이 바로 그것이다.

사람은 누구나 진심에서 우러나오는 칭찬에 약하다. 비난을 들으면 화를 내고 대항하려 들지만 칭찬하고 격려해 주는 사람에 대해서는 한없이 고개를 숙이게 된다. 또한 누구든 자신이 어떤 점에서는 남들보다 뛰어나다고 생각하는 경향이 있다.

그러므로 상대방의 마음을 사로잡고 나를 좋아하게 하려면 '나는 당신의 중요성을 알고 있다'는 사실을 알려주고 진심으로 그의 중요성을 인정해 주어야 한다.

**여섯째, 상대방과 즐겁게 대화를 나누는 쉬운 방법은 상대방의
말을 경청하는 것이다.**

즉, 상대방이 말할 수 있도록 시간을 주고 잘 들어주는 것
이다.

한 출판사 대표가 초대한 만찬회에서 데일 카네기는 아주 유
명한 식물학자를 만났다.

식물학자를 처음 접한 카네기는 곧 그에게 흠뻑 빠져들었다.
그 식물학자가 생전 듣도 보도 못한 이국의 식물들과 새로운 품
종 개발 계획에 대해서 얘기하는 동안 카네기는 넋을 잃고 듣고
있었다.

자정이 되어 모든 손님들이 인사를 하고 자리를 떠나는 시각,
식물학자는 주인과 함께 다가와서 카네기를 칭찬하기 시작했다.

"카네기 씨는 아주 매력적인 사람이고 정말 재미있게 이야기
를 나눌 수 있는 사람입니다. 오늘 대화는 정말 즐거웠습니다.
내가 경험한 것 중 가장 재미있는 대화였습니다!"

그러나 그날 저녁 데일 카네기는 거의 한마디도 하지 않았다.
그가 한 일이라고는 식물학자의 이야기를 진지하게 들어준 것
뿐이었다. 식물학에 대해 문외한이었던 카네기는 진심으로 관
심과 흥미를 갖고 경청했던 것이다. 이와 같이 진심으로 경청하
는 태도는 말하는 사람에게 보일 수 있는 최고의 찬사 가운데
하나라고 할 수 있다.

사람들은 누군가와 이야기를 나눌 때 내 이야기가 상대방에

　　　　　　관계를 바꾸는 유쾌한 대화의 힘 ～～～

게 잘 전달되기를, 나에게 흥미를 가져주기를 바란다. 상대방이 나에게 흥미를 갖기 바란다면 상대방이 하고 싶은 말을 하도록 내가 먼저 그의 관심사에 대해 질문하는 것이 좋다. 그다음 그의 이야기에 귀 기울이는 것이다.

누구나 자신의 문제에 가장 관심이 많다. 그 상대방의 관심사에 대해 말하도록 배려하고 잘 들어주는 것, 그것이 그의 마음을 사로잡을 수 있는 즐거운 대화의 시작이다.

반드시 피해야 할 대화의 심리학

　　이제부터 기술하는 내용은 다수를 상대로 말하는 경우보다는 개인적이거나 소규모 모임에서 만나는 사람들과 이야기를 나눌 때 해당하는 것으로, 반드시 피해야 할 사항이다.

　로봇이 아닌 이상 사람은 자신의 평소 생각을 바탕으로 말을 하기 마련이다. 그러므로 무심코 내뱉는 말 한마디에도 그 사람의 마음이 담겨 있다. 이것만 알아도 상대방과 이야기를 풀어 나가는 데 큰 도움이 될 것이다.

1. 말끝마다 '나는' 혹은 '저는' 하고 자신을 강조한다.

　누군가와 이야기를 나누면서 '나는', '저는' 하고 자신을 강조하는 사람은 상대방이 자신의 말에 맞장구쳐주기를 기대하는 것으로 이해할 수 있다. 그럴 때는 상대방이 '아, 맞아요!' '정말이에요?' 등등 어떤 식으로든 호응을 해주는 것이 좋다. 그러면 자신이 인정받은 것으로 생각하여 큰 격려를 받는다.

이런 상대와 우호적인 관계를 유지하려면 그를 인정해 주는 것이 무엇보다 중요하다. 그의 말을 무시하거나 귀찮아하는 표정을 하면 그는 곧 의기소침해질 것이다. 이런 말을 자주 하는 사람이 이기적이거나 상대를 제압하려는 성격이라고는 할 수 없다. 그보다는 유약하고 내성적인 성향이 강한 편이다. 특히 조직 내에서 자신의 존재를 인정받고 싶어 하나 적절한 조화를 이루지 못할 때'우리'라는 말로 자신의 존재에 대해 의미를 부여하고 확인받고자 하는 심리가 있음을 알아야 한다.

2. '절대로', '정말', '확실히' 등 극단적인 표현을 자주 사용한다.

이런 표현을 자주 사용하는 사람은 자기중심적이고 주관적인 사고방식을 가졌다고 볼 수 있다. 자신의 과오나 실수에 대한 비난을 면하기 위해 '그 일에 대한 해결책은 그것뿐이었다' '그것은 확실하다'와 같이 말함으로써 자신의 결정이 옳았음을 강조하여 자기합리화하려는 경향이 짙다. 또한 이런 사람은 자기애가 강한 성격이라고 볼 수 있다.

그것은 이기적이라는 뜻이며, 타인에 대한 배려나 역지사지를 기대하기 어려운 사람이라는 뜻이다. 더욱이 이런 사람은 '절대로'나 '결코'라는 수사로도 감출 수 없는 명백한 잘못을 저질렀을 때도 '앞으로는 절대로 그런 일이 없을 것이다'라는 식으로 맹세를 잘한다. 하지만, 이 역시도 뼈를 깎는 참회와 반성에서 나온 맹세가 아니다.

그러므로 이런 극단적인 표현이야말로 철저한 자기변명이며 자기 합리화임을 염두에 두어야 한다. 단지 맹세만으로 이루어지는 일은 없다. 쉬운 맹세는 가볍게 뒤집을 수도 있다는 것을 기억하자. 그러나 극단적인 표현을 자주 쓰는 사람이 모두 다 그렇다는 말은 아니므로 너무 부정적으로 바라볼 필요는 없다. 그런 맹세가 진심인지 아닌지는 시간이 더 지나면 자연히 알게 될 것이기 때문이다.

3. 생각 없이 겉치레 말을 잘한다.

생각 없이 하는 말에는 어떤 것이 있을까? 흔하게 듣는 것이 '언제 한번 연락하자' '밥 한번 같이 먹자' 등이다. 이런 말은 주로 그 자리를 빨리 회피하고 싶은 심리에서 하게 된다고 볼 수 있다. 특히 언제인지 정하지도 않고 막연히 연락하자는 말은 일단 '지금은 만날 때가 아니다'라는 의미이며, '얼른 이 자리를 떠나면 그만'이라는 의미도 담겨 있다. 정말 누군가와 다시 꼭 만날 생각이라면 그 자리에서 언제 다시 만날 것인지를 정하기 때문이다.

순진한 사람 같으면 '대체 저 사람이 언제 만나자는 걸까?', '언제 밥을 먹자는 걸까?' 혹은 '나도 스케줄이 바쁜데 미리 정해야 하지 않나?' 하고 속으로 고민할지도 모른다. 그러나 믿지 마라. 그런 말을 수시로 하는 사람치고 먼저 연락하는 경우는 거의 없다.

관계를 바꾸는 유쾌한 대화의 힘 ~~~~~

언뜻 듣기엔 매우 친절하고 예의 바른 듯하나 그 말을 한 당사자는 기억도 못 하거니와 전혀 부담을 느끼지도 않는다.

말에는 진심을 담아야 한다. 그런데 이처럼 겉치레 말에 익숙한 사람은 아무 생각 없이 말을 뱉어버린다. 그야말로 씹던 껌을 뱉는 심정일지도 모른다. 혹 당신이 이런 말을 자주 한다면 진지하게 고민해 보기 바란다. 겉만 번지르르한 말로는 좋은 친구를 사귈 수 없다.

4. '사내대장부가 말이야' '대한민국 남자들은 말이야'를 입에 달고 산다.

특히 이런 말을 자주 하는 남자들이 있다. 누가 남자인 줄 모를까 봐 강조하는 것일까?

한마디로 남자가 스스로에 대해서 '남자'임을 강조하는 말을 자주 한다는 것은 심리적으로 보다 우월한 남성성을 원하는 것으로 볼 수 있다. 이런 남자는 겉모습은 남자이되, 속으로는 아직 완벽하고 강인한 남자가 되지 못했다고 볼 수 있다.

남성이든 여성이든 사회에서 자기 역할을 확실하게 수행하려면 신체적·정신적으로 모두 성숙되는 '자아동일성(성적 동일성)' 단계를 거쳐야 한다. 그러나 어떤 이유로든 본받을 만한 남성성의 대상을 찾지 못한 채 어른이 된 남자들이 이런 식의 표현을 자주 한다. 스스로 자신이 아직 불완전한 남성이라고 느끼므로 그것을 보완하고 감추려는 무의식적 의도로 '사내대장부가', '남자가' 하는 표현을 들먹인다. 즉, 더 강하고 진정한 남성이 되고 싶다는 소망과 동경의 의미를 담고 있다고 보면 된다.

5. '어떻게 그럴 수가 있어요?', '너무 냉정해요'라는 말을 자주 한다.

이런 표현을 하는 사람은 상대방에게 매우 큰 기대를 하고 있다는 것을 나타낸다. 흔히 어떤 일이 생겼을 때 상대방이 이렇게 해주길 기대했는데 그와 다른 반응이 나타났을 때 이런 말을 한다.

즉, 상대방이 자신을 배려하고 자신을 위해 행동하는 것이 지극히 당연하다고 여기는 마음이 이렇게 서운하다는 표현으로 드러나는 것이다. 이런 사람은 상대방이 나를 위해 늘 무언가를 해주어야 한다는 착각에 빠져 있다고 생각해도 좋다.

6. 금전 관계를 비롯해 어떤 일 처리에서나 뒷마무리를 흐린다.

돈을 빌리고도 갚을 생각을 안 한다든지, 빌린 돈은 10만 원인데 7만 원 정도만 갚고는 흐지부지 끝내버리는 사람이 있다. 돈을 빌렸을 때 얼른 갚아야 한다는 생각보다는 '언젠가 생기면 갚지!' 또는 '능력이 생기면 갚아주지. 떼먹지만 않으면 되잖아' 또는 '친구 사이에 7만 원 정도 갚았으면 됐지 뭘 꾸역꾸역 다 받으려고 하겠어? 괜찮을 거야' 하는 식으로 혼자 자기 멋대로 생각하고 판단해 버리는 것이다.

이렇게 돈 문제에서 흐릿하게 대처하는 사람은 이상과 현실에 대한 판단력이 명확하지 못한 경우가 많다. 이런 성향을 가진 사람은 어떤 일에서든 맺고 끊는 게 분명하지 못해 다른 사람을 곤란하게 하거나 책임을 떠넘기는 결과를 가져온다. 당장 오늘 안으로 끝내야 할 일이 있는데도 다른 약속이나 잊었던 일이 생각나면 팽개쳐두고 나간다. 뒷마무리는 제대로 안 될 것이 뻔하고, 업무를 맡겼던 상사에게까지 피해가 돌아가게 만들 수도 있다.

이런 사람은 타인에 대한 의존 심리가 큰 사람이다. 내가 이 일을 못 끝내면 누군가 급한 사람이 할 것으로 생각하거나, 자기 물건임에도 아무렇게나 어질러놓고 누가 처리할 것이라고 기대한다.

이와 같은 타인 의존적인 성향은 현실 감각이 부족한 데서 비롯된다. 이런 사람과는 되도록 돈거래를 피하는 게 바람직하다. 좋은 뜻으로 도와주었다가 나중에 큰 후회를 할 수도 있기 때문이다.

자주 하는 말에 담긴 대화의 심리학

누군가와 대화를 나누게 되었을 때 상대방이 자주 하는 말에 관심을 가지면 그의 마음과 생각을 쉽게 알 수 있다. 그가 어떤 생각을 가졌는지 알면 그를 대하기가 훨씬 쉬워질 것이다.

1. 입만 열면 온갖 자랑을 늘어놓는다.

'한창 잘나가던 시절에는 내가 말이야'로 시작하거나 '어릴 때 살던 집은 5백 평이 넘었지'와 같이 현재 아무리 떠들어봐야 아무 소용없는 자랑을 늘어놓는 사람이 있다. 또 부모님의 출세담이나 잘나가는 형제들 이야기뿐 아니라 '우리 친척 중에 국회의원이 있어'라 든 지 '내 친구가 대법원 판사라니까' 식의 자랑거리로 입에 침이 마르지 않는 사람도 있다.

그러나 이런 것은 자신의 열등감을 은연중에 드러내는 것밖에는 안 된다. 특히 자랑거리가 그 자신에 관한 것이라기보다 가족이나 친구, 친척, 이웃 등등으로 확대될수록 '나는 이렇게 별 볼 일 없는 사람이오' 하는 열등감을 적나라하게 드러내는 것에 불과하다.

이는 현실에서는 아무 자랑거리도 자신감도 없으므로 그런 말조차 늘어놓지 않으면 스스로가 너무 초라해 보여서 견딜 수가 없다는 심리적 표현이라고 할 수 있다.

2. 누구에게나 '당신에게만 하는 얘기'라는 말을 자주 한다.

누군가로부터 이런 말과 함께 비밀 이야기를 들어본 적이 있을 것이다. 너와 나만의 비밀 이야기이니 절대로 아무에게도 누설하면 안 된다는 다짐을 받으면서. 하지만 바로 그 말을 하는 당사자야말로 비밀 폭로의 진원지가 될 확률이 가장 높다는 것이 문제이다. 그는 비밀을 지키기보다 누군가에게 털어놓고 싶은 욕망이 큰사람이다. 비밀을 알게 되었으면 지킬 것이지 왜 폭로하고 싶어 안달이 나는 걸까?

그것은 비밀을 알면서 침묵해야 한다는 것이 매우 부담스럽게 느껴지고, 또한 오직 나 혼자만이 그 비밀을 알고 있다는 사실을 자랑하고 싶은 충동을 억제하지 못하기 때문이다. 이는 성숙하지 못한 인격으로 인한 잘못된 충동이다.

자신이 속한 사회에서 조직 구성원으로서 조직에 대한 애정이나 책임감, 의무감이 확립되지 못한 것이 원인일 수도 있다. 내가 알고 있는 비밀이 누설될 경우 조직에 미칠 영향이나 책임 등을 생각할 만큼의 최소한의 신중함이 있다면 쉽게 입을 열지는 못할 것이다. 그렇게 볼 때 신중한 사람인데도 쉽게 입을 열었다면 또 다른 의도가 숨어 있는 것으로 생각할 수도 있다.

3. 이 핑계 저 핑계 변명을 늘어놓는다.

이는 자신의 잘못을 정당화시키려는 방편이다. 밥 먹듯이 핑계와 변명을 늘어놓는 것은 자신의 무능력이나 나약함을 솔직히 인정하지 않으려는 발버둥이라고 볼 수 있다. 물론 자신의 무능력과 한계를 인정하는 것이 쉬운 일은 아니다. 그러므로 그것을 인정하는 대신 합리화하고 부인하려 애쓰는 것이다.

이를테면 '어쩔 수 없었어' '일부러 그런 게 아니라…' 식의 변명을 습관적으로 하는 경우이다.

4. '바쁘다 바빠'라는 말을 입에 달고 산다.

입만 열면 바쁘다고 말하는 사람이 있다. 정말 할 일이 많아서 그럴 수도 있지만 자세히 들여다보면 꼭 하지 않아도 될 일이거나, 내가 아닌 다른 사람이 해도 되는 일임에도 모두 자신이 해야 한다고 생각하고 떠맡는 경우가 많다.

왜 그럴까? 그는 자신이 속한 집단, 이를테면 가정이나 회사 등에서 자신의 존재 의미가 불확실하다고 여기기 때문이다. 그래서 잠시라도 짬이 나고 쉴 시간이 생기면 오히려 불안하고 당황해한다. 무언가 일을 하고 있을 때만 존재감을 느끼고 안심이 된다는 말이다. 이런 이유로 딴생각을 할 만한 시간이 주어지는

관계를 바꾸는 유쾌한 대화의 힘 〰

것보다 몸이 힘들어도 바쁜 것이 오히려 좋다. 이런 사람은 일에 빠져 바빠야만 비로소 자신이 속한 집단의 일원이 된 듯한 안도감을 느낀다. 하지만 그렇게 하루 종일 동동거리며 일에 몰두하다가 지친 모습을 보면 가족이나 회사 동료나 상사가 그를 칭찬하고 격려할까? 더욱이 이런 사람들은 늘 바빠서 힘들어하지만 그렇다고 누구에게 도움을 청하지도 않는다는 특징이 있다. 그것만이 자신의 자부심이기 때문이다.

다른 사람들이 보기에 꼭 그가 당장 하지 않아도 될 일을 찾아서 하고 남의 일까지도 떠맡아 버거워하는 것이 어떻게 보면 자기학대로 느껴질지도 모른다. 바쁜 사람은 마음이 가난한 사람이다. 한가하게 하늘을 올려다볼 시간도 여유도 갖지 못하기 때문이다.

5. 사람들과 눈을 맞추지 못하고 재빨리 눈길을 피한다.

이런 사람은 지나치게 자신감이 부족한 경우다. 즉, 일관된 자기 존재감이 형성되지 못한 것이다. 죄를 지은 사람도 역시 사람들과 눈을 맞추지 못한다. 또한 무언가 상대에게 켕기는 일이 있거나 죄책감이 있는 사람도 무의식적으로 이런 행동을 보인다. 눈은 마음의 창이라고 했다. 마음속으로 어떤 생각을 하느냐에 따라 상대를 바로 보거나 그렇지 못하게 되는 것이다.

반면에 어떤 사람은 다른 사람을 뚫어져라 쳐다보는 경우도 있다. 누가 말을 하면 말하는 내내 그의 눈을 정면으로 주시한다. 이는 눈을 맞추지 않는 것만큼 큰 실례이다. 상대방 입장에서 그런 행동은 불신의 표현으로 느껴지고 무언의 압력으로 느껴지기 때문이다.

6. 타인에게 함부로 말한다.

가까운 사람과 그렇지 않은 사람에 대해 말투가 전혀 다른 사람이 있다. 이는 평소에 억압당하고 있으며 열등감과 공격성이 강한 사람들이다. 늘 억압되어 살다 보니 자신을 억누르는 공간이나 상대에게서 벗어나면 억압된 심리가 무의식적으로 표출되는 것이다.

즉, 그와 가까운 주변인에게는 친절하고 상냥하면서도 본인보다는 상대적으로 약자인 아르바이트생이나 판매점 직원들에게는 노인이나 아이들, 쇼핑몰 점원 등에게는 확연히 다른 말투로 함부로 대하는 사람은 억압된 무언가가 있다고 생각하면 된다.

7. '창피당했다'고 자주 말한다.

이런 말을 자주 하는 사람은 자신의 존재감조차도 불완전할 뿐 아니라 매우 심한 열등감에 사로잡힌 소심한 사람이다. 그래서 어떤 일에서든 자기 의도가 상대방에게 충분히 전달되지 못하고 묵살 되거나 무시되면 '창피당했다'고 말한다.

그리고 자신에게 창피를 주고 모멸감을 느끼게 한 상대방에게 언젠가는 꼭 갚아주겠다고 으름장을 놓는 의미에서 창피 운운하는 것이다. 그러나 소심하고 열등감에 사로잡힌 상태에서는 되갚아 주는 것도 쉽지는 않을 것이다.

8. 만나자마자 명함을 돌린다.

이런 사람들에게 명함은 자신의 사회적 지위를 내세우는 도구이다. 이들은 어떤 직업, 어떤 직위를 가졌느냐로 상대방을 평가한다. 그들에게는 몇 마디 인간적인 대화보다는 한 장의 명함이 더 소중한 목적이 된다. 그래서 자기 명함을 서둘러 돌리고 남들의 명함도 최대한 재빠르게 수거하는 것이다. 그다음에는 지위와 배경을 확인하여 인맥으로 삼을 것인지 말 것인지를 재빠르게 결정짓는다.

어떤 경우에는 화려한 경력이나 이력을 줄줄이 새겨 넣기도 한다. 과시욕이 지나친 경우다. 그렇게 하면 사람들이 자기를 높게 평가하리라는 착각을 한다. 그러나 그것은 곧 열등감까지도 쉽게 드러내는 결과를 초래한다.

성공적인 첫 만남을 위한 6가지 표정 훈련

1. 마음을 비운다

생각이나 심리상태가 얼굴에 나타난다는 사실은 누구나 공감할 것이다. 힘든 일이 있으면 아무리 드러내지 않으려 해도 은연중에 표정으로 나타나기 마련이다. 그러니 마음을 비워야 한다. 모든 스트레스는 마음에서부터 비롯된다. 욕심이 많으면 걱정 또한 많아지게 마련이다. 마음을 비우고 세상을 바라보라. 모든 일이 즐거워진다.

2. 매일 아침 거울을 보면서 웃는 연습을 한다

거울을 보며 '위스키'나 '와이키키'와 같은 발음을 하며 웃는 표정을 연습한다. 처음에는 얼굴이 경직되어 부자연스러워도 하루에 적어도 30번씩 꾸준히 연습한다. 익숙해지면 입을 크게 벌리고 소리 내어 웃는 연습도 필요하다. 웃어야 인생이 즐겁다.

3. 우습거나 즐거운 장면을 상상한다

우울하고 화나는 기억보다는 즐겁고 우스운 장면을 떠올리고 웃음 짓는다. 웃음의 생활화가 중요하다.

4. 웃기는 영화나 드라마, 책, 유튜브 혹은 소셜미디어 서비스에 친숙해지도록 노력한다

그러한 다양한 매체를 통해 얻는 상식이나 유머들을 자기 것으로 만들어 본다.

행복해서 웃는 것이 아니라 웃어야 행복해진다. 우스운 프로그램을 보며 마음 편히 웃다 보면 어느새 진짜 즐거워진다. 또한 주위에서 보고들은 유머를 통해 남을 웃기면 자신도 즐거워진다.

5. 긍정적인 사고로 살아간다

긍정적이며 낙천적으로 생각하도록 노력하고 남의 실수도 즐겁게 받아들이며 안되는 일은 운명으로 돌리고 항상 좋은 쪽으로 생각한다. 나보다 못한 사람과 비교한다.
작은 일에도 행복을 느끼는 사람은 더 불행한 사람보다는 자신이 낫다고 여긴다.

6. 나 보다 못한 사람과 비교한다

작은 일에도 행복을 느끼는 사람은 더 불행한 사람보다는 자신이 낫다고 여긴다.
이를테면, '교통사고로 한쪽 다리가 불편해졌지만, 시력 2.0의 두 눈이 있으니, 눈이 나쁜 이보다는 얼마나 행복한가?'라고 긍정한다.

3
Chapter

성공하는 리더들의
대화법

인디언의 금언 중에 "당신이 생각하는 것을 1만 번 이상 반복 하면 당신은 그런 사람이 되어간 다"라는 말이 있다. '콩 심은 데 콩 나고 팥 심은 데 팥 난다'는 말처럼 다른 사람들에게 좋은 평을 듣고 싶다면, 자신의 인생을 바꾸고 싶다면 스스로 먼저 긍정적인 말을 하도록 노력해야 할 것이다.

말에는 생각이 담긴다

자신이 하는 말에는 자신의 생각이 담겨 있다.

말하자면, 어떤 생각을 하느냐에 따라 말이 긍정적으로 또는 부정적으로 나온다는 것이다. 그러니 생각이 바뀌면 삶에 대한 태도도 바뀔 수 있지 않을까?

대뇌 학자들은 뇌세포의 98%가 말의 영향을 받는다고 이야기한다.

'말이 씨가 된다'는 말이 있다.

어떤 말을 하느냐에 따라 의식적, 무의식적으로 행동이나 삶도 바뀔 수 있다는 것이다. 쉬운 예로, 가수 송대관은 예전에 '해 뜰 날'이란 노래로 유명했다. '쥐구멍에 볕이 들 듯이 내 인생에도 언젠가는 쨍하고 해가 뜰 날이 올 것'이라는 희망을 노래한 것이다. 그 희망적인 노랫말은 대중들에게 각인되었고 활동이 뜸해진 현재까지도 여전히 많은 이들이 그를 기억한다.

반대로 죽음이나 슬픔 등을 노래한 가수 중에는 말로가 그리 밝지 않은 경우가 종종 있다. 물론, 무조건 노랫말대로 된다고는 할 수 없겠으나 노래도 말처럼 생각을 담는다고 여긴다면 삶에 전혀 영향을 미치지 않는다고는 할 수 없을 것 같다. 그러니 이왕이면 밝고 즐겁게 행복을 노래하는 것이 좋지 않겠는가. 현실은 슬프고 괴롭더라도 즐겁고 행복한 노래를 자꾸 부르다 보면 나쁜 생각이 조금씩 잊히는 것을 느낄 수 있다. 그래서 자꾸 웃다 보면 즐거운 일도 생기고 행복해지는 것이다.

오랜만에 만난 지방 건축업자가 서울 건축업자에게 이렇게 물었다.

"요즘 경기가 좀 어떻습니까? 서울이라고 크게 다를 건 없어 보이는데요?"

"아이고, 힘들어요! 인건비는 치솟는 데도 한국 사람은 힘든 일은 안 하려고 하니 현장에는 중국이나 외국인노동자들이 대다수인데… 일 마무리도 엉성하고… 그 쪽은 더 힘들죠?"

서울 건축업자는 이렇게 앓는 소리를 하며 지방 건축업자에게 되물었다.

"그럼요… 쉽지 않습니다… 당장은 어렵지만 그래도 점점 나아지겠죠. 잘될 거예요."

이 몇 마디의 대화 속에 두 사람의 삶이 함축되어 있다. 말 속에 그들 각자의 인생관이 담겨 있다고 할 때 앞으로 두 사람의 삶의 모습도 어느 정도 짐작해 볼 수 있지 않을까.

머피의 법칙이란 '잘못될 가능성이 있는 것은 반드시 잘 못된다'는 것을 뜻한다. 즉, 평소에는 그런 일이 없다가도 늦잠을

관계를 바꾸는 유쾌한 대화의 힘 ~~~~~

자는 바람에 회사에 지각하는 날이면 꼭 윗사람과 엘리베이터에서 마주친다든지 상황에 봉착하는 것이다.

이와 반대 의미인 샐리의 법칙은 '잘될 가능성이 있는 것은 항상 잘 되는' 경우를 말한다. 예를 들면, 업무가 밀려서 제대로 공부를 못했지만 승진 시험 당일 아침에 잠깐 펼쳐 본 책에서 보았던 내용이 문제로 나온다든지, 어느 날 출근길에 예기치 못한 사건으로 지각은 했지만, 오후 기획 회의에서 그날 아침의 경험이 모티브가 되어 떠오른 아이디어가 대박을 터트리는 뜻밖의 기획으로 인정된다든지 하는 경우이다.

이것은 바로 긍정적인 생각이나 긍정적인 말을 하는 사람과 그렇지 않은 사람의 경우로 비추어 볼 수 있다. 작은 일에도 긍정적인 의미를 부여하는 사람은 그렇지 않은 사람보다 훨씬 행복하다.

긍정적인 말을 하는 것이 부정적인 말을 하는 것보다 좋은 줄은 잘 알면서도 그것을 실천하기 어려운 것도 사실이다. 긍정적인 말은 긍정적인 사고에서 출발한다. 긍정적인 사고는 자기 자신을 인정하고 사랑하는 데서부터 비롯된다. '자기애'가 없으면 자신에 대한 존중도 불가능하다. 자존감이 충분한 사람은 세상사를 긍정적으로 바라볼 뿐 아니라, 그런 생각은 겉으로도 드러나게 마련이다. 긍정적인 사고는 표정을 밝게 하고 상대방에게도 부드럽고 따뜻한 말을 건네게 한다.

미국 캘리포니아에 사는 40대 여성 줄리는 평범한 직장인이다. 몇 년 전, 남편을 암으로 잃은 뒤 슬픔에서 헤어나지 못하고 늘 우울하고 무기력한 상태였다. 자녀도 없이 홀로 지내는 탓에 누가 말을 걸어와야만 대답이나 겨우 해주는 정도로 말수도 적었고 걱정이 가득한 듯 늘 어깨가 처져 있었다. 간신히, 생계를 위해 습관적으로 직장에 다닐 뿐 그 외의 일상에는 아무런 흥미가 없었다.

어느 날, 밤새 뒤척이다 늦잠에서 깨어난 그녀는 허둥대며 출근길 혼잡한 버스를 올랐다.

'오늘은 지각까지 하게 생겼네… 아 정말 사는 게 힘들다… 살고 싶지도 않아…'

몇 정거장을 지나가는 동안 이렇게 속으로 투덜거리던 줄리는 중요한 서류를 거실에 두고 온 것이 문득 생각나 부랴부랴 버스에서 내려야만 했다. 자신의 건망증을 탓하며 더욱 절망적인 기분으로 허둥대며 길을 건너던 그녀는 잠시 후 아주 불길한 굉음을 들었다. 거리를 가던 사람들이 일제히 놀라 쳐다본 건너편 도롯가에는 연기 속에 종잇조각을 갈가리 찢어놓은 듯 처참하게 널브러진 버스의 잔해가 있었다. 조금 전, 그녀가 내린 버스에 누군가가 버스회사를 상대로 불만을 표출하려고 설치한 폭탄이 폭발했던 것이다. 그 사고로 출근길 승객들 대부분은 사망하거나 중상을 입게 되었다.

"세상에! 어떻게 이런 일이… 오, 하느님! 살려주셔서 감사합니다!"

관계를 바꾸는 유쾌한 대화의 힘 ~~~~

줄리는 그 순간 하늘을 향해 이렇게 중얼거리며 그 자리에 망연자실할 뿐이었다. 그제야 그녀는 자신이 얼마나 운이 좋은 사람인지 깨닫게 되었다. 삶에 대해 아무 희망도 없는 듯 늘 시든 꽃 같았던 그는 불현듯 변화하기 시작했다.

'내가 건망증이 있어서 그날의 불행을 면한 거야. 그 버스에 탔다가 죽거나 크게 다친 사람들에 비해 난 얼마나 행복한 사람인가! 정말 다행이야, 나는 천운을 타고난 거야!'

죽음의 버스 사건 이후 이런 생각이 새롭게 지배하면서 그녀는 완전히 다른 사람이 되었다. 언제나 웃는 얼굴로 만나는 모든 사람에게 먼저 다가가 따뜻한 말을 건네고 스스로 희망의 메신저가 되기를 마다하지 않았다. 그러자 사람들도 덩달아 기분이 유쾌해지는 것을 느끼기 시작했다. 이후 그녀는 아무리 어려운 일에 직면해도 절망하거나 두려워하지 않게 되었다.

'죽음의 위기도 비켜난 사람인데, 나 이 정도는 얼마든지 해낼 수 있어. 내가 누구야! 난 뭐든지 해낼 수 있어!'

그녀의 이런 자신감은 자신에 대한 지극한 애정과 긍정적인 사고에서 가능한 것이다.

사람은 살아가면서 누구나 수많은 성공과 실패의 과정을 겪는다. 더욱이 실패를 겪고 좌절할 때는 스스로에 대해 부정적인 생각을 하기도 한다.

그러나 바로 그런 순간에 또다시 실패를 되풀이하지 않도록 스스로를 북돋우는 긍정적인 사고 전환이 필요하다. '난 안 돼.

뭘 해도 이 모양이지 뭐' 하는 사람과 '이번엔 실수했지만, 다음 번엔 반드시 잘 해낼 거야!' 하는 사람 중에 어떤 경우가 더 희망 적인가.

인디언의 금언 중에 "당신이 생각하는 것을 1만 번 이상 반복 하면 당신은 그런 사람이 되어간다"라는 말이 있다. '콩 심은 데 콩 나고 팥 심은 데 팥 난다'는 말처럼 다른 사람들에게 좋은 평 을 듣고 싶다면, 자신의 인생을 바꾸고 싶다면 스스로 먼저 긍 정적인 말을 하도록 노력해야 할 것이다.

관계를 바꾸는 유쾌한 대화의 힘

대화의 주도권에 집착하지 말라

재미있게 이야기하고 사람들의 관심을 끄는 말솜씨를 가진 사람이 그렇지 못한 사람보다 사회생활에서 유리한 고지를 선점할 확률이 높은 것은 사실이다. 재미있게, 상황에 맞게, 또는 중요한 거래를 성사하는 데 효과적으로 말하는 것은 중요하지만, 그보다 먼저 해야 할 일은, 바로 상대의 말을 '잘 들어주는 것'이다.

상대방의 말을 성의껏 들어주는 것은 처음 만난 사람과의 대화에서 특히 중요하다. 나아가, 들어주는 것만으로 끝나는 것이 아니라 잘 듣고 있다는 것을 표현하는 제스처도 필요하다. 이것은 호응해 주는 것, 다시 말해, 리액션을 잘하는 것을 말한다. 맞장구치고 긍정적인 리액션을 하는 것은 상대의 말을 가로채거나 일단 부정이나 반대의견을 표출하며 자신의 생각만을 전하기 위해 전전긍긍하는 것은 분명 다르다는 것도 염두에 두어야 한다.

오랜만에 만난 대학 동창생들이 한자리에 모였다. 대학을 졸업한 지도 40여 년이 지났으니 다들 외모가 많이 바뀌었다.

그중에서도 특히 사회학과의 꽃으로 불리던 여인 백송희 씨의 변화가 가상 컸던가 보다.

"어머 어머. 너… 정말 백송희 맞니? 네가 웬일이니…? 세상에! 길 가다가 마주치면 못 알아보겠다, 애!"

83학번 동기인 김반숙 씨가 백송희 씨를 향해 눈을 동그랗게 뜨고는 실망스럽다는 듯 호들갑을 떨었다. 그 소리에 동기들은 모두 두 사람을 주시하게 되었다.

"그래, 반숙이구나, 너! 너는 어떻게 그대로 있니, 졸업한 지도 몇십 년이나 지났는데!"

김반숙 씨는 언뜻 60대라는 사실이 믿기지 않을 정도로 젊어 보였다.

"내 말이 그 말이야… 너… 머리가 왜 이렇게 호호백발이 다 됐니? 집에 무슨 큰일 있었던 거야? 남편 아직 살아 계시니…? 무슨 고생을 그렇게 했길래… 애 좀 봐… 여자는 나이 들면 자기 모습에 책임을 져야 하는 거야, 그렇게 허연 머리에 꾸미지도 않고 다니면 사람들이 무시한다, 너! 할머니라고 부르는 사람도 있겠다, 애!"

백송희 씨는 자연스럽게 나이 들어가기로 마음먹고 흰머리가 생겨나도 염색을 하지 않고 그대로 둔 상태였다. 그래서 언뜻 보면 실제 나이보다 더 나이 들어 보이는 것도 사실이었다. 그러나 그녀는 그 자신의 모습에 의연했고 당당했다.

관계를 바꾸는 유쾌한 대화의 힘 〜〜〜〜

"어머, 반숙아⋯너 무슨 소리를 그렇게 하니, 내가 볼 때는 아주 멋진데, 백송희 교수님 아주 우아해!"

또 다른 친구가 이렇게 백송희의 멋진 실버 헤어스타일에 대해 이렇게 칭찬했다.

"아이고 고맙네⋯.나는 염색을 안 하니까⋯ 너희들은 머리가 여전히 새카맣구나! 어떻게 그렇게들 관리를 열심히 하니⋯ 나는 나이 들면 드는 대로 자연스럽게 얼굴 주름도 흰머리도 내 것으로 받아들이⋯.."

백송희의 말이 채 끝나기 전에 김반숙 씨가 끼어들며 말했다.

"그런 게 아니야, 애⋯너, 나이 들어서 머리 허옇게 해서 다니면 겉으로는 멋지시네요, 우아하시네요, 하지만 속으로는 다들, 왜 저렇게 게을러? 자기 관리도 안 하네! 하고 비웃는다고! 요즘이 어떤 시대인데 그런 소릴 하니? 우리 남편이 강남 성형외과 닥터잖니, 언제 같이 가보자, 내 얼굴 보면 알겠지? 우리 남편 실력 탑 오브 탑이야! 호호호!"

오랜만에 만난 친구들과 함께 청춘의 한때를 이야기하며 추억에 젖어보려던 동창들은 오로지 외모 가꾸기에 몰두한 듯, 다른 사람의 생각에는 무관심한 채 그 자리의 화제를 주도하며 마치 성형외과 영업이라도 나온 듯한 김반숙 씨에게서 피로감을 느꼈다.

"아, 성형??? 나는 거울 들여다볼 시간도 없고 돈도 없⋯"

"그게 아니라~ 아무리 돈이 없어도 할 건 해야지⋯ 난 벌써 여러 번 손댔지만, 티도 안 나지? 이번에도 남편 졸라서 리프팅 한 번 더 했더니 훨씬 낫지 않니? 너희들이 하겠다면 디스카운트 확실하게 해주라고 할세, 호호호…"

더욱이 자신의 삶에 그리 비관적이지 않았던 동창들은, 순간 순간 그들의 말을 가로채며 주도적으로 떠들어대는 김반숙 씨와는 공감적인 대화 자체가 어렵게 느껴졌다. 급기야, 그 자리에 모인 대부분의 심기가 지치고 불편하게 되었을 즈음, 한쪽에서 귀담아듣고 있던 동창 강자 씨가 이렇게 쏘아붙였다.

"거참… 다 늙어 쭈그러진 피부를 어디까지 끌어당기려고? 지금도 배꼽이 턱밑까지와 있구만. 쯧쯧… 적당히 하자! 네 생각도 잘 알겠는데, 다른 사람 말까지 끊어 먹어가며 고작 할 얘기가 그것뿐이라면 오늘 내 시간이 너무 아깝구나!"

"아니, 아니, 그게 아니라…" 오로지 자신의 생각에 빠져 호들갑을 떨던 김반숙 씨는 허겁지겁 핑계를 들이대려다가 마지못해 입을 닫고 말았다.

오래 알고 지내던 사이에서 친밀감이 크다 보면 자신도 모르는 사이에 방심하여 이런 실수를 저지르기도 한다. 위와 같은 경우는 친구 사이라는 이유로 그럭저럭 이해받을 수도 있겠으나, 공식적인 관계나 업무적으로 협력관계를 유지해야 하는 입장에서 상대에게 대화의 주도권을 번번이 빼앗긴다면 어떨까. 대화는 주고받는 말이니, 동의하든 아니든 의견을 표출하는 상황의 상대의 말은 일단 충분히 들어주는 것이 기본이다. 협상과

관계를 바꾸는 유쾌한 대화의 힘 ~~~~~

협력이 필요한 자리에서 무턱대고 반대하거나 부정적인 의도로 번번이 자신의 말이 거부당한다면, 우선 불쾌감과 무시당했다는 느낌을 받을 것이다. 그리고 대화의 주도권을 일방적으로 좌지우지하는 상대방에 대해서는 최악의 인상을 받을 수밖에 없다.

이런 최악의 평가를 받을 만큼 대화의 주도권에 민감한 사람은 인간성까지도 불신을 얻을 것이다. 만약 늦게라도 자신의 문제를 깨닫고 고치려 노력한다면 모를까, 그렇지 않다면 원만한 대인관계, 성공적인 사회생활을 이어가기는 어려워 보인다.

내가 말하고 싶을 때는 상대방도 그럴 것이라는 이해, 즉 상대방에 대한 '배려'가 필요하다. 그것은 말하는 상대의 의견에 전적으로 동의하는 경우에도 마찬가지이다. 그 순간 해야 할 일은, '당신의 말을 잘 듣고 있으며 충분히 긍정하며 동의한다'는 표시로 미소 지으며 고개를 끄덕이고 눈을 맞추는 정도면 충분하지 않겠는가.

상대가 이야기할 때 눈을 맞추는 것은 별것 아닌 것 같지만 매우 중요한 호감의 표시이다. 한마디로 '딴청 부리지 않고 당신의 말을 잘 듣고 있다'는 표시이기 때문이다. 딴청 부리지 않고 잘 듣고 난 후에 상대가 피드백을 원할 때, 그때 내 의견을 충분히 말해도 늦지 않다.

한 조명기구 업체 사장은 건설 경기가 어려움을 겪을 때도 고급 주택의 조명 시공으로 꾸준히 실적을 올렸다. 비결이라면 그 역시 남의 말을 잘 들어 준다는 것이었다.

한 번은 그가 빌라형 고급 주택단지의 조명사업자 선정을 위한 자리에 건축주를 만나러 갔다. 건축주는 조명에 대해 잘 알지 못하면서도 굉장히 아는 체를 하면서 이것저것 까다롭게 조건을 내세웠다.

"우리가 120평짜리 고급 빌라를 지을 겁니다. 그런데 아무리 집을 잘 지어놔도 실내 인테리어가 싸구려다 싶으면 아예 안 팔리거든요. 그러니 조명도 수준에 맞아야겠지요. 조명 전문가시니 잘 아시겠지만, 조명이야말로 인테리어의 완성을 이루는 포인트 아니겠습니까?"

길고 장황한 건축주의 사설이 이어지는 동안 조명업자는 끝까지 그의 이야기를 경청했다. 가끔 고개를 끄덕여주거나 미소를 띠는 것으로 동의를 표시하면서. 그리고 마침내 자신에게 말할 기회가 왔을 때 이렇게 이야기했다.

"아까 '인테리어의 완성은 조명'이라고 말씀하셨지요? 저도 그렇게 생각합니다. 아무리 인테리어를 멋지게 꾸며놓으면 뭐합니까 조명이 전체적으로 어울리지 않거나 밝기가 맞지 않으면 다 소용없지요."

조명업자는 건축주의 긴 이야기 중에서 그가 했던 말을 되짚어주면서 동의를 표현했다. 상대의 이야기 중에서 동의하는 내용을 그대로 되풀이해 주는 것은 매우 중요하며 상대에게 좋은 인상을 줄 수 있다. 자기 의견이 조명업자에게 잘 전달되었을

관계를 바꾸는 유쾌한 대화의 힘

뿐 아니라 동의까지 얻었으니, 건축주는 당연히 기분이 좋아질 수밖에 없다. 그 후 조명업자는 세 명의 경쟁자를 물리치고 시공업자로 선정되었다. 훗날 건축주는 조명업자에게 이렇게 말했다.

"당신이 조명 전문가도 아닌 내 말을 그렇게 열심히 듣는 것을 보고 놀랐어요. 대부분은 건성으로 고개나 끄덕여주고 자기주장을 내세우며 나를 설득하려고만 들지요. 하지만 당신은 나를 배려해 주는 모습이었어요. 내 말이 끝나고 당신 이야기를 들어보니 그 모습이 거짓이 아니라 진심이었다는 것을 알았어요. 그래서 당신에게 일을 맡기고 싶어졌어요."

이처럼 상대의 말을 끝까지 잘 들어주는 것이 나의 의견을 서둘러 말하는 것보다 중요하다. 상대에게 끝까지 말하도록 충분한 시간과 여유를 주는 것은 그에 대한 배려일 뿐 아니라 나에게도 유리하기 때문이다. 그의 생각을 충분히 파악할 시간을 가지는 것에서 나아가 내가 대답해야 할 때가 되었을 때 상대가 원하는 만족스러운 답변을 준비할 소스를 얻는 기회가 되기도 하기 때문이다.

그러므로 섣불리 나의 의견을 먼저 말하려고 조바심 낼 것이 아니라 먼저 잘 들어주어야 나도 충분히 준비할 수 있음을 명심해야 한다. 서로 제 말만 하려고 들썩거린다면 이견 조율은 불가능하며 시간 낭비가 될 수 있음을 기억해야 한다.

상대방과 눈을 맞추어라

대화하는 상대방과 눈을 맞춘다는 것은 호감의 표현이며 대화에 적극적으로 참여하고 있다는 의미이다. 생활 습관이나 문화가 우리와는 많은 차이가 있지만 서양인들은 어떤 경우에도 상대방의 눈을 똑바로 보면서 이야기하는 것이 당연하고 자연스러운 대화 매너이다.

그러나 우리나라에서는 예부터 어른을 똑바로 바라보면 버릇이 없다거나 따지고 드는 것으로 생각했다. 그래서 어른이 말씀하실 때는 빤히 쳐다보지 말고 고개를 약간 숙이고 상대의 가슴께를 응시하는 것이 예의 바른 것으로 여겨왔다.

반면, 서양인들은 지위고하를 막론하고 함께 이야기하는 상황에서는 상대방의 눈을 보며 의견을 나눈다. 오히려 그들은 다른 곳을 보거나 시선을 내리깔거나 하면 수상하고 음험한 생각을 가진 것으로 여긴다. 눈은 마음의 창이라고 했듯이 어떤 꿍꿍이가 있는 사람은 상대방을 제대로 보지 못한다고 여기기 때문이다.

우리도 마찬가지로 숨길 것 없고 떳떳한 자신의 뜻을 상대방에게 충실히 전달할 뿐 아니라 상대방의 의중도 정확히 파악하고자 한다면 서로 눈을 맞추는 것이 바람직할 것이다. 나아가 이왕이면 다정하고 온화한 눈길로 상대방을 바라보는 것이 좋겠다.

동건 씨는 몇 년 전 적지 않은 돈을 주고 구입한 최신 태블릿 PC가 고장 나는 바람에 애프터 서비스를 받으러 갔다. 이 제품은 막연히 욕심이 나서 구입했으나 실제로는 지난 2년간 제대로 사용하지도 않고 모셔둔 상태였다. 그러다 막상 필요해서 다시 꺼내어 열어보니 배터리 부분이 약간 부풀어있는 상태가 되었고 충전을 해서 작동시켜 보아도 금세 방전되어 버리는 증상이 반복되었던 것이다.

"안녕하세요! 어서 오세요! 무엇을 도와드릴까요?"

A 전자의 서비스센터에 들어서자 맨 처음 들려온 것이 창구에서 접수 직원의 생기 있는 목소리였다.

"저, 이게 망가졌는지 아무리 충전을 오래 해도 금세 방전이 돼버리네요. 산 지 얼마 되지도 않았고 사용도 거의 안 했는데 그러네요."

그는 자초지종을 이야기하고 수리를 맡겼다. 얼마 후 그를 부르는 소리가 들렸다.

"잠시 이쪽으로 와주십시오. 수리가 끝났습니다."

동건 씨가 그쪽으로 다가가자, 제품 수리를 맡은 직원이 친절하게 설명을 시작했다.

"이 제품 구입하신 지 2년 정도 되셨네요. 자주 사용하셨습니까?"

"아니요, 거의 쓰지도 않고, 충전기는 항상 꽂아 두었어요. 언제든지 필요할 때 쓰려고요…. 그런데 막상 사용하려니까 그런 상태였어요."

그는 비싼 돈을 주고 산 고급 태블릿을 별로 사용도 안 했는데 망가져서 속상하다는 듯 말했다. 직원은 동의한다는 듯 고개를 끄덕이고는 그를 바라보며 차분하고 자상하게 설명을 이어 나갔다.

"이런 제품은 꾸준히 사용하셔야 오히려 오래 사용할 수 있습니다. 그리고 계속 사용하실 때는 충전을 잘해서 사용하시면 되지만 사용은 하지 않고 충전기만 계속 꽂아 둔다고 해서 사용 시 충전 성능이 오래가거나 하는 것도 아닙니다. 또 배터리가 부풀어 오르는 이유는 배터리 내부 전해액이 기화되면서 발생하는 가스 때문이에요. 배터리를 20~80% 정도로 충전 수준을 유지하는 게 좋고, 충전할 때도 고객님처럼 과하게 충전을 시키는 것도 좋지 않습니다. 구입하고 사용하신 기간이 1년은 지나서 비용은 발생하지만, 원하시는 대로 일단 배터리는 교체해 드렸습니다."

직원은 태블릿의 정확한 사용법에 대해 잘 모르고 있던 그에게 최대한 성실하고 알아듣기 쉽게 찬찬히 설명해 주었다.

관계를 바꾸는 유쾌한 대화의 힘 〰〰〰

"감사합니다, 제대로 활용할 줄도 몰랐었는데 자세히 알려주셨으니, 이제부터는 충전하는 방법부터 잘 기억해 두고 사용하겠습니다."

무료 서비스 기간이 지났기에 배터리 교체 비용도 적지 않았으나 집으로 돌아오는 동건 씨의 기분은 나쁘지 않았다. 그리고 A 전자 제품과 그 회사의 애프터서비스에 대해 좋은 인상을 받게 되었다. 그것은 전반적인 A 전자 서비스센터의 친절 덕분이기도 했지만, 특히 제품을 고쳐준 직원의 친절한 태도 때문이었다.

전자제품 수리는 사용자는 알기 어려운 전문적인 지식과 기술이 필요하다. 그러니 어떤 기계의 어디를 어떻게 고쳤는지에 대해서는 보통 자세히 설명해 주지 않는다. 그뿐만 아니라 사용자로서도 설명을 들어봐야 잘 모르니 굳이 꼼꼼하게 물어보려고 하지도 않는다. 간혹 궁금한 점이 있어 질문이라도 하면 대부분의 경우 상대방이 알아듣든 말든 어려운 용어나 부품의 이름을 들먹이며 한두 마디 내뱉는 것이 고작이다.

그런 상황에서 상대방의 눈을 바라보며 이야기할 리는 만무하다. 그러나 A 전자 서비스센터의 직원은 친절하고 자상했으며 손님을 무안하게 하지 않았다. 따라서 손님은 두고두고 좋은 기억을 갖게 되는 것이다.

상대방이 나의 눈을 바라보며 열심히 이야기하는데 딴청을 부리기란 쉽지 않다. 그의 진지한 태도에 대한 예의로라도 경청을 하게 된다. 그러면 그의 진심을 느낄 수 있다. 즉, 공감대가 형성되는 것이다. 그러니 반감이 생기지도 않는다. 더욱 그의 말에 귀 기울이고 이해하려 노력할 뿐이다.

반대로, 내가 열심히 이야기하는데 상대방이 자꾸 두리번거리거나 시계를 보거나 하면 기운이 빠져버린다. '내 얘기가 재미없나?', 혹은 '뭐 저런 사람이 다 있어?' 하는 생각을 하게 된다. 더욱이 업무상 만난 사이일 때는 그 불쾌감이 더 클 뿐 아니라, 결과도 마이너스이다.

그렇다고 상대방이 이야기하는 내내 빤히 쳐다보는 것 또한 큰 실례이다. 생각하기에 따라서는 의심스러운 눈초리로 오해받을 수도 있기 때문이다. 그러므로 누군가의 이야기를 들을 때는 부드러운 표정으로 상대의 눈을 보며 때에 따라 고개를 끄덕이거나 가벼운 감탄사 따위로 리액션을 보임으로써 집중하고 있음을 표현하는 것이 좋다.

또 내가 이야기하는 경우도 상대방과 눈을 맞추어가며 이야기할 때 의사 전달이 훨씬 수월하다. 눈을 본다, 눈을 맞춘다는 것은 상대의 얼굴이나 표정을 본다는 것으로 이해하면 된다.

특히, 휠체어를 사용하는 사람과 마주쳤을 때는 이야기가 길어질 듯하면 그와 눈높이를 맞추기 위해 비슷한 높이의 의자에 마주 앉는 배려가 필요하다. 한 사람은 휠체어에 앉아 있는데 상대방은 계속 선 채로 이야기하다 보면 서로 위화감을 느낄 수도 있다.

관계를 바꾸는 유쾌한 대화의 힘 〜〜〜〜

올려다보아야 하는 입장에서도 그렇고 내려다보며 이야기하는 입장에서도 서로 불편하게 마련이다. 그러다 보면 진지하고 의미 있는 대화를 오래 나누기가 어려워진다. 무엇보다 눈을 맞추기 어렵기 때문이다.

이처럼 상대를 바라보는 것, 눈을 맞추는 것은 공감대를 형성하기 위한 기본 조건이라고 할 수 있다.

마음에 닿는 진심을 이야기하라

　　사람을 만나 이야기를 하다 보면 공통 화제가 생긴다. 하늘 높은 줄 모르고 치솟는 금값 이야기, 수백수천만 원씩 하다가 하루아침에 폭락하는 가상화폐에 대한 이야기. 혹은 결론적으로, 사기로 판명된 테라, 루나 비트코인 사기의 주범 권도형이 과연 어디서 죗값을 치를 것인가, 세계에서 가장 빠른 속도로 초고령 사회에 도달하게 된 우리나라 대한민국의 미래는 어떻게 될 것인가, 의대 입학 정원을 2,000명이나 늘린다고 하니 앞다투어 사표를 던지는 의사들은 누구를 위한 의사인가, 다음 대통령은 누구를 뽑아야 하는가… 등등.

　어떤 주제가 됐든 이야기를 주고받는다는 것은 서로 하고 싶은 말이 있다는 것이다.

　'하고 싶은 말'을 어떻게, 얼마나 하느냐에 따라 말을 잘하는 사람이 되기도 하고 그렇지 못한 사람이 된다.

　친구 사이인 30대 주부 미라 씨와 혜경 씨가 오랜만에 만나 아이쇼핑이나 해보자며 백화점에 갔다. 둘은 여기저기 기웃거

　　　　　　　　　관계를 바꾸는 유쾌한 대화의 힘 ～～～

리다 3층 캐주얼 매장을 둘러보기 시작했다. 그러다 마네킹에 입혀진 멋진 꽃무늬 원피스가 눈에 띄었다.

"이거 어떠니?"

제법 살이 찐 미라 씨가 붉은 꽃송이가 붉은 물을 뚝뚝 떨어뜨릴 듯 생생하게 그려진 화려한 원피스 한 벌을 꺼내어 몸에 대보기 시작했다. 동행한 혜경 씨가 보기엔 아무래도 좀 무리가 따르는 디자인이었다.

"빨간색이라 더워 보여!"

혜경 씨는 차마 넌 뚱뚱해서 안 어울린다고는 말하지 못한 채 이렇게 말했다. 그때 매장 직원이 다가왔다.

"어머, 손님 정말 잘 어울리세요! 얼굴이 작고 하얀 편이시라 무늬가 더욱 살아나는 것 같은데요!"

뚱뚱한 미라 씨는 직원 칭찬에 일단 기분이 좋아진 듯 무릎까지 올라오는 짧은 원피스를 턱밑에 받치고 한 걸음 더 거울 앞으로 다가갔다.

"그렇죠? 내가 얼굴이 하얘서 웬만한 건 다 잘 받아요."

그러면서 두 사람은 잠시 붉은 꽃, 파란 꽃, 보라 꽃, 하얀 안개꽃… 수많은 꽃무늬 속에서 가장 잘 어울리는 것을 찾아 헤맸다.

"그런데 내가 좀 몸이 있어서… 입으면 너무 튀지 않을까요?"

"아니에요. 이런 디자인은 누구한테나 잘 어울려요. 뵙기엔 그리 큰 사이즈는 아니신 거 같은데…. 얼굴이 작으셔서 체격이 더 커 보이는 걸 거예요."

직원은 미소 띤 얼굴로 조심스럽게 말했지만, 그 순간 미라 씨의 얼굴에 명암이 선명하게 교차하는 것을 혜경 씨는 놓치지 않았다.

"아, 그래요. 요즘 몸이 좀 불어서 그렇지…."

옆에서 보고 있던 혜경 씨는 사이즈를 이야기할 때 미라 씨가 벌컥 화라도 내면 어쩌나 하고 조마조마했다. 연년생 아이 둘을 낳고 불어난 미라 씨의 몸은 10년째 그대로였으며 그 자신으로서는 그것이 가장 큰 스트레스였다.

"그럼, 맞는 사이즈를 한번 찾아드릴까요?"

직원은 미라 씨가 마음에 들어 하는 푸른 꽃무늬가 듬성듬성 찍힌 원피스를 가리키며 물었다. 그러나 그는 갑자기 마음을 바꿨다.

"저기, 조금만 더 보고 올게요. 마음에는 드는데…. 고마워요."

그리고 황급히 자리를 떴다. 밖으로 나온 뒤 혜경 씨가 물었다.

"왜 안 샀어? 맘에 든다며."

"이거저거 대보면서 사이즈를 찾아봤지. 근데 전부 44, 55 사이즈 뿐이었어. 그게 캐주얼 브랜드라서 66 이상은 아예 안 나오는 거야…"

"그래서 기분 나빠졌구나?"

"아니, 그렇지도 않았어. 근데 그 여자 되게 친절하더라. 나 사실은 적어도 88은 입어야 되거든. 사이즈 없어도 말을 믿지 않게 하잖아. 산 걸로 치지 뭐."

미라 씨는 그전까지 옷 가게만 들어가면 무얼 골라보기도 전에 사이즈가 없을 거라는 말을 제일 먼저 들어야 했다. 손님이 무엇을 원하는지 알아보기도 전에 무조건 사이즈가 없으니 돌아볼 생각도 하지 말라는 식으로 말하는 판매원들에게 화가 나곤 했다. 하지만 그 백화점 원피스 매장의 직원은 달랐다.

그 직원 역시 자신이 판매하는 옷의 사이즈와 특징에 대해 누구보다 잘 알고 있었을 것이다. 그리고 결국 이 뚱뚱한 손님이 원하는 사이즈의 원피스를 사지 못할 것임을 알면서도 끝까지 친절하게 대해주었다. 뚱뚱한 미라 씨는 단지 그것이 고마웠다.

늘 넌 뚱뚱하니 입기 어려울 것이라는 말만 듣다가, 자신의 장점인 하얗고 조그만 얼굴을 알아봐 주고 맞는 사이즈를 찾아봐 주겠다는 성의 있는 말을 들으니, 기분이 좋았다.

그가 듣고 싶어 하던 말을 그 직원이 정확하고 친절하게 해주었던 것이다.

"누가 원피스 산다고 하면 거기 데려가야겠다~."

그날 그녀는 조그맣고 하얀 얼굴에 미소를 띤 채 집으로 돌아갔다.

그 매장 직원은 자신의 임무에 충실하기 위해 어느 손님에게나 그렇게 친절을 베풀 것이다. 열심히 물건을 판매해 매상을 올리는 것, 그것은 모든 판매원의 공통적인 목표이다.

하지만 그 직원은 뚱뚱한 손님을 대하는 마음가짐이 다른 이들과 조금 달랐다. 그는 사람의 마음을 움직이는 법을 알고 있었다. 상대방의 입장이 되어서 상대의 마음에 닿는 말을 해주는 진심 어린 대화가 그에게는 있었다.

덕분에 그날 한 뚱뚱한 손님에게 옷 한 벌을 팔지 못한 대신, 그 매장 직원은 그녀에게 감동한 미라 씨가 이후에 데려간 다른 사람들에게 더 많은 옷을 팔 수 있었다.

처음 만나는 사이일수록 상대가 어떤 말을 원하는지 알기란 쉽지 않다. 그러나 이 판매원처럼 날마다 낯선 사람들을 대하는 이들은 처음 본 구매 예비자들이 어떤 말을 듣고 싶어 하는지, 어떤 말을 해야 지갑을 여는지를 아는 노하우라는 게 있을 것이다. 하지만 지갑을 여는 노하우보다는 감동을 주어 마음을 여는 진심 어린 대화법이 더 필요할 때도 있다.

열린 지갑은 금방 닫힐 수 있지만 한번 열린 마음은 쉽게 닫히지 않기 때문이다.

관계를 바꾸는 유쾌한 대화의 힘

상대의 의견을 존중하라

남의 말을 잘 들어줄 뿐 아니라 그의 의견과 내 의견의 다름을 인정할 줄 아는 사람은 누구에게나 좋은 평을 받을 수 있다.

의견 차이는 같은 문제에 대해서도 각자의 관점이 다르기 때문에 발생한다. 이런 경우에 어떤 사람은 상대방의 의견에도 귀를 기울이고 옳은 점에 대해서는 인정하고 수용한다. 하지만 어떤 사람은 나와 다른 의견에 대해서는 무조건 배척하고 경시하며 아예 귀를 기울이려고 들지 않는다. 이것은 융통성이 부족하기 때문이다.

이런 사람은 상대방의 의견을 인정해 주면, 자신의 의견이 무시당한다고 생각하거나, 심지어는 (게임에서) 졌다고 생각하기까지 한다. 얼마나 꽉 막힌 생각인가. 다른 사람의 의견도 수용할 줄 아는 포용력은 사고의 융통성에서 나온다.

이제 이야기할 혜준 엄마의 고민도 바로 그런 데에서 비롯된 것이다.

대전에서 이름난 부잣집 딸인 그는 서울에서 대학을 졸업하고 의사와 결혼해 대전에서 살게 되었다. 그 후 귀하게 얻은 딸 하나를 남부럽지 않게 가르치는 것이 그의 삶의 목표이자 희망이 되었다.

어느 날 그는 남편에게 그 문제를 의논했다.

"우리, 혜준이 교육 문제를 진지하게 생각해 봐야 하지 않을까? 벌써 초등학생인데."

"뭘 생각해? 뭐가 부족한 게 있나? 너는 할 일이 없으니까 쓸데없는 생각만 느는구나!"

남편은 길게 듣지도 않고 무참할 정도로 면박을 주었다.

"무슨 말을 그렇게 해? 말이 났으니 말인데, 서울 사는 내 친구들은 다들 애 교육 때문에 벌써부터 눈 돌아가게 뛰어다녀! 거기 비하면 난 아무것도 안 하고 있는 거야! 그러니까 이제부터라도 좀 적극적으로 나서야 하지 않겠느냐는 말인데…."

"시끄러워! 뭘 적극적으로 나서? 공부는 다 제가 알아서 해야지 부모가 이리저리 끌고 다닌다고 바보가 천재 되냐? 이제 겨우 자리 좀 잡혀가는데 왜 들썩여?"

남편은 대전에서 개업한 지 8년 된 의사로 현재의 안정을 유지하고 싶어 했다. 그러나 혜준 엄마는 달랐다. 서울로 이사를 해서라도 아이 교육에 적극적으로 매달리고 싶었다.

"혜준이가 바이올린을 시작했는데 소질이 많다고 하잖아. 영어 교육도 그렇고…. 서울로 가면 좋은 선생님께 레슨받기도 편

관계를 바꾸는 유쾌한 대화의 힘 ～～～～

할 텐데….”

“그래서 서울로 올라가자는 말이야? 싫어. 가려면 당신 혼자
가.”

남편은 고집을 부렸다. 그러다 아내의 설득으로 맹모삼천지
교의 원칙에는 따르기로 했다.

“대신 단서가 있어. 혜준이 교육비로 지금보다 더 많이는 못
주니까 나머지는 당신이 알아서 해. 잘사는 친정에다 도와달라
든지 당신이 벌어서 대든지! 그리고 나는 여기를 아주 뜰 생각
은 없으니까, 병원도 그냥 서울에서 출퇴근할 거야!”

결국 그들은 강남으로 이사했다. 남편은 매일 서울에서 대전
까지 출퇴근을 했고, 대전에서 살 때보다 더 늘어난 생활비며
교육비에 대한 부담을 무시로 일관했다. 대전에서는 여유 있게
살던 혜준 엄마는 이제 허리띠를 졸라매고 아이 교육비를 벌기
위해 반찬가게며 옷 가게까지 하며 이리 뛰고 저리 뛰는 신세가
되어버렸다.

남편은 자신의 결정과 판단에 대해 매우 확고한 사람이었다.
누군가 자신의 결정에 대해 이의를 제기하거나 다시 생각할 것
을 요구하면 매우 불쾌하게 생각할 뿐 아니라 더욱 고집을 꺾으
려 들지 않았다. 그런 성향 때문에 주위 사람들과 언쟁에 휘말
리거나 대인관계에서 혹평을 듣는 경우가 종종 있었다. 맹모삼
천지교의 원칙에 입각한 아내와의 의견 조율 상황에서도 그의
원칙과 고집은 여지없이 발휘되었던 것이다.

물론 자녀 교육을 위해 오랜 기간 다져온 생활 터전을 하루아침에 떠나기란 쉽지 않을 것이다. 그러나 어차피 아내의 뜻을 받아들이기로 했다면 남편도 함께하려는 노력이 필요하다. 그는 아내와 달리 자신이 나고 자란 터전에서 기반을 닦고 안주하려는 욕구가 큰 사람이다. 변화와 불안정은 그가 세워놓은 삶의 원칙에 어긋나는 것이며, 자신의 원칙에서 후퇴하거나 수정하는 것은 있을 수 없는 일이다. 후퇴나 수정은 곧 상대에게 지는 것으로 여긴다. 그리고 그 정도가 지나치면 다른 사람의 의견은 아예 귀에 들어오지 않게 된다.

　물론 원칙은 지키기 위해서 세우는 것이다. 그러나 자신의 원칙이 불변의 진리는 아니므로 그것에 극단적으로 얽매이는 것은 바람직하지 않다. 다른 사람의 말에 귀 기울이고 그 의견의 장점을 수용하는 것이 바로 열린 마음, 포용력 있는 사람의 자세이다. 자신의 생각에만 사로잡힌 채 타인에 대한 배려를 거부하는 사람은, 자신의 원칙을 수정하지 않고 매일 고속열차로 서울-대전 간을 왕복하는 무리수를 두게 된 이 남편과 같은 처지가 될 것이다.

　융통성과 관용은 나와 다른 의견도 귀담아듣고 거기에서 가치를 발견하려는 열린 마음에서 비롯된다. 내 의견과 다르다고 해서 대화 도중 무조건 상대방의 말을 부정하고 설득하려 하는 사람도 있다. 그러나 대화는 서로 주고받는 것이지 일방적인 설득이나 수용이 아니라는 점을 명심해야 한다.

나폴레옹은 "불가능은 없다"라는 말을 남겼을 정도로 도전적이며 진취적인 인물이었다. 하지만 그에게도 부족한 점이 있었는데 바로 '다른 사람의 의견에 귀 기울이는 마음'이었다.

나폴레옹이 러시아 원정에 나설 때 전문가들은 이렇게 충언했다.

"다가오는 겨울 날씨는 예년의 그 어느 때보다도 혹독할 것입니다. 그러니 아무래도 이번 원정은 뒤로 미루는 것이 좋을 것 같습니다"

그러나 나폴레옹은 그들의 의견을 무시한 채 러시아 원정을 강행했다.

"하하하! 힘없는 인간의 충고 따위는 내게 필요치 않다! 나는 한다면 한다!"

보무도 당당하게 떠난 나폴레옹의 러시아 원정대는 그러나 전문가들의 말대로 죽음의 계절을 맞이하고 말았다. 나폴레옹의 엉뚱한 교만과 고집이 많은 사람들의 아까운 목숨을 앗아간 것이다. 원정에 나서기 전 그가 한 번이라도 주변의 말에 귀 기울였더라면 그런 불행은 일어나지 않았을 것이다.

이렇듯 지나치게 자기 의견에 집착하고 남의 말을 듣지 않는 사람은 큰 낭패를 당하기 쉽다. 늘 자기만이 옳다고 생각하여 다른 가능성에 대해서는 생각하지 않기 때문이다.

오늘날과 같은 경쟁 사회에서 남의 의견을 수용하고 존중하기란 쉽지 않을지도 모른다. 하지만 그럼으로써 더욱더 남의 의견을 존중하고 포용하는 자세가 필요하다. 그 노력은 늘 내가 옳다는 자만심에서 한 걸음 벗어나는 것에서부터 시작될 것이다. 생존 본능만 내세우며 '네 의견을 받아들이면 내가 지는 것'이라는 지나친 승부욕에서 벗어나기 위해 가끔 한숨을 돌리고 여유 있는 마음으로 상대를 바라보는 것은 어떨까. 그러면 그 순간 상대의 의견에 대한 무한한 존중심이 생겨날지도 모른다.

관계를 바꾸는 유쾌한 대화의 힘

적에게서도 장점을 발견하는 포용력

괜히 주는 것 없이 싫은 사람이 있다. 그가 하는 말이나 행동은 물론이고 습관까지도 마음에 들지 않고 단점 투성이로만 보이는 사람 말이다. 그런 사람에게서 장점을 찾아내기란 쉬운 일이 아니다. 더욱이 밉다 밉다, 하면 왠지 더 미워지기 마련이다. 그래서 곱게 할 말도 퉁명스레 터져 나오고 칭찬도, 인정하는 말도 해주기가 싫어지는 것이다.

이런 경우에는 오히려 감정과 반대로 행동할 필요가 있다. 미운 사람에게도 장점이나 칭찬받을 만한 점이 있을 테니 그것을 찾아내어 말해주는 것이다. 즉, 적군일지라도 장점이 있다면 솔직하게 인정하고 칭찬해 주는 아량을 가지라는 의미이다. 자신의 동지는커녕 적대적인 상대방을 인정해 줌으로써 위기를 극복할 수 있었던 다음과 같은 예가 있다.

20대 초반에 결혼한 한 부인이 결혼하고 30여 년이 지나서야 남편이 꾸준하게 외도를 이어왔다는 사실을 알게 되었다. 그것도 결혼한 지 얼마 되지 않은 시점부터 바람을 피우기 시작했다는 사실은 감당하기 어려운 배신감으로 돌아왔다. 하늘같이 믿고 살아온 남편이 그 긴 시간 동안 자신을 감쪽같이 속였다니 얼마나 충격적인가.

"허허허… 인간의 탈을 쓰고 어떻게 그런 짓을… 30년씩이나 철저하게 속여 오다니…인생 헛살았네… 너무나 허무해…흑흑흑…."

그녀는 도저히 감당하기 어려운 현실 앞에 분노하며 망연자실했다. 바보처럼 아무것도 모르고 세상에서 제일 행복한 듯 태평하게 살아온 지난 나날이 주마등처럼 스쳐 갔다. 그럴수록 괴롭고 고통스러워 당장이라도 숨이 넘어갈 것만 같았다.

몇 날 며칠을 고민하던 그녀는 어느 날 남편의 퇴근길을 남몰래 뒤쫓았다. 그런데 아니나 다를까, 퇴근길의 남편은 낯선 동네의 아파트로 향하는 것이었다. 그 순간 또다시 눈앞이 캄캄해지면서 피가 거꾸로 치솟는 느낌이었다. 부인은 내친김에 집 안까지 쫓아 들어가려 했으나 차마 그러지 못하고 오랫동안 머뭇거리며 서성이던 발길을 돌려 강변으로 향했다. 그리고 긴 시간 동안 오열을 하며 한탄과 후회와 절망의 말들을 홀로 쏟아내기 시작했다.

그렇게 한참의 시간이 지나자 온갖 잡념으로 복잡하던 머릿속이 조금씩 맑아지기 시작했다. 그리고 마음이 어느 정도 가라앉자, 집으로 돌아와 이성을 잃지 않기로, 정신을 바짝 차리고 결단을 내리기로 단단히 마음먹었다.

다음 날 아침, 독하게 먹은 마음이 변하기 전에 '그들'의 아파

관계를 바꾸는 유쾌한 대화의 힘 ~~~~

트로 다시 찾아갔다. 그리고 지난 세월 동안 남몰래 자신과 남편을 공유해온 여자를 만났다.

이후 어떻게 되었을까? 결론부터 말하자면, 몇 개월 뒤 남편은 조강지처에게 온전하게 돌아왔다. 어떻게 그런 일이 일어났을까?

남편의 외도를 용서하기로 한 그녀에게 세월이 흘러 훗날 남편이 물었다.

"당신 대체 어떻게 그 여자를 물러나게 했지?"

그 말에 아내는 피식 웃었다. 그리고 이렇게 대꾸했다.

"당신이 나보다 낫다고 말했지."

내용은 이러했다.

그녀가 막상 집안에 쳐들어가 둘러보니 살림살이가 정갈할 뿐 아니라 여자의 외모도 매우 소박하고 단정했다. 그래서 차마 여자를 무조건 비난할 수가 없어서 솔직하게 그냥 느낀 대로 말했다.

"그래… 후… 네가 나보다 살림을 잘하는구나. 어떤 남자라도 너한테는 마음을 빼앗기겠구나. 앞으로도 죽을 때까지 안심하고 남편을 맡겨도 될 것 같다. 정말 고맙다…. 내가 잘못하는 것을 네가 잘해줘서 남편이 열심히 일할 수 있었다는 것을 이제야 알았다. 진작 알았더라면 감사패라도 전해주었을 텐데…."

뜻밖의 말을 들은 내연녀는 그 자리에서 눈물을 쏟으며 용서를 빌기 시작했다.

"정말 죄송합니다. 제가 큰 잘못을 저질렀어요. 사실 저는 지난 세월 동안 다리 뻗고 자본 적이 없어요. 어느 날 갑자기 부인께서 들이닥치지나 않을까, 머리끄덩이를 쥐어뜯지는 않을까 항상 안절부절못하며 살아왔어요… 그렇다고 남편도 본처와는 절대 이혼은 하지 않을 거라고 했는데… 헤어지려고 여러 번 마음 먹었지만, 세월이 흐르며 더더욱 정이 들어버려서 떠나지도 못하고 제가 붙잡고 매달렸습니다… 정말 죄송합니다… 흑흑."

이렇게 울먹이던 여자는 막연히 두렵게 생각하던 조강지처가 찾아와서는 욕을 하거나 호통을 치기는커녕 잘했다는, 고맙다는 소리를 하니 자신의 잘못에 대해 더욱 죄스러운 마음이 들더라는 것이다.

"그래, 내가 그렇게 두려웠니? 내가 벌하지 않아도 스스로 벌을 받으며 살았구나. 그만 됐다. 네가 나보다 낫게 남편을 수발했으니, 그건 내가 진짜로 감사해야 할 일이다. 네가 무슨 죄가 있겠니. 남편 하나도 제대로 단속 못 한 어리석은 내 죄지!"

그 후 본 처와 내연녀는 자주 만나 서로의 애로사항을 이야기하며 뜻밖에도 가족처럼 가까워졌고, 결국 내연녀가 남자를 아내에게 온전히 돌려 보냈던 것이다.

이 이야기가 전하는 메시지는 무엇일까?

바로 상대방을 인정하는 것, 그리고 진심 어린 말 한마디는 미운 사람까지도 자기편으로 만들 수 있는 열쇠라는 사실이다. 조강지처인 부인이 '네가 나보다 낫구나'라고 말하기 전까지 그 내

관계를 바꾸는 유쾌한 대화의 힘 ~~~~~

연녀는 단지 부도덕한 불륜의 주인공일 뿐이었다. 한 여인을 수십 년 동안 속여 오면서 그 가슴에 대못을 박은 악녀일 뿐이었다.

하지만 그런 객관적인 사실에도 불구하고 부인은 솔직하게 상대방의 장점을 발견하고 그것을 인정해 주었다. 그리고 진심으로 상대방을 대함으로써 감화시키기에 이른 것이다.

이처럼 말이란 어떻게 하느냐에 따라 적대적인 상대방조차도 내 편으로 만들 수도 있고 적으로 만들 수도 있는 힘이 있다.

이와 같이 '상대방을 내 편으로 만들기'에는 어떤 특별한 요령이 있는 것일까? 그것은 듣는 사람의 입장에서 생각하고 말하는 것이다. 또한 상대방의 존재를 인정하고 존중해 주는 것이다.

조강지처가 만약 '너 따위가 어떻게 감히…' 하는 식으로, 막무가내로 상대방을 무시하고 짓밟는 언사를 했더라면 사실이 어떻든 간에 결과는 불을 보듯 뻔했을 것이다.

사람은 누구나 인정받고 존중받고 싶어 한다. 그리고 인정을 받으면 인정받은 만큼 그것에 맞게 행동하려고 노력하게 마련이다. 따라서 다른 사람을 감동하게 하고 내 편으로 만드는 데는 임기응변이나 화려한 미사여구는 필요하지 않다. 진심이 담긴 한 마디, 어쩌면 막장 같은 현실에서도 상대방의 가치를 인정해 주는 따뜻한 말 한마디는 수십 년간 험악했던 관계도 단번에 반전시킬 수 있을 뿐 아니라 인생마저도 진정한 성공의 길로 이끄는 힘을 지니고 있다.

대통령의 유머

위기의 순간에도 여유 있었던 레이건 대통령의 유머 감각

1981년 1월에 취임한 레이건 대통령이 3월 30일에 워싱턴 힐튼호텔에서 노동단체 연합 대표들과 오찬을 마치고 나오는 도중 어디선가 총소리가 들려왔다. 대통령 살인미수 사건이 발생한 것이다. 여섯 발의 총탄 가운데 한발에 가슴을 맞은 레이건은 조지 워싱턴 대학병원으로 실려 갔다.

병원에 실려 가서도 대통령은 자신이 멀쩡하다는 사실을 알리려는 듯 끊임없이 농담을 이어갔다고 한다. 서둘러 응급조치를 하기 위해 간호사들이 레이건의 몸을 만지기 시작하자, 그 와중에도 간호사들에게 이렇게 물었다.

"내 몸을 만져도 된다고 우리 낸시에게 허락은 받았나?"

또 수술실에 들어가기 직전에는 낸시 여사를 향해서도 이렇게 말했다.

"여보 미안하오, 영화에서처럼 총알이 날아올 때 무릎을 굽혀 납작 엎드리는 걸 깜빡했어요!"

산소호흡기를 낀 상태에서도 그의 유머는 그치지 않았는데, 메모지를 달라고 하여 다음과 같은 글귀를 써서 의사들에게 보여주었다.

"내가 할리우드에 있었을 때도 지금처럼 큰 관심을 받았더라

관계를 바꾸는 유쾌한 대화의 힘

면 거기 계속 있었을 텐데요!"

사실 그의 부상은 매우 심각한 상태였음에도 의식적으로 분위기를 띄우려 애썼던 것이다.

다행히도 수술 시작 1시간 10분여 만에 폐 깊숙이 심장 바로 옆에서 총알을 찾아냈는데, 마취에서 깨어난 뒤에도 레이건은 의료진을 향해 또다시 농담을 던지는 여유를 보였다.

"도대체 그 친구(저격범 존 힝클리 주니어)는 뭐가 불만이었는지… 이 가운데 혹시 아는 사람 있어요?"

그로부터 총상 치료가 끝나고 4월 11일에야 백악관으로 돌아올 수 있었다. 그 사건 이후 지지율이 무려 80% 징도로 치솟은 가운데 레이건 대통령은 마치 아무 일 없었다는 듯 자신만만한 모습을 보였다. 그러나 병원에서 퇴원해서 지지자들에게 인사할 때도 겉옷 안에 방탄조끼를 입었을뿐더러, 그 후로는 절대 공항 활주로나 도로를 가로질러 걷지 않았다고 한다.

레이건 대통령은 저격 사건 두 달 후, 베를린에서 연설을 하게 되었다. 그 와중에 어디선가 풍선이 터지며 총소리와 비슷한 소리가 들려왔다고 한다.

'자라 보고 놀란 가슴, 솥뚜껑 보고도 놀란다'는 말도 있지만, 당시 레이건 대통령은 눈 하나 깜짝하지 않으며 "… 빗나갔군(Missed me)!"이라고 한마디 하고는 태연하게 연설을 이어갔다고 한다.

그토록 의연한 모습에 관중들은 열렬히 환호했음은 물론이다.

링컨 대통령의 유머

외투를 돌려받는 법

청년 시절 링컨이 급하게 시내에 나갈 일이 생겼는데 그에게는 마차가 없었다.

마침, 그때 마차를 타고 시내에 가던 노신사를 마주친 링컨은 이렇게 부탁했다.

"어르신 죄송합니다만, 제 외투를 시내까지만 가져다주실 수 있겠습니까?"

그의 부탁을 들은 노신사가 의아한 듯 되물었다.

"외투를 가져다주는 거야 어렵지 않소만… 내가 어떻게 시내에서 당신을 만나 외투를 다시 돌려줄 수 있나요??"

노신사의 염려에 링컨은 전혀 문제 될 것이 없다는 투로 이렇게 대답했다.

"아, 외투를 돌려받는 방법은 걱정하지 않으셔도 됩니다. 제가 항상 그 외투 안에 있을 테니까요!"

성격 차에 관한 대처법

링컨과 그의 아내 메리는 성격 차이로 갈등이 잦았다고 한다.

조용하고 신중한 성격의 링컨과 달리 아내는 다소 충동적이고 성급하며 신경질적인 면이 있었다.

관계를 바꾸는 유쾌한 대화의 힘

링컨이 변호사로 일하던 시절, 부부가 함께 장을 보러 갔다.

생선을 사러 들른 가게에서 메리가 생선을 뒤적여보며 주인에게 신선도에 관해 신경질적으로 말을 했다. 그러자 생선가게 주인은 불쾌한 듯 남편인 링컨에게 항의의 제스처를 보였다.

그의 의중을 금세 알아차린 링컨은 생선가게 주인의 어깨에 손을 얹으며 귓가에 이런 말을 건넸다.

"알아요… 네… 이해합니다. 그런데, 나는 15년 동안이나 참고 지금까지 살아왔습니다. 주인 양반께서는 그냥, 잠깐만, 좀 참아 주십시오… 부탁합니다…"

불가능을 가능케 하는 대화의 기술

어떤 말을 듣고 싶은가? '너만 보면 짜증 나!' '넌 왜 그렇게 잘하는 게 없니?' '죽도 못 얻어먹었니?' '돈도 못 버는 게 쓰는 건 대단하네!'

이런 말이 나에게 쏟아진다고 생각하면 어떤가? 매일 이런 부정적인 말만 들으면 정말로 그런 사람이 될 것만 같다.

반대로 '너 참 멋지구나. 너만 보면 기분이 좋아져!' '넥타이가 아주 근사하네요!' '너 글을 아주 잘 쓴다!' '웃는 모습이 보기 좋아!' '넌 정말 사람을 즐겁게 하는구나!' 이런 말을 들으면 기분이 날아갈 듯하다. 별것 아닌 것에도 의미를 담아 칭찬하고 긍정적인 말을 해주면 무슨 일이든 다 잘 해낼 것같이 기운이 난다.

바로 이런 말이다. 내가, 당신이, 우리 모두 누군가에게 듣고 싶어 하는 말은.

그런데 이상한 점은, 돈 안 들이고 쉽게 할 수 있는 말인데도 잘 안 나온다는 것이다. 누가 나에게 해주면 기분 좋아하면서도

관계를 바꾸는 유쾌한 대화의 힘

남에게 해주기는 힘든 것이 바로 이런 칭찬이다.

오래전 베스트셀러 중에 『칭찬은 고래도 춤추게 한다』라는 책이 있었다.

내용은 무게가 3천 킬로그램이나 되는 거대한 범고래에게 오로지 칭찬과 긍정적인 표현과 반응으로만 훈련해 기가 막힌 재주를 하게끔 변화시킨다는 것이다. 범고래도 이럴진대, 하물며 사람은 어떻겠는가. 칭찬과 감사, 사랑의 마음으로 상대를 대하면 훨씬 더 좋은 관계로 발전할 수 있음이 분명하다.

칭찬을 하려면 먼저 상대의 장점을 찾아야 한다.

모든 사람에게는 반드시 그 나름대로 징짐이 있게 마련이다. 그것을 찾아 칭찬하는 것은 상대방에게 자신의 존재 가치를 새로이 인식하도록 하는 중요한 계기가 된다.

쥘리에트 그레코라는 프랑스 여가수는 쾡한 눈에 코가 우뚝 선 볼품 없는 외모의 무명 가수였다. 그는 자신의 외모에 항상 불만이었다.

"내 눈은 너무 쾡해서 굶주린 고양이 같잖아! 콧대는 또 왜 이렇게 치솟기만 한 거야!"

거울을 볼 때마다 이렇게 투덜대던 그가 자신의 외모에 용기를 갖게 된 것은 어느 손님의 칭찬 때문이었다.

어느 날 그레코가 생제르맹 거리의 한 카페에서 노래를 부르고 있을 때였다. 테이블에서 노래를 들으며 그를 유심히 바라보던 한 손님이 옆 사람에게 이렇게 속삭였다.

"저 여가수 눈이 정말 매력적이야! 마치 백만 볼트짜리 전압이 번쩍이는 것 같아. 정말 멋진 눈매를 가졌어!"

우연히 그 속삭임을 전해 들은 그레코는 비로소 자신의 외모에 자신감을 갖게 되었다. 그 후로 그레코는 속눈썹 화장 외에는 전혀 꾸미지 않은 채 당당하게 무대에 오르기 시작했다고 한다.

이처럼 상대방의 감춰진 장점을 발견하여 칭찬해 주었을 때 당사자는 무한한 용기와 자신감을 얻게 된다.

미국의 유명한 설교자인 헨리 워드 비처가 "인정받는 것이나, 칭찬이나, 부드러움이나, 인내, 감당하는 능력 등을 바라지 않는 사람은 이 세상에 아무도 없다"라고 말했듯이 나에게 용기와 자신감을 주는 것을 싫어할 사람은 아무도 없다.

반대로 칭찬에 인색한 사람은 잘하려고 애쓰는 사람의 기를 여지없이 꺾어놓을 수도 있다.

오래전, 규모가 작은 한 출판사에서 있었던 일이다.

요즘과 달리 손으로 쓴 원고를 컴퓨터로 일일이 입력해서 출력하는 과정이 필요했던 그 시절에는 오퍼레이터의 빠른 타이핑 실력이 매우 중요했다. 그런데 이 출판사의 오퍼레이터는 조금 굼떴다.

"경희 씨, 왜 이렇게 입력이 늦어요? 빨리 좀 쳐봐요!"

편집부장은 오퍼레이터인 경희 씨에게 자주 이렇게 채근했다.

사실 경희 씨는 모든 행동이 좀 느린 편이었다.

"아니, 이 표는 왜 이렇게 그렸어요? 다시 잘 그려봐요. 표 그리기 못 해요? 이렇게, 이렇게 해서 이렇게… 하면 되잖아요. 아이고, 참 답답해 죽겠네!"

어느 때는 기획서에 들어갈 표 한두 개 그리는 데에도 하루 종일이 걸리기도 했다. 그건 별로 어렵지 않은 일이었는데 이상하게도 경희 씨는 자꾸 그렸다 지웠다 반복하느라 시간을 허비했다.

"잠깐만요… 조금만 기다려주세요. 죄송해요…."

경희 씨는 진땀을 흘리며 늘 이렇게 대답하곤 했다.

그리고 간신히 결과물을 내놓아도 텍스트일 경우에는 오타가 많았고, 표일 때는 숫자가 틀리거나 모양이 반듯하지 않은 일이 드물지 않았다.

"어휴, 이걸 일이라고 했어요? 놀지 말고 워드 연습 좀 더 해요! 이렇게 오타가 많아서 어떻게 일을 하나, 어떻게? 에잇!"

편집부장의 불만과 잔소리는 이렇게 늘 경희 씨의 일솜씨에 대한 비난으로 이어졌다. 그리고 얼마 후 경희 씨는 사표를 내고 말았다. 그때도 편집부장은 이렇게 투덜거렸다.

"일을 그런 식으로 하면서 어디 가면 잘될 거 같아요? 단순하게 워드 입력만 하는 것도 벌써 몇 년짼데 그 모양이야!"

오퍼레이터인 경희 씨가 기본적인 자기 임무, 오타 없이 원고를 제대로 입력하는 실력이 부족한 것은 사실이었다. 하지만 편집부장의 태도도 그리 바람직하지는 않아 보인다. 만약 그가 경희 씨의 작은 장점이라도 하나 찾아 칭찬해 가며 일을 시켰더라면 결과는 좀 달라지지 않았을까?

이를테면, 표 그리기를 열 번 실패하고 열한 번째 성공했을 때 "드디어 성공했어? 아주 잘했네! 잘했어요, 경희 씨! 표를 꼼꼼하게 잘 그려!"라고 해가며 작은 성공에 대하여 크게 격려하고 자주 북돋워 주었더라면 비난으로 일관했을 때보다는 좀 더 나은 결과를 거두지 않았을까?

사람은 누구나 칭찬과 인정을 받고 싶어 한다. 그리고 나를 알아주고 칭찬해 주는 사람에게 마음이 열리게 마련이다. 아무도 모르는 나의 장점을 찾아 격려해 주는 사람이 있다면 고마운 마음과 함께 그를 다시금 바라보게 된다.

말 한마디라도 좋은 말을 하면 기분이 좋아진다. 사실 재미있고 기분 좋은 말을 하는 비결은 따로 없다. 상대의 장점을 찾아 칭찬해 주고 격려의 말을 아끼지 않는 것, 그리고 매사에 감사하는 마음으로 대하는 것이다. 그러면 원하지 않아도 따르는 사람이 많아질 것이다.

관계를 바꾸는 유쾌한 대화의 힘

세상에 잊어도 좋은 약속은 없다

시간이 너무 없다. 아침 일찍 일어나 허겁지겁 출근 준비를 하고 회사에 가면 하루 종일 일에 치여 산다. 그리고 퇴근 시간에 맞춰 퇴근하면 다행이지만 밀린 업무를 처리하느라 밤이 깊어서야 터덜터덜 집으로 돌아오면 씻기 바쁘게 곯아떨어지기 일쑤이다. 그러니 가족과의 일상적인 약속도, 연중행사에 속하는 여행 약속도 제대로 지키기가 쉽지 않다.

"이번 여름방학 때는 우리 가족 모두 인도 여행하기로 했잖아요? 작년엔 독도에 같이 가기로 약속해 놓고 안 지키셨으면서 이번에도 또 못 간다고요? 아빠, 거짓말쟁이!"

이것은 자신과의 약속일 때도 마찬가지다.

'올해부터는 술, 담배 끊고 매일 아침 한 시간씩 조깅을 해야지. 그래서 6개월 안에 10킬로 정도 살을 빼야지.'

날마다 혹은 해마다 무수한 약속을 하지만 그것을 제대로 지켜가면서 살기란 쉬운 일이 아니다. 그러다 보니 본의 아니게 거짓말쟁이가 되고 무책임한 사람이 된다. 약속은 아무리 사소한 것이라도 지키기 위한 것임을 기억해야 한다.

외국에서 열린 국제 신발 박람회에 한 신발제조업체 사장이 참가했다. 처음 참가한 그의 제품이 좋은 평을 받으면서 수십만 달러에 달하는 다섯 건의 수출 계약을 따냈다.

"당신 회사 신발이 소재나 봉제, 디자인 면에서 호감이 갑니다. 이 디자인으로 주문하겠습니다. 원하는 기한 내에 가능하겠습니까?"

"아, 그럼요!"

약속을 지키기 위해 그로부터 공장의 생산 라인에 전 직원들이 매달렸으나, 갑자기 서너 배 이상 늘어난 주문량을 도저히 감당하지 못할 정도로 바빠지자, 공장장이 중재안을 내놓았다.

"기한 내에 물량을 맞추기는 어려울 겁니다, 사장님. 앞으로 공장 설비를 늘려주시고, 이번에는 일단 다른 공장에도 하청을 주는 게 어떨까요?"

물량과 기한을 모두 맞추려면 현재의 설비만으로는 부족한 것이 사실이었다. 그렇다고 해서 다른 공장에 하청을 준다면 제품이 제대로 나올지 의문이었다.

사장은 고민에 빠졌다.

"하청을 줘서 물건이 제대로 나오기만 한다면 아무 걱정도 없지. 하지만 자네도 알다시피 아무리 같은 디자인에 같은 가죽으로 봉제를 해도 완성품을 비교해 보면 뭔가 다르고 마음에 들지 않는단 말이야. 우리가 봤을 때 만족스러워야 믿고 맡긴 측

관계를 바꾸는 유쾌한 대화의 힘 〰〰〰

에서도 만족하지 않겠어?!"

사장이 고민하는 동안에도 공장장은 다른 공장에 하청을 주자고 계속 설득했다. 그러는 동안 다섯 건의 계약 중에서 세 건은 순차적으로 숨 가쁘게나마 수출이 이루어졌다. 이제 남은 두 건의 계약 물량을 해결해야 하는 데 남은 시간이 촉박했다. 그리고 이어지는 밤샘 작업에 지친 직원들은 파업을 하겠다고 으름장을 놓기 시작했다. 이런 상황에서 어느 날 사장은 고심 끝에 공장장을 비롯한 모든 생산 직원을 모아놓고 솔직하게 말했다.

"여러분도 이번 계약이 얼마나 중요한지 잘 아실 겁니다. 이번에 약속을 지키지 못하면 재계약은 불가능할 것이고 생산 라인을 이어갈지도 미지수입니다."

그러자 생산 직원들 사이에서 불만이 터져 나왔다.

"지금 밤낮없이 2교대로 일하느라 얼마나 힘든지 아신다면 다른 대책을 세워주셔야지요. 저희도 사람입니다. 잠자는 시간만 빼고는 날마다 공장에 매달리다 보니 이제 너무 지쳤습니다. 더 이상 이렇게는 일 못 합니다!"

"나머지 물량은 다른 공장에 하청을 주세요. 저희도 죽겠습니다! 휴식이 충분하지 않으면 능률도 떨어져요. 많이 만들어도 불량이 늘어나면 무슨 소용입니까!"

직원들은 지친 표정으로 이렇게 하소연했다.

"맞습니다. 잘 알고 있습니다. 저도 여러분과 마찬가지로 불량 체크하고 물량 확인하느라 밤을 꼬박 새우고 있습니다. 하지만 더 중요한 고비는 이제부텁니다. 남은 물량을 앞으로 열흘 안에 맞추지 못하면 이제까지의 고생이 모두 물거품이 되고 맙니다. 그렇다고 다른 공장에 하청을 맡기지도 못하는 이유는 이미 설명해 드렸으니 잘 아실 겁니다. 부족한 인원과 설비는 곧 보강이 될 텐데 이번 일까지는 제대로 마무리해야 비용을 마련할 수 있으니, 부탁드립니다. 여러분이 조금만 더 고생해 주시면 틀림없이 재계약이 이어질 것이고, 그러면 여러분에 대한 대우도 꼭 나아질 것을 제 명예를 걸고 약속드리겠습니다."

사장의 간곡한 부탁이 끝난 후 직원들은 따로 길게 논의의 시간을 가졌다. 얼마 후 작업반장이 그들의 합의사항을 말했다.

"좋습니다. 우리 모두 사장님은 대충 신발이나 만들어 팔려는 분이 아니라는 사실은 잘 알고 있습니다. 똑같이 흉내를 내도 다른 공장에서 만들면 우리 손을 거친 것과는 분명히 다르다는 것도 다 알고 있지요. 사장님은 품질과 신용을 중시하는 분이시니 저희와의 약속도 반드시 지킬 것이라고 믿습니다. 그러니 이번엔 저희 모두 분발해서 회사에 불이익이 돌아가지 않도록 노력하기로 의견을 모았습니다!"

사장과 직원들 모두 박수를 치며 동의했다.

"아이고, 정말 감사합니다, 여러분! 약속은 꼭 지킬 겁니다, 그때까지만 조금만 더 함께 고생해 주십시오!"

사장은 고개 숙여 읍소하며 이렇게 말했다.

그로부터 마지막 계약 물량을 채울 때까지 모두들 밤을 잊은 채 열심히 일했고, 결국 다섯 건의 계약 모두 제때 물량을 맞출 수 있었다. 그 대가는 만족스러운 피드백과 재계약 요청으로 나타났고, 사장은 직원들에 대한 약속도 성실하게 지켜주었다.

'약속은 깨기 위해 하는 것'이라는 말도 있고, '약속은 반드시 지켜야 한다'는 말도 있다. 사회생활을 하다 보면 본의 아니게 책임지지 못할 말을 하고 섣부른 약속을 하기도 한다. 때로는 자기가 무슨 말을 하는지조차 모른 채 무수한 약속을 남발하고 무책임하게 지나가는 경우도 많다.

중요한 거래에서 이루어지는 약속은 꼭 지켜야 하고 별 생각 없이 하는 가벼운 약속은 지키지 못해도 그만이라는 생각은 옳지 않다. 어떤 것이 더 중요하고 그렇지 않고는 결코 따질 수 없다. 모든 약속은 열성적으로 진지하게 지켜야 한다.

말이란 듣는 이를 의식하고 하는 행위이다. 그렇다면 어떤 말이든, 특히 책임이 뒤따르는 말에는 반드시 그 책임을 지려는 마음 자세가 필요하다. 습관적인 말치레에 익숙해지면 상대는 더 이상 그에 대해 아무런 인간적인 신뢰나 사회적인 기대도 하지 않게 된다. 그러므로 자신이 한 말이나 약속에 대해 최선을 다해 지키려는 책임 있는 자세가 우선임을 명심해야 한다. 일대일의 약속이든, 공적인 거래상의 약속이든 세상의 모든 약속은 지키겠다는 의지와 책임을 전제로 이루어져야 한다.

다음으로 매우 극단적인 예를 들어보겠다. 공감이 안 되는 이들도 있겠으나, 2024년 현재 반려견을 키우는 인구수는 대략 550만 명이 넘는 시점에서 당신의 생각이 궁금해진다.

가족과 함께 사는 직장인 영희 씨는 10여 년 전 친구에게 분양받아 온 강아지 슈나우저 팽돌이를 제 자식처럼, 혹은 동생처럼 여긴다. 그녀는 그 세월 동안 매우 성실하게 팽돌이와 집 근처 공원으로 산책하곤 했다. 거의 매일 해 질 무렵 이루어지는 산책 시간이 강아지에게는 하루 중 가장 기다려지고 즐거운 시간이었다. 온종일 집안에 갇혀 지내다시피 하는 강아지로서는 그 시간이 주인과의 가장 소중한 약속이었다. 그것을 잘 알기에 주인인 영희씨 로서도 그 약속을 지키려 성실하게 노력해 왔다.

그러던 영희 씨가 대학 졸업 후 광고회사에 들어간 뒤, 점점 퇴근 시간이 늦어지기 시작했다. 초기에는 아무리 늦어도 팽돌이와 산책을 했다. 그러나 퇴근이 새벽 시간으로까지 미뤄지는 경우도 빈번해지면서 그 약속을 지키지 못하는 날이 늘어갔다. 물론 그런 경우, 가족들이 대신 팽돌이와의 산책을 하기도 하지만, 그들 역시 모두 직장생활을 하다 보니 쉽지 않았다. 팽돌이로서는 영희 씨와 그 가족들이 바쁜 일과로 인해 자신이 하루종일 기다리는 딱 한 시간의 산책-외출 약속을 지키지 않는 것에 대해 이해하기도 받아들이기도 어려웠다.

어느새 팽돌이는 온종일 텅 빈 집안을 이리저리 배회하며 간절하게 영희를, 또 다른 가족을 찾기 시작했다. 하루 종일 하울링이 시작된 것이다. 그리고 밤늦은 시각까지 아무도 귀가하지

관계를 바꾸는 유쾌한 대화의 힘

않는 날들이 이어질수록 집안의 물건들을 훼손하는 스트레스 표출 행동까지 일어났다. 영희씨와 가족들은 팽돌이의 이상행동의 원인이 산책을 못 하는 날이 장기간 이어졌기 때문임을 알게 되었다.

"에고… 팽돌아… 미안하다… 누나가 회사 일이 너무 바빠서 그동안 너하고 산책을 못 했네… 미안! 내일은 일요일이니까 오후에 꼭 산책하자!"

그 말을 들은 팽돌이는 '산책'이란 단어에 꽂혔다. 틀림없이 산책을 할 수 있다는 의미로 받아들였고 그때부터 기분이 들뜨기 시작했다.

'우와 신난다. 산책이라고 했지? 그래 오늘은 꼭 산책을 할 수 있을거야… 바깥공기가 너무그리워! 미쳐버리는 줄 알았어…'

팽돌이는 신이 나서 그 하루를 즐겁게 지냈다. 그러나, 오후가 되자 영희는 갑자기 외출을 해버렸다. 남자 친구와 약속이 생긴 것이다.

"팽돌아, 미안! 산책은 다음에 하자!"

주인이 무심코 이렇게 한마디 던지고 사라지는 현관문을 바라보며 팽돌이는 망연자실, 분노의 하울링을 시작했다.

이 이야기는 강아지와 인간의 약속에 관한 극단적인 설정이다. 그러나 우리나라 인구 5천7백만 명 중 무려 10%의 사람들이 반려견을 키우는 오늘의 시점에서 공감이 가는 내용일 것이다. 하루 이틀도 아니고 10년 이상 함께 동고동락하는 강아지라면, 어느 정도 주인의 말과 행동을 이해한다. 단지, 강아지가 인간의 언어를 사용하지 못할 뿐 강아지도 나름대로 그 목소리와 몸짓으로 언제나 최선을 다해 의사를 표현하는 것을 보면 알 수 있다.

이야기는 약속 상대가 말 못 하는 강아지일지언정, 그와의 약속 또한 반드시 지켜져야 한다는 주제를 강하게 내포하고 있다. 무책임하게 무심코 내뱉는 한마디에도 강아지는 울고 웃는다는 사실을 기억해야 한다. 귀여워서 데려왔으나 그에게 가장 중요한 하루 한 번의 산책조차 허용하지 않는 것은 무책임을 넘어 학대와 다름없음을 명심해야 한다. 그만큼 약속은 책임감을 전제로 한다는 사실을 기억해야 한다.

'말 못 하는 강아지일지언정 잊어도 좋은 약속은 없다'는 위의 이야기에 대해 당신은 어떤 생각인가.

관계를 바꾸는 유쾌한 대화의 힘

변명, 실수보다 부끄러운 것

실수에 대해 변명하면

그 실수를 한층 더 돋보이게 할 뿐이다.

_셰익스피어

　실수에 대한 변명은 그 변명 때문에 또 다른 실수를 범하게 한다. 한 가지 실수를 범한 사람이 또 다른 실수를 하게 되는 것은 그 때문이다. 현실 그대로를 받아들이고 인정하는 것이 가장 좋다.

　살다 보면 본의 아니게 상황에 맞지 않는 실수를 할 수 있다. 말이란 한번 뱉고 나면 주워 담을 수가 없다 보니 그 순간의 당혹감이란 겪어보지 않은 사람은 잘 이해 못 할 것이다. 그런데 너무 당황하여 그것을 서둘러 무마하려고 장황한 변명을 늘어놓는 것은 상대방 입장에서는 더욱 불쾌하게 느껴질 수도 있는 어리석은 대응일 뿐이다.

　셰익스피어의 말처럼, 어떤 실수나 실언에 대해 변명이 시작되면 그것은 그 실수를 돋보이게 할 뿐이라는 사실을 기억해야 한다. 특히 유명인들의 경우 기자회견이나 인터뷰 등 공개적인 자리에서 종종 말실수를 하는 경우를 볼 수 있다. 인간이니까 그런 실수가 전혀 없을 수는 없겠지만 어떤 때에는 저 사람이 과연 우리나라를 대표한다는 사람이 맞나 하는 의문을 품게 하는 것도 사실이다.

로렌 헨델 젠더라는 세계적인 라이프 코치는 '있는 그대로의 자신을 인정하는 방법'에 대해 이야기하며, 실패했을 때 변명을 늘어놓는 유형을 아래와 같이 여덟 가지로 요약하고 있다. 이를 통해 본의 아닌 실수를 저지른 상황에서 변명을 하는 이들의 심리를 짐작해 볼 수 있다.

1. 어차피

무엇이 됐든, 스스로가 그것을 원하지 않거나 필요로 하지 않는다고 자신을 이해시킨다. 예를 들면, '내가 그날 자리에 동참했어야 했을까, 그래봤자 어차피 좋은 소리도 못 들었을 텐데 뭐' 라고 스스로를 납득시키는 것이다.

2. 흘러가는 대로

인생은 그저 자신의 의지와 상관없이 벌어지는 상황일 뿐이니, 자신의 능력으로는 어쩔 도리가 없었다고 생각한다. 그래서 어떤 상황에 대해 진지하게 고민하고 해결하려는 노력을 하기

보다는 '그땐 그럴 수밖에 없었어… 별 수 없지'라고 자기합리
화한다.

3. 집안 내력이 그런걸...

'그렇게 태어났으니 달리 행동할 수가 없다'고 생각한다. 이
를테면, '집안 내력이 그러니 나도 그럴 수밖에! 어쩌라고?' 라
고 결론을 내리는 것이다.

4. 어쩔 수 없었다.

'내 잘못이 아니야' '상황이 그래서 어쩔 수 없이 그렇게 된
것뿐이야!' 이를테면, 회식이 늦어져서 그런 걸 어쩌나? 내 잘
못이 아니잖아? 회식하다 보면 술도 먹게 되고 그러다 보면 취
하기도 하고 어쩔 수가 없잖아…라고 변명한다.

5. 남 들도 다 하니까

남들도 다 하니까 괜찮다고 생각한다. 실수를 해도 다들 하는
거니까, '그럴 수도 있지', 라고 스스로 관대하게 넘기는 것이다.

6. 해 봐도 안 되더라

실수하지 않으려 몇 번이고 시도해 봤지만, 아무 효과도 없
었는데, 이제 와서 노력한다고 뭐가 달라지는가 생각한다. 예를
들어, '약속 시간에 늦지 않기 위해 알람을 몇 개를 맞춰놔도 결

국 항상 늦는걸… 아무리 노력해도 안 돼!'라고 말한다.

7. 형편상

자신이 원하는 것은 절대로 자신에게 일어날 수 없는 일, '내 형편으로는 꿈도 꿀 수 없다'고 생각한다.

8. 할 만큼 했잖아

'이미 충분히 할 만큼 했으니 더 이상 자신을 몰아세우지 말자'고 생각한다. 이보다 더 많은 것을 요구해서는 안 된다고 스스로를 납득시킨다.

누구나 잠시 잠깐의 방심으로 크고 작은 실수를 저지를 수 있다. 공인으로 인정되는 유명 인사들도 이와 비슷한 술자리 성추행 파문에 휘말려 세간의 입방아에 오르는 일이 심심치 않게 일어나곤 한다. 그 사건들이 문제시되는 경우를 보면, 역시 자신의 실수를 그 자리에서 인정하고 진심으로 사과하는 용기가 부족하여 '술김'이었다며 누구라도 그 상황이면 어쩔 수 없었을 거라며, 변명과 책임 회피로 전전긍긍하곤 한다. 그 결과는 자신이 오랫동안 노력하여 얻은 자리를 잃거나, 자신을 믿고 지지해 준 사람들로부터도 외면을 당하기도 한다.

우리는 모두 부지불식간에 사소한 실수 혹은 중대한 과오를 저지를 수 있다. 그것은 인간이라는 존재 자체의 불완전성 때문일 것이다. 또한 상대적으로 자신의 실수에 관대한 것은 물론 동료의식을 갖는 사람들끼리는 그럴 수 있다며 너그러운 것도 사실이다.

그러나 아무리 상대방이 관대하더라도 가장 엄하게 짚고 넘어가야 할 사람은 그 누구도 아닌 바로 자기 자신이다. 자신의 실수를 스스로 인정하지 않으면 사과도 반성도 할 수 없기 때문이다. 나아가, 사과든 반성이든 남의 이목 때문이 아니라 진심 어린 자기 성찰에서 비롯되어야 함은 물론이다. 그것만이 실수를 만회할 수 있는 귀중한 대안이다. 그렇다고 해서 실수 이전으로 완벽하게 되돌아가는 것은 어렵다는 사실도 잊지 말아야 한다.

비교적 흔하게 일어나는 아래와 같은 상황의 예를 보자.

어느 날, 같은 팀의 남녀 직원 여러 명과 함께 회식을 하게 되었다. 우선 1차로 삼겹살에 소맥폭탄주를 곁들인 뒤 맥주로 입가심을 하고 마지막으로 술을 마시며 노래를 부를 수 있는 노래주점으로 몰려갔다. 이미 술을 많이 마셨으므로 일행은 대부분 취한 상태였다. 흥겹게 노래하는 동안 더욱 흥청망청한 분위기가 되었다.

"Blackpink in your area
Blackpink in your area
컴백이 아냐 떠난 적 없으니까

고개들이 돌아 진정해 목 꺾일라
분홍빛의 얼음
drip drip drip freeze 'em on sight
Shut it down what what what what
게임이 아냐 진 적이 없으니까 짖어봐
네 목에 목줄은 내 거니까"

K-POP 3세대 대표 아이돌 그룹 중 하나로, 다국적의 4인조 걸그룹인 '블랙핑크(BLACKPINK)' 멤버 제니의 자칭 삼촌 팬이라는 김 팀장은 술에 많이 취한 상태에서 'shutdown'이라는 노래를 신청하고 리듬에 맞추어 몸을 흔들어댔다. 그러나 너무 취해서 몸을 제대로 가누지 못하고 이리저리 비틀거렸다.

"팀장님, 너무 취하셨네요. 그만 일어나죠. 시간도 늦고…."

한 여직원이 옆 사람에게 이렇게 말하는 순간, 갑자기 김 팀장이 그녀를 향해 쓰러질 듯 덤비는 듯 넘어져 왔다. 그러고는 여직원의 얼굴에 입술을 비비며 추태를 부리기 시작했다.

"어머나, 왜 이러세요! 꺄악~!"

여직원은 비명을 지르며 그 자리에서 벗어나려고 몸부림쳤다.

만취 상태인 김 팀장은 그러면서도 더욱 힘 있게 여직원의 온몸을 더듬고 비벼댔다. 이미 이성을 잃어 제정신이 아닌 상태로 중얼거렸다.

"제니, 제니… 나에게 와 제니… 네 목줄은 내 거니까…"

그 자리에 있던 사람들이 모두 그를 뜯어말리지 않았더라면 상황이 어떻게 이어졌을지 알 수 없었다.

다음 날 출근한 그는 다른 직원들의 얘기를 듣고서야 간밤의 실수를 깨달았다.

'아, 내가 정말 왜 그랬지? 미쳤나…. 어휴! 술이 원수야.'

여직원에게 미안해서 어쩔 줄을 몰랐으나 사과를 하자니 실수를 인정하는 꼴이 비참하고 도무지 입이 떨어지지 않았다. 간밤에 난데없는 수모를 당한 여직원은 그날 월차를 내고 출근하지 않았다. 그래서 그는 더욱 뻔뻔하게 나가기로 방향을 잡았다.

"나 참, 술 좀 마시다 보면 그럴 수도 있지, 남들도 술 마시면 다 그렇던데… 그 정도 갖고 뭘 그래? 어차피 다 같이 즐거웠잖아…"

그다음 날 아침 출근한 여직원에게 그는 기억이 안 난다고 둘러대고는 오히려 이렇게 말했다. 평소 예의 바르고 점잖았던 그가, 자신의 실수에 대해 모르쇠로 일관하며 백팔십도 달라진 태도를 보이자, 여직원은 분하고 기가 막혀서 팔팔 뛰었다.

"어머 팀장님!! 같이 있던 분들이 다 증인이에요! 아무리 술김이라지만 그런 추태를 부리고도 미안하단 말씀 한마디를 안 하시네요?! 뭐 그럴 수도 있다고요? 그 정도라고요??? 엄연히 성추행이었다고요!"

"뭐, 성추행? 이거 왜 이래! 남자들이랑 술 한두 번 마셔봤나? 내가 술이 좀 과하긴 했지만 그건 아니잖아! 술자리에서 흥이 오르면 그럴 수도 있는 거지… 성추행은 무슨… 지가 무슨 요조숙녀야 뭐야!"

반성 없는 그의 태도에 격분한 여직원은 사내 윤리위원회에 김 팀장을 성추행 혐의로 고발해 버렸다.

그가 자신의 실수를 솔직히 인정하고 진심으로 사과했다면 여직원도 그렇게까지 하지는 않았을 것이다. 자신의 실수를 인정하고 곧바로 사과하는 용기가 부족한 탓에, 어쩔 수 없었다는 핑계를 대다가 결국 대대적으로 망신을 당하는 결과를 초래한 것이다.

이제는 강제적인 회식문화가 많이 사라지긴 했으나 업무와 마찬가지로 회식 역시 직장생활의 일부분으로 인식되기는 한다. 또 술 없는 건전한 문화생활을 공유하는 회식도 보편화되고는 있지만, 아직도 술이 포함되는 회식 자리에서는 과음과 폭음이 이어지기도 한다. 그러다 보니 술에 취해 평소와 다른 행동이나 뜻밖의 실수를 저지르는 일도 없지 않다.

이때 중요한 것은 본의 아닌 실수를 저지른 당사자가 그것을 어떻게 해결하느냐이다. 전통적으로 우리 사회는 술에 대해 무척 관대한 편이다. 그러다 보니 '술김에 벌어진 일이니, 이해하라' 혹은 '남자들은 한두 번은 다 그런 실수를 하게 마련'이라는 식으로 술에 의한 심신미약을 운운하며 너그럽게 봐주려는 경

　　　　　　　관계를 바꾸는 유쾌한 대화의 힘　〜〜〜

향이 있다.

　누구나 실수할 수는 있다. 하지만 그것을 깨닫는 순간 바로 인정하고 사과하는 데는 용기가 필요하다. 곧바로 실수를 인정하고 사과한다면 상대방은 그 모습에서 오히려 진정성을 발견할 것이다. 실수를 없었던 것으로 되돌릴 수는 없겠지만, 그것을 인정하고 반성하며 진정한 사과의 말을 건넴으로써 참다운 인간으로 거듭날 수도 있다.

　수백 마디의 화려한 언어로 설득하는 것보다 상대방의 마음을 얻는 귀중한 미덕 또한 진정성이다. 명심하라, 실수는 누구나 할 수 있으나 얼마나 빨리 진정으로 반성하고 사과하느냐는 용기 있는 자만이 가능하다는 것을.

　그럼에도 동서고금을 막론하고, 실수에 대한 적극적이고 진정어린 수습의 노력보다는 변명과 핑계로 일관하며 얼렁뚱땅 넘겨보려는 경우가 적지 않음은 아래와 같은 수많은 명언을 통해 짐작해 볼 수 있다. 본의 아닌 실수를 저질렀을 때, 이제는 이와 같은 명언을 떠올려보기를, 그리하여 어떻게 하는 것이 현명한 처사인지 스스로 판단하는 기회가 되기를 바란다.

TIP

실수와 변명에 관한 10가지 명언

실수했다고 해서 당황해하지 마라. 실수를 깨닫는 것처럼 좋은 스승은 이 세상에 없다. 실수야말로 스스로 사물을 깨닫는 가장 좋은 방법이다.

_칼라일

실수를 저질렀을 때 그것을 만회하려면 다음 세 가지 일을 해야 한다.
첫째, 실수를 인정할 것.
둘째, 실수로부터 배울 것.
셋째, 실수를 반복하지 말 것.

_폴 베어 브라이언트

변명거리가 많을수록 결과는 나빠진다.

_앤드류 매튜스

변명은 포장을 한 거짓말일 뿐이다.

_알렉산더 포프

비겁한 자는 자신의 실수를 변명하고, 용감한 사람은 반드시 그 것을 고백한다.

_A.GC.메레

죄를 저지른 후에 지나치게 변명하는 것보다는 진실한 참회의 눈 물을 흘리는 게 낫다.

_토마스 아 켐피스

패배한 변명을 나에게서 찾으면 패배한 이유가 되지만 남에게서 찾으면 변명이 될 뿐이다.

_ 로이 킨

제일 초라한 모습은 변명조차 할 수 없는 상황이고 더 초라한 모습은 그 상황을 어떻게든 변명하려는 모습이다.

_ kimdansun

자기의 잘못을 인정하는 것처럼 마음이 가벼워지는 일은 없다. 그러나 자기가 옳다는 것을 인정받으려고 하는 것처럼 마음이 무거운 것은 없다.

_ 탈무드

실수하여 고치지 않으면 곧 그것을 실수하고 만다. 실수하여 고치는 것을 꺼리지 말라.

_ 공자

잘못을 저지르고도 후회할 줄 모르는 자는 하등의 사람이요, 후회하면서도 고칠 줄 모르는 자도 하등의 사람이다.

_ 소학

대화에 표정과 몸짓을 더 하라

우리는 우선 처음 만나는 사람의 표정으로부터 그의 마음을 읽을 수 있다. 표정이 어두운지 밝은지에 따라 그가 나에 대해 어떤 생각을 하고 있는지 짐작할 수 있다. 그리고 그가 밝은 미소를 띠면 나의 마음속에서도 그에 대한 경계심 같은 것이 누그러지는 것을 느낀다. 그만큼 첫 만남에서 첫인사를 나누기 직전까지의 아주 짧은 순간에도 우리는 서로의 표정이 하는 말을 알아들으려 애쓴다. 그리고 본격적인 대화를 나누는 내내 상대가 하는 말의 내용에 더해 그의 보디랭귀지를 함께 받아들인다.

앨버트 메라비언이라는 미국의 심리학자가 사람들이 처음 만났을 때 상대방으로부터 받는 첫인상을 결정하는 요인을 분석한 적이 있다. 그 결과, 말의 내용은 7%에 불과한 데 비해 목소리의 비중은 38%로 비교적 높았으며, 나머지 55%는 보디랭귀지가 차지하는 것으로 나타났다. 무척 의외라고 생각될지도 모르겠다.

이 연구 결과가 의미하듯이 사람들의 의사소통은 순전히 '언어'로만 이루어지는 것이 아니다.

그러므로 대화를 나눌 때는 말의 내용을 더욱 풍부하게 할 뿐 아니라, 더욱 진실하게 효과적으로 의미를 전달할 수 있도록 표정과 몸짓을 적절히 활용해야 한다. 아무리 좋은 내용이라도 딱딱하게 굳은 표정으로, 상대를 바라보지도 않고 말한다면 상대에게 내 의사를 충분히 전달하기가 어렵다. 귀로는 상대의 말을 듣지만, 눈으로는 말하는 사람의 표정과 몸짓 등을 읽고 느끼기 때문이다. 그래서 어색하고 굳은 표정과 몸짓은 그렇지 않은 경우보다 상대를 설득하고 이해시키는 데 불리하다. 세계 공용어인 보디랭귀지를 적절히 활용하기만 해도 마음먹기에 따라서는 상대방을 내 편으로 만드는 데 적지 않은 도움이 될 것이다.

창민 씨는 필요한 증명서를 발급받기 위해서 주민자치센터에 갔다.

점심시간이라 담당 직원이 자리에 없었다. 그는 옆자리인 4번 창구 직원에게 말을 꺼냈다.

"저기요, 재산세 납세증명서 떼러 왔는데요."

그러자 말이 끝나기도 전에 4번 창구의 직원이 자리에서 일어서며 이렇게 대답했다.

"지금 담당자가 자리에 없네요. 저는 하는 일이 달라서 제대로 도와드릴 수가 없을 것 같은데요, 죄송하지만, 그쪽 3번 창구 앞자리에서 조금만 기다려주시겠요? 기다리시는 동안, 이 신청서를 미리 작성해 주시면 직원이 오는 대로 바로 처리가 될 거예요."

젊은 여직원은 얼굴 가득 미소를 띤 채 이리저리 손짓을 해보이며 자리를 권하고 신청서를 작성하도록 도와주었다. 아직 점심시간이 끝나지 않은 때라서 직원이 미처 자리에 돌아오지 않았다 해도 불평할 수 있는 상황이 아니었지만, 그의 밝은 표정과 목소리에는 어느 누구도 짜증을 내거나 불평을 할 수 없을 듯했다.

담당 업무가 아니므로 그냥 담당자가 올 때까지 기다리라고만 해도 그의 역할은 끝나는 것이었다. 하지만 그는 자신의 모든 언어 수단을 동원하여 민원인의 불편을 최소화하려는 노력을 보였다.

따라서 '내가 이렇게 노력하고 있다'고 그가 말하지 않았어도 그 뜻이 충분히 창민 씨에게 전달될 수 있었다.

이처럼 적절한 보디랭귀지는 의사 전달 효과를 극대화하는 중요한 요인이다.

보디랭귀지는 '제스처'라고도 할 수 있다. 몸짓이나 표정 등의 제스처는 의사 전달뿐 아니라 상대방과의 관계를 맺는 데에서도 중요한 역할을 한다. 이를테면 처음 만난 사람끼리 손을 내밀어 악수하는 것이 그렇다.

악수는 세계적으로 가장 보편적이며 대표적인 보디랭귀지이다. 손을 맞잡는 것은 우정과 협조를 상징한다. 굳이 악수가 아

관계를 바꾸는 유쾌한 대화의 힘 ~~~~~

니더라도 상대방에게 손을 내민다는 것은 혼약, 신의, 동의, 계약, 확인 등을 의미한다.

세계 공통적으로 보아도 손을 활짝 펴는 것은 평화, 우정, 믿음의 의미이다. 그러므로 내가 상대방을 신뢰한다고 여러 번 말하는 것보다는 한 번 손을 내밀어 서로 맞잡는 것이 더 큰 의미로 전달되는 것이다. 반면 상대방을 향해 주먹을 불끈 쥐어 보이는 것은 적개심과 공격성, 위협의 표시이다. 운동 경기에서 두 손을 번쩍 쳐드는 행동은 승리를 의미한다.

이러한 보디랭귀지는 언어가 다른 사람들끼리 만나도 의사소통을 가능하게 만들어주는 만국 공용어이다. 고개를 절레절레 저으면 싫거나 혹은 모르겠다는 뜻이고, 웃음은 호의와 긍정의 뜻이라는 사실은 어느 나라 사람과 만나더라도 통하기 때문이다.

회의 석상이나 제품 설명회 등에서 어떤 내용에 대해 프레젠테이션을 해야 할 경우, 차렷 자세로 서서 입만 놀리며 이야기하는 것보다는 손을 이용하여 어떤 것을 가리키거나, 몇 가지 중요한 사항을 짚어 줄 때는 손가락을 꼽아 보이는 등의 제스처를 활용하는 것이 더욱 효과적이다. 적절한 제스처는 말하고자 하는 내용을 더욱 효율적으로 전달하는 수단이 된다는 사실을 잊지 말자.

하지만 아무 때나 지나치게 손짓, 발짓을 해댄다면 오히려 역효과가 날 수도 있다. 더욱이 다음과 같은 행동들은 주의를 산

만하게 하고 집중도를 떨어뜨리므로 특히 주의해야 한다.

우선 말을 하면서 몸을 좌우로 자꾸 흔들어대거나 다리를 떨거나 습관적으로 손을 비비는 행동, 팔찌나 시계, 목걸이 따위의 장신구를 만지작거리는 행동은 바람직하지 않다.

또 말하는 도중 호주머니에 손을 넣었다 뺐다 하면서 안에 든 것을 꺼냈다 넣었다 하거나, 단추나 옷자락 또는 넥타이를 만지작거리거나, 자신의 귀, 코, 이마, 턱 등을 습관적으로 만지거나 머리를 쓰다듬는 등의 행동은 듣는 사람이 이야기에 몰입하는 데 전혀 도움이 되지 않을뿐더러 방해만 되는 나쁜 버릇이다. 이 가운데 나한테 해당하는 나쁜 버릇은 어떤 것이 있는지 생각해 보자. 이제까지 내가 몰랐던 나쁜 버릇을 깨닫는 바로 이 순간부터 고쳐보도록 하는 것은 어떨까.

웃으면서 거절하는 지혜로운 대화법

우리는 사람들과의 관계 속에서 살면서 수많은 부탁을 듣는다. 누구나 어린 시절부터 친구들과 '사이좋게' 지내라는 말을 들으며 자랐다. 사이좋게 지내려고 친구들과 먹을 것도 나누어 먹고 책도 빌려주고 화장실도 같이 가주는 것이다. 친구가 미처 못 해온 수학 숙제의 답을 보여 달라고 해도 보여 준다. 사이좋게, 어쩌면 마지못해서…

마지못해서, 혹은 어쩔 수 없이 부탁을 들어주어야 하는 괴로움은 친한 사이일수록 더 자주 겪게 되는 일이다.

부탁을 쉽게 거절하지 못하는 이유는 상대방과의 좋은 관계가 깨지는 것을 두려워하기 때문이다. 그러나 내가 납득하지 못하거나 받아들이기 어려운 부탁을 거절하는 것은 나쁜 일도 아니고 인간관계를 해치는 일도 아니다.

그러므로 우선 명심해야 할 것이 있다.

먼저, 거절은 상대방 자체를 거부하는 것이 아니라는 점이다.

거절은 상대방과의 관계를 끝내겠다는 의미가 아니며, 그가 내민 제안 혹은 부탁에 대해 동의하지 않는다는 의사 표시에 불과한 것이다. 어떤 물건에 대해 좋고 싫음이 있듯이 어떤 제안에 대해서도 좋고 싫음이 있고 그것을 표현하고 취사선택할 수 있는 자유는 누구에게나 있다. 그런데 인간관계가 깨질 것을 두려워한 나머지 그 제안을 억지로 받아들이는 것은 어리석은 짓이다. 이론적으로는 이렇게 완벽하다. 그러나 실제로 상사가 어떤 부탁을 해 온다면 누구든 쉽게 거절하지 못할 것이다. 남의 부탁을

거절하지 못하고 어물거리다가 '예스맨'이 되는 것은 어느 특별한 경우에만 국한된 일이 아니다. 여기에는 나의 거절이 상대방에게 오해를 살까 봐 두려운 것도 한몫한다.

그런데 남의 부탁을 거절 못 하고 잘 들어주는 사람들은 이상하게도 자신은 남에게 쉽게 부탁하지 못하는 경향이 있다. 내 부탁이 상대방에게 거절당할까 봐 두려운 것이다. 또 과부 심정 홀아비가 안다고, 자신이 누군가의 부탁을 거절하지 못해 괴로웠듯이 자신이 부탁을 하면 남에게 그런 괴로움을 주게 될까 봐 걱정스러운 것이다.

사랑할수록, 가까울수록 거절하는 용기도 필요하다. 그리고 어떤 상황에서든 스스로가 자기 삶의 주인이라는 의식을 가져야 한다. 그렇다고 이기적인 인간이 되라는 말은 아니다. 어떤 부탁을 들었을 때 선택의 기준은 '나'여야 한다는 말이다.

예를 들어, 퇴근 무렵 상사가 함께 술을 하러 가자고 청할 수

관계를 바꾸는 유쾌한 대화의 힘 ~~~~

있다. 그러나 직원들은 일주일째 야근을 한 상태이므로 몹시 지쳐있었고, 나 역시 빨리 집에 가서 쉬고 싶은 마음뿐이다. 어떻게 할까? 상사의 제안을 뿌리치기란 어려운 일이다. 거절했다가 미운털이 박힐까 봐 겁이 난다. 하지만 지금 몹시 피곤하다. 피로가 풀리지 못하면 내일도 피로의 연속이며 일의 능률은 떨어질 것이다.

나는 정중하게 거절하기로 한다. 벌써 일주일째 야근을 해서 몹시 지쳐 있으니 지금 나에게 가장 필요한 것은 휴식이다. 나는 미소 띤 얼굴로 부드럽게 말한다.

"부서 회식이니 당연히 가야죠. 제가 얼마나 기다렸는데요. 그런데 오늘 술 마시면 내일 출근이 쉽지 않을 것 같네요. 팀장님도 내일 부서 업무 성과 보고 회의가 있으시죠? 준비는 다 끝내셨겠지만, 오늘은 일찍 들어가셔서 충분히 쉬시는 게 어떨까요? 회식은 다음에 하면 더 좋을 것 같은데요."

이렇게 거절하면 어떨까?

거절을 잘하려면 거절하는 사람의 태도가 중요하다. 우선 거절하는 이유를 분명히 말해야 한다. 어물거리거나 핑계를 대는 듯 느낌을 주면, 오해를 부르기 때문이다. 그런 다음 상대방을 배려하고

자존심을 세워준다. 그의 제안은 훌륭하며 나를 위한 것임을 충분히 알고 있다고 진심으로 말한다. 그리고 다음번에는 가능하다는 것을 알려준다.

이런 원칙에 따라 웃으며 거절한다면 누구도 쉽게 반박하거나 오해하지 않을 것이다. 즉, 거절에도 원칙이 있다는 말이다.

그럼에도 나의 의도를 오해한다면 대화를 통해 풀어야 한다. 서로에 대한 충분한 이해가 부족할 때 오해가 생기기 마련이다. 평소 충분한 대화는 그런 오해를 미연에 방지하는 역할도 한다.

또한 어떤 제안이나 부탁을 했다가 거절당하는 사람도 마찬가지다. 혹 내가 너무 무리한 것을 부탁한 것은 아닌지 반성하는 자세도 필요하며, 거절은 단지 제안에 대한 거절일 뿐이라고 받아들이고 그로 인해 인간관계 자체를 다시 생각하려 한다면 그것은 지나친 행동임을 기억하자.

사회생활에서 다른 사람과의 관계는 중요하다. 그러나 그것을 지나치게 중시하다 보면 본의 아니게 다른 사람의 뜻에 끌려다니는 일이 생길 수도 있다. 아무리 좋은 제안이거나 쉬운 부탁이라도 그것을 받아들여야 하는 입장에서 즐겁거나 기쁘지 않다면 거절하는 것이 옳다.

상대를 불쾌하게 만들지 않으려고, 혹은 상대의 입장을 너무나 배려한 나머지 내 입장은 미처 돌아보지도 않은 채 무조건 도움을 주려는 자세는 오히려 서로의 관계를 악화시킬 수도 있다.

곤란하거나 원치 않는 제안에 대하여 웃으면서도 지혜롭게 거절하려면 다음 몇 가지를 참고해도 좋겠다.

관계를 바꾸는 유쾌한 대화의 힘 ~~~~~

1. 거절하기 & 거절당하기

누군가의 부탁이나 제안을 거절하는 것은 그 사람 자체를 거부하는 것이 아님을 기억하자. 거절은 인간관계의 부정이 아니다. 또한 거절하는 것만큼이나 거절당하는 사람의 자세도 중요하다. 부탁할 때는 어렵게 말을 꺼냈는데 상대방이 한마디로 거절한다면 무안하고 자존심이 상할 수도 있다. 하지만 그역시 곡해할 필요는 없다. 그러므로 부탁하는 입장에서는 언제든지 거절당할 수 있음을 염두에 두어야 한다. '만약 나라면 어땠을까?' 하고 한 번쯤 생각해 본다면 거절하는 사람의 입장도 충분히 이해될 것이다.

즉, 거절하거나 거절당하는 데는 기본적으로 상대방에 대한 이해와 배려가 필요하다.

2. 어쩔 수 없이 거절하는 것은 미안한 일이 아니다

어려운 부탁을 했다가 거절당하면 부탁했던 사람이 미안해해야 정상이다. 그런데 거절한 사람이 괜히 죄지은 사람처럼 미안해서 어쩔 줄 몰라 하는 경우가 종종 있다. 하지만 거절은 미안한 일이 아니다.

여건이 되고 능력이 되면 얼마든지 도와줄 수 있을 텐데 그렇지 못해서 어쩔 수 없이 거절하는 것이라면 그건 당연하기 때문이다.

능력이 안 되는데도 나를 희생하면서까지 남을 돕기란 어려우며 바람직하지도 않다. 자선사업가가 아니라면 말이다. 물론 객관적으로 보아 충분히 도움을 줄 수 있는 입장임에도 매정하게 구는 사람이 있다. 그러나 그 역시 어쩔 수 없다. 그들이 생각이 바뀌지 않는 이상 강요할 수는 없는 노릇이기 때문이다.

어찌 되었든 도와줄 수 있는 일이면 성의껏 도와주되, 능력이 부족해 거절해야 한다면 그 일로 미안한 마음에 얽매이거나 죄책감을 느끼는 것은 서로의 관계를 악화시킬 수도 있음을 기억하자.

3. 내가 할 수 있는 만큼만 수락한다

가능하면 도와주는 게 마음도 편하고 서로 좋은 게 사실이다. 하지만 그것이 내 능력을 벗어날 뿐 아니라 큰 희생이 요구되는 일이라면 어떻게 할까?

이를테면 나는 겨우 월세 50만 원짜리 오피스텔에 사는데 친구가 절박한 사정을 이야기하며 당장 1천만 원을 빌려달라고 하면 어떻게 해야 할까? 월세 보증금도 빼고 카드 서비스를 받거나 적금조차 깨야 할까?

또 당장 안됐고 가엾어서 도와주겠다고 말은 했는데 아무리 머리를 굴려도 해결책이 없을 때는 어떻게 해야 할까? 말을 먼저 앞세웠다가 도와주지 못하게 되면 그때는 더 큰 원망을 들을 수도 있다. 그러니 내가 어느 정도까지 도와줄 수 있는지를 먼저 파악해야 한다. 그리고 내 한계를 분명히 알려주고 이해를 구하는 것도 완곡하게 거절하는 방법이다. 내 능력은 따지지 않고 상대방 입장만 배려하다 보면 결국 자신의 희생이 너무 커질 수도 있다. '예스맨 콤플렉스'를 주의하라.

4. 딱 자르거나 혹은 달래거나

평소 남에게 어려운 부탁이라곤 해본 적 없는 소심하고 자존심 강한 사람이 갑자기 하얘진 얼굴로 다가와 어렵게 말을 꺼내면 거절하기가 어렵다. 그럼에도 그의 부탁을 거절해야 할 때는 자존심이 상하지 않도록 약간의 배려가 더 필요하다. 그의 입장에 대해서는 충분히 이해하지만 도와주기 어려운 이유를 진심을 담아 이야기해야 한다.

또한 거절하는 데 가장 망설여지는 것이 바로 가까운 사람의 부탁이다. 한번 보고 말 것 같으면 거절하기도 쉽다. 그런데 늘 많은 시간을 함께 생활하게 되는 동료나 친구, 가족일 경우에는 고민스러워진다. 이럴 때도 딱 자르기보다는 잠시 시간을 달라고 해서 여유를 갖고 생각해 보는 것이 좋다. 그리고 결국 거절해야 한다는 판단이 섰을 때는 부드럽게 설득하듯, 달래듯 이야기하는 것이 좋다.

반면, 한번 보고 말 사람이거나 직설적인 사람의 단도직입적인 부탁에 대해서는 머뭇거릴 필요가 없다. 그냥 딱 잘라서 거절의 뜻을 표현하면 된다. 그런 경우에는 머뭇거리는 것이 오히려 도움이 되지 않을 수도 있다.

5. 예스맨 콤플렉스에서 벗어나자

앞서 말한 것 외에 한 가지 더 중요한 것이 있는데 바로 예스맨 콤플렉스에서 벗어나는 것이다. 예스맨이란 누가 무엇을 부탁해도 거절을 못 하고 항상 '예스'라고 말하는 사람을 말한다. 다른 말로 하면 '착한 사람'이라고 할 수 있다.

'다들 나를 착한 사람으로 알고 있는데 어떻게 싫다고 거절하나.'

이것이 그들의 고충이다. 누군가 곤란한 부탁을 해 올 때 속으로는 싫다고 하고 싶은데도 대답은 벌써 '그래, 좋아'를 외치고 있다면 그는 바로 예스맨 콤플렉스에 사로잡힌 사람이다.

그들은 남의 평가와 시선을 매우 중요하게 생각한다.

어떤 경우에도 남들로부터 안 좋은 평가를 받는 것을 견디지 못한다. 그 때문에 속으로는 울면서도 겉으로는 한없이 착하고 좋은 사람처럼 남의 부탁을 거절하지 못하는 것이다.

하지만 냉정하게 생각해야 한다. 남들의 칭찬이나 평가가 그렇게 중요한가.

그보다는 좋고 싫음을 분명하게 밝힐 수 있는 당당함이 더 중요하다. 착하다는 말보다는 능력 있는 사람이라는 평가를 받고 싶다면 남들의 평가에서 벗어나라. 그리고 거절하고 싶을 때는 분명하게 뜻을 밝혀라. 말을 잘하는 사람은 거절의 뜻도 잘 밝히는 사람임을 잊지 말자.

4
Chapter

상대와의 대화도
전략이다

질문의 동력은 호기심이다. 호기심이 없으면 궁
금증도 생기지 않는다. 대화 상황에서 상대방의
이야기를 듣다 보면 여러 가지 궁금증이 생길
수 있다. 적절한 시기에 꼭 필요한 질문은 그 대
화를 희망적인 결과로 이끄는 수단이 될 수 있
음을 기억하길 바란다.

공통된 관심사를 찾아라

'자다가 봉창 두드린다'는 속담이 있다. 이는 갑자기 얼토당토않은 소리를 불쑥 내뱉는다는 뜻이다.

아무리 재미있게 말을 잘해도 사람들이 관심갖는 주제가 무엇인지 알지 못한다면 능력을 제대로 발휘하기 어려울 것이다. 특히 다양한 직업과 관심거리를 가진 사람들이 한자리에 모여 대화할 경우 가장 공통적인 관심사가 무엇인지를 먼저 파악하는 노력이 필요하다. 즉, 말하기에 앞서 주된 관심사를 찾아내는 것이 중요하다.

어느 문화센터에서 교양 강좌를 듣는 주부들에게 유명한 건축가의 강의를 무료로 들을 수 있는 기회를 제공한다고 할 때 어떤 주제가 적당할까? 주부는 살림을 하며 자녀를 키우고 틈틈이 취미생활을 하는 것이 일반적인 공통 분모이다. 그런데 유명 건축가의 전공 분야인 현대 건축의 특징에 대해 복잡하고 알 듯 모를 듯한 용어들을 사용해 이야기한다면 어떤 반응이 나올까?

물론 그중에는 앞으로 자신이 직접 집을 지을 예정이어서 건축에 관심이 있는 사람도 있을지 모른다. 하지만 대부분의 주부에게는 그보다는 '내 손으로 할 수 있는 실내 디자인'이나 '집 안 꾸미기' 또는 '봄가을에 할 수 있는 간단한 집수리 요령' 등이 더 관심거리일 수도 있다. 그런 주부들 앞에서 현대 건축이 어떻고 고대 건축과 어떻게 다른지를 운운하는 것은 그야말로 헛다리를 짚어도 한참 잘못 짚는 꼴이 되지 않을까.

이렇게 되면 앞에서 아무리 열과 성을 다하더라도 청중의 관심을 오래 유지하기 어렵다. 그들의 관심사는 그것이 아니기 때문에 결국 '자다가 봉창 두드리는' 격이 된다. 현대 건축이 강사의 관심 분야이거나 전문 분야라도 청중과 함께 호흡하며 교감을 나누고 싶다면 청중의 관심사에 초점을 맞추는 배려가 필요하다.

대형 전자제품 매장에 한 손님이 들어와 에어컨을 살펴보고 있었다. 이때 직원이 다가왔다.

"에어컨 찾으세요? 이 제품은 항균 필터가 탑재되어 있어서 곰팡이나 세균 문제를 해결한 제품이에요. 그리고 공기 청정 기능도 포함되어 있어요. 일 년 내내 사용하실 수 있고 건강에 도움이 될 겁니다. 또 이 제품은 바람이 위아래로 모두 나오게 되어 있어요. 실외기 하나로 세 대까지 연결해서 사용할 수 있고요. 특히 터보 냉각 기능은 타사에 비해 성능이 아주 월등합니다."

관계를 바꾸는 유쾌한 대화의 힘 〰〰

직원은 손님이 쳐다보는 제품마다 이렇게 재빠르게 설명을 줄줄이 읊어댔다. 그러나 손님이 궁금한 것은 그게 아니었다.

"저는 냉방도 되고 겨울엔 온풍기도 되는 걸 찾는데요. 가격은 어떻게 되나요? 그리고 한 달 전기료는 어느 정도 나오죠?"

"아, 가격이요? 가격은 잘해드릴 테니 물건만 고르세요. 가격은 모두 거기서 거기거든요. 한 달 전기료도 매일 10시간씩 사용한다고 해도 3천 원 정도밖에 안 되고요."

직원은 손님이 말한 질문의 요지와는 상관없이 자기가 팔고 싶은 물건에 대해서만 말했다.

"그러니까 이 제품과 그 제품의 차이는 알겠는데요, 제가 말한 냉방도 되고 온풍기로도 쓸 수 있는 제품은 아예 말씀도 안 하시네요. 그건 없나요?"

손님은 마침내 짜증스럽게 말했다.

"아, 그런 제품도 있어요. 그런데 별로 안 좋아요. 지금 재고도 없고요. 아까 본 제품 중에서 골라보시죠. 저렴하게 해드릴게요."

"그런 제품은 지금 없다는 거예요? 없으면 없다고 처음부터 말씀을 해주셔야 하는 거 아닌가요?"

손님은 결국 매장을 나가 버렸다.

물론 매장 직원은 물건을 하나라도 더 팔려고 노력하게 마련이다. 하지만 그 직원은 제품에 대한 손님의 관심사에는 아랑곳없이 자신의 의도만을 노골적으로 드러냈다. 열심히 제품 설명을 하고도 물건을 팔지 못한 것은 직원과 고객 사이에 원하는 바가 서로 달랐기 때문이다.

이처럼 상대방의 관심사에는 상관없이 자기 할 말만 해서는 제대로 된 대화가 불가능하다. 즉, 상대방의 관심사가 무엇인지 파악하는 것이 긍정적인 대화를 가능하게 하는 열쇠이다. 특히 협상의 자리에서 상대방이 어떤 입장을 취할 때 겉으로 보이는 것만으로 판단할 것이 아니라 그 밑바탕에 깔린 근본적인 관심사를 파악하는 것이 중요하다. 상대의 관심사를 파악하고 그것을 공통의 주제로 삼아야 효과적으로 대화를 이어 나갈 수 있다.

상대방의 관심사를 파악하기 위해서는 상대방이 충분히 이야기하도록 시간을 주고 기다려주며 잘 들어주어야 한다. 그로써 그의 관심사를 파악하고 공통된 관심사를 주제로 삼을 수 있다. 상대의 관심사에 근거하면서도 보다 나은, 혹은 다른 제안을 할 때는 상대방을 설득하기보다는 합리적이고 논리적인 충분한 자료를 제시함으로써 상대방이 스스로 그 제안을 받아들이도록 해야 한다.

관계를 바꾸는 유쾌한 대화의 힘

가려운 곳을 제대로 긁어라

어디서나 책을 볼 수 있게 해주는 '북 라이트', 어둠 속에서 작업을 쉽게 도와주는 '조명이 내장된 키보드', 물 주는 시기를 자주 잊어 번번이 식물을 죽이는 사람을 위한 '화분 수분 측정기', 어디서나 시원한 바람을 제공하는 휴대용 '미니 선풍기', 혼자 집에 머무르는 강아지에게 일정 시각에 먹이를 주는 '자동 급식기.'등 이런 물품들의 공통점은 무엇일까?

한마디로, 일반적으로는 충족되지 못하는 불만 요소를 해소시켜 준다는 것이다. 즉, 사람들의 가려운 곳을 긁어준다고 할 수 있는 이런 제품을 틈새 상품이라고 한다.

대화하기에서도 상대방의 가려운 곳을 긁어줄 때 이런 효과를 볼 수 있다. 등이 가려울 때 누군가에게 부탁을 하고 싶어지듯이 내게 어떤 문제가 있을 때 누군가 그것을 정확히 짚어 조언해 주거나 해결책을 알려준다면 매우 고마울 것이다. 가려운 곳을 찾아 긁어주듯 말을 할 줄 아는 것은 상대방의 말에 귀 기울일 줄 아는 사람만이 가질 수 있는 능력이다.

사람은 누구나 다른 사람에 대해 불평불만이 있을 수 있다. 아니, 사람인 이상 각자 인생관과 습관이 다르기 때문에 서로 다른 생각을 할 수밖에 없다. 그러나 서로가 각자의 주장만이 받아들여지기만을 바란다면 세상은 조화로워질 수가 없다.

　다행히도 불평불만이 쌓인 사람들 속에서 그들의 입장에서 귀 기울이고 해결책을 찾아주려는 이들이 있다. 지금의 종합병원에는 예약이 거의 필수적이지만 예약시스템이 없던 시절에는 병원에 일찍 도착하는 순서대로 진료 우선순위가 정해지는 경우가 대부분이었다. 그러한 당일 순번제로 운영되던 서울의 한 종합병원 대기실에서 일어난 일이다.

　병훈 씨는 갑자기 몸에 안 좋은 증상이 생겨 서울에서 꽤 이름난 종합병원에 진료를 받으러 갔다. 그는 새벽같이 서둘러 아침 일찍 그곳에 도착했다. 접수 창구에는 아직 아무도 없었고 그가 제일 처음 도착했지만 초진 신청을 하기 위해서는 업무 개시 시간까지 한참 동안 기다려야 했다.

　오전 9시가 가까워지자, 사람들이 점점 늘기 시작했다. 그런데 업무 개시 시간 몇 분 전에야 순번 대기표 발행기가 설치되더니 어떤 사람이 재빠르게 다가와 1번 번호표를 뽑았다. 그 사람은 명찰을 단 병원 직원이었고, 병훈 씨가 자신보다 먼저 그곳에 와 있던 것을 알고 있었음에도 야릇한 미소를 지으며 이렇게 말했다.

　"아무리 일찍 와도 소용없어요. 번호표 먼저 뽑는 사람이 우선입니다."

그 말을 듣는 순간 병훈 씨는 매우 황당하고 어처구니없다는 생각이 들었다. 접수 순서가 두세 번째로 밀려났기 때문이 아니었다. 말끔한 양복을 차려입은 그 병원 직원은 접수 창구 시스템을 이미 잘 알고 있었던 것이다. 그런 사람이 병원을 찾은 환자가 잘 몰라 어리둥절할 때 다가와 배려를 해주기는커녕 재빠르게 자신의 편의만을 취했기 때문이다. 병훈 씨는 그 간교함에 화가 났다.

불쾌감에 사로잡힌 그는 말없이 그 직원의 이름을 확인해 두었다가 진료가 끝난 후 '고객 불만 사항 접수'8 엽서를 작성해서 '고객의 소리함'에 넣고 돌아왔다.

얼마 후 그 병원에서 전화가 왔다. 고객 불만 사항 접수 센터였다.

"엽서 내용을 보니 그날 매우 불쾌하셨겠어요. 정말 죄송합니다. 먼저 다시 한번 확인하겠습니다. 그러니까 그 남자 직원이…."

병훈 씨는 그날의 불쾌했던 상황을 다시 한번 확인해 주었다.

"그러니까 병원 직원이면 병원에 오는 환자나 보호자들의 편의를 기본적으로 먼저 생각 해야 되는 거 아닌가요? '잘 모르면 새치기당하는 게 당연하다'는 식으로 말하는 게 어이가 없었어요. 그리고 순번 대기표를 뽑아 기다리는 시스템이라면 창구 업무 개시 1~2시간 전에 도착하는 사람들도 있다는 것을 감안해서 미리 작동시켜야 하잖아요. 만약 그 시스템이라도 미리 작동되었다면 그런 문제는 없었겠지요."

병훈 씨의 말에 직원은 정중하게 대답했다.

"네, 알겠습니다. 저희도 그렇게 생각합니다. 불만 사항을 알려주셔서 감사합니다. 문제를 일으킨 해당 직원에게는 마땅한 조치가 취해질 것이고, 순번 대기표 발행기 설치 시간 문제도 해결될 것입니다. 그리고 저희가 사죄의 뜻으로 교통카드를 보내드리겠습니다. 앞으로도 불편한 점이 있으시면 다시 연락해 주십시오."

얼굴을 알 수 없는 그 직원은 물론 자신의 임무를 다한 것뿐이겠지만 병훈 씨는 속이 후련했다. 바로 그의 불만을, 그의 가려운 곳을 제대로 긁어주었기 때문이다. 그 후 다시 병원을 찾았을 때 그는 접수 창구 업무 개시 전에 순번 대기표 발행기가 작동되어 이른 시간부터 번호표가 발행되는 것을 확인했다. 병훈 씨는 자신이 제안한 불편 사항이 해소되었다는 것만으로도 기분이 나아졌다.

지금의 상황과는 많이 다른 이야기이지만 이 에피소드의 핵심은 '상대방의 원하는 바를 제대로 파악하고 적절히 대응하기'다. 그러기 위해 간파해야 할 원칙이 있다. 바로 상대방의 말에 먼저 귀를 기울이는 것이다. 그렇지 않고 '나도 할 말이 많으니 내 말을 먼저 들어 달라'는 식으로는 상대의 말을 제대로 들을 수 없을뿐더러 듣더라도 건성으로 듣게 되어 심중을 파악하지 못한다. 그러므로 '가려운 곳을 긁어주듯 말하는 것'은 상대방에 대한 배려에서 비롯된다는 것을 알 수 있다.

상대방에 대한 진심 어린 배려는 나중에 더 큰 보상이 되어 나에게 돌아온다는 사실도 기억하자.

전략적으로 대화하라

〈삼국지〉에 나오는 조조와 제갈량은 서로 싸울 때 적군과 아군의 병력은 물론 맞붙어 싸우게 될 곳의 지형지물과 기후 등 모든 조건을 충분히 고려했다. 그리고 활용할 수 있는 여러 가지 전술 중에서 반드시 이길 수 있는 최선의 방법을 선택했다. 반드시 이기기 위해 필요한 것이 바로 '적을 알고 나를 아는 것'이고, 그것이 전략 수립의 기본이다.

우리가 흔히 사용하는 '계획'이라는 말은 '전략'과 무엇이 다를까?

어떤 '계획'을 세운다는 것은 앞으로 어떠한 일을 어떻게 하겠다고 미리 결정하는 것이다.

반면 '전략'은 '적'이라는 존재를 염두에 둔 표현이며, 전략을 수립한다는 것은 대항하고 있는 적을 이기기 위해 어떻게 할 것인지 행동을 선택하는 것이다.

전략은 전쟁이나 사업뿐 아니라 효율적인 말하기-대화 상황에서도 반드시 필요하다.

관계를 바꾸는 유쾌한 대화의 힘

말하기-대화 전략은 말하게 될 자리가 어떤 성격이냐에 따라 변화 있게 선택해야 한다.

말하기-대화 전략을 세우려면 우선 목적(얻고자 하는바)을 분명히 하고, 대응해야 할 상황과 그 특성을 고려해야 한다. 그리고 자신의 역량에 맞는 실행 가능한 여러 대안을 찾은 다음 마지막으로 가장 적합한 방안을 선택한다.

도심지에 10층짜리 건물을 짓고 있는 건축주에게 서울시청 조경과에서 공문이 날아왔다.

그것은 건물 옥상에 정원을 만들라는 권고문이었다.

그리고 얼마 후 조경업자가 건축주를 찾아왔다.

"저희는 시에서 인정한 옥상 조경 전문 업체입니다. 시의 추천으로 사장님을 찾아뵙게 되었습니다."

업자의 인사에 건축주는 퉁명스레 말했다.

"안 그래도 서울시청 조경과에서 옥상에다 정원을 만들라는 공문을 받았는데 그게 왜 필요한 거요?"

건축주는 자신의 건물에 대해 이래라저래라 하는 것이 못마땅했다. 조경업자는 2023년에 발표된 '대한민국 기후변화 적응 보고서' 내놓으며 이렇게 설명했다.

"이 자료에도 있지만, 지구 온난화 현상 때문에 지난 백 년 동안 지구 평균 온도가 1.1도 올랐답니다. 그런데 우리나라의 온난화 진행 속도가 세계 평균보다 더 빠르다고 겁니다. 보세요, 1912년부터 2020년까지 108년 동안 한국의 연평균 기온 상승 폭은 1.6도로, 같은 기간의 세계 평균을 앞질렀습니다. 수치상으로는 별것 아닌 것 같아도 생태계는 기온이 조금만 올라가도 아주 민감하게 반응한답니다. 특히 도시는 산이나 들판이 많은 농촌과 달리 고층 건물과 자동차, 공장이 많아서 추가적으로 발생하는 열이 훨씬 많지요. 또 아스팔트는 열을 잘 흡수하니까 그만큼 쉽게 가열되고 수많은 빌딩들도 많은 열을 흡수해서 해가 지고 밤이 돼도 얼른 식지 않고 계속 달궈진 상태로 있는 겁니다. 열대야도 다 그런 원인에서 비롯한 것이죠."

"아, 지구가 더워지거나 말거나 열대야에는 에어컨 틀어대면 될 거 아니오!"

건축주는 업자의 말이 듣기 싫다는 듯 이렇게 말했다.

"그렇지 않습니다. 지구 온난화는 남의 일이 아니고 인류가 함께 헤쳐 나가야 할 과제거든요. 세계적, 국가적 차원의 해결책을 모색하고는 있지만 개개인들이 온실가스 배출량을 줄이는 사소하고 다양한 노력도 모이면 티끌 모아 태산이라고, 결국에는 우리 삶에 도움이 되지 않겠습니까?"

"그렇다고 그게 옥상 정원하고는 무슨 상관이오?"

"네, 과하게 달궈진 도심지의 온도를 조금이라도 낮추는 데 도움이 되는 게 바로 옥상 정원을 비롯한 녹지조성 사업이거든요. 시 차원에서는 여기저기에 녹지를 조성하고 공원을 관리하지만, 지구 온난화가 갈수록 심각해지는 상황에서는 작은 땅 한 평이라도 그냥 버리기보다 녹지로 조성하는 것이 도움이 된다는 결론을 내린 겁니다.”

그제야 건축주는 고개를 끄덕였다.

“듣고 보니 그렇군요. 건물 옥상에 정원을 만들면 휴식 공간으로도 이용할 수 있겠어요… 그런데 건물 내부로 물이 새거나 나무뿌리가 건물을 뚫고 자라면 어쩔 거요?”

“물론 정원 조성 전에 건물이 어느 정도까지 무게를 견딜 수 있는지 하중을 조사합니다. 그리고 당연히 건물 내부로 물이 스며들지 않도록 방수 공사도 철저히 하고요. 그다음에 나무와 풀을 심는데 크게 자라는 나무는 심지 않습니다. 사장님 말씀처럼 뿌리가 크게 자라는 종류는 적합하지 않거든요.”

조경업자의 말이 끝나자, 건축주는 잠시 생각을 해보고는 이렇게 말했다.

“좋은 일 한다고 생각하고 우리 건물에도 정원 하나 제대로 만들어주시오! 당신 말을 들으니 안 그랬다간 나쁜 사람이 될 것 같은데요. 비용의 절반은 시에서 지원해 준다니 손해 볼 것도 없겠구먼.”

조경업자의 장황하지만, 꼼꼼한 설명에 깐깐한 건축주는 옥상 조경을 결정했다. 조경업자는 단순히 자신들이 해야 할 일에 대해 설명하는 데서 나아가 철저한 자료 수집과 연구를 통해 옥상 녹지조성 사업이 왜 필요한지에 대한 당위성을 이야기함으로써 건축주를 설득했다.

효과적인 대화를 위해서는 이렇듯 사전 전략이 필요하다. 경쟁이 치열한 사회일수록 더하다. 수많은 경쟁자 중에서 한발 앞서 나가기 위해서는 자신만의 말하기 전략이 필수적이다. 조경업자의 효과적인 대화 전략이 제대로 힘을 발휘한 경우가 아닐까.

효과적인 대화 혹은 말하기 전략에서는 유명한 사람을 끌어들이는 것도 좋은 방법이다.

최근에는 텔레비전 홈쇼핑뿐 아니라 인터넷 쇼핑몰이나 유명 유튜버들이 특정 제품을 들고나와, 자신이 그것을 사용한 뒤 어떤 구체적인 효과를 봤다며 입에 침이 마르게 홍보하는 경우가 있다. 이것을 보는 소비자들은 그 말을 100% 믿지는 않더라도 그가 홍보하는 제품과 눈에 보이는 미미한 효과일지언정 사람들의 관심을 끌기에 충분하다. 그래서 결국 소비자들은 그 제품을 구매하게 되는 것이다.

이처럼 '유명한 사람도 이것을 사용한다'는 식의 홍보는 백 마디 설득보다 효과가 클 수 있다. 이런 방법은 주로 물건을 판매하는 데 사용하는 전략이다. 연예인이 출연하는 제품 광고는 제품의 효능을 미리 알 수 없는 소비자들이 선택에서 무시할 수 없는 판단기준이 된다. 유명하고 신뢰성 있는 사람의 한마디에는 소비자들로 하여금 '나도 한번 사용해 보고 싶다'는 욕구를 만드는 힘이 있기 때문이다.

그 외에도 유행어를 섞어 말하는 전략도 필요하다.

유행어란 그 당시 흔히 사람들의 입에 떠돌다 사라지는 말이다. 보통 연예인들이 방송에서 한두 번 사용하면 전파를 타고 삽시간에 퍼진다. 이런 유행어를 대화 중에 적절히 양념처럼 사용하면 같은 이야기라도 재미가 더해진다.

단, 적절한 상황에서 적당히 사용하는 것이 중요하다. 한번 해보니 재미있다고 해서 아무 때나 아무 자리에서나 유행어를 남발하면 오히려 말의 품위를 떨어뜨릴 뿐 아니라 경박하다는 인상을 줄 수 있다. 그런 인상을 받으면 상대방은 더 이상 진지하고 깊은 이야기를 나누고 싶어 하지 않는다. 이야기의 재미를 위해 시작한 것이 아무 성과도 없는 잡담으로 전락한다면 그 말하기 전략은 실패한 것이다.

특히 대화는 일방적인 행위가 아니다. 한 사람 혹은 다수의 상대방과 주고받는 행위이다. 그러므로 이야기를 나누면서 즐거움과 함께 신뢰감을 줄 수 있는 전략이 필요하다. 효과적인 전략은 풍부한 경험과 노력에서 나온다.

상대방을 함부로 평가하지 말라

"사람은 태어날 때 입안에 도끼를 가지고 태어난다. 어리석은 사람은 말을 함부로 함으로써 그 도끼로 자기 자신을 찍고 만다."

이것은 석가모니가 생전에 제자들에게 설파한 가르침을 담은 책 『숫타니파타』에 실린 내용이다. 여기에는 '동지를 욕하지 말라'는 석가모니의 엄한 뜻이 담겨 있다.

이 가르침이 우리에게 전하는 메시지는 '말을 함부로 하지 말라'는 것이다.

『탈무드』에도 "물고기는 언제나 입으로 낚인다. 사람도 역시 입으로 걸려든다"라는 말이 있다. 영국의 종교 개혁가 위클리프는 "혀는 뼈가 없지만 그 혀로 뼈를 부러뜨릴 수 있다"라고 했다. 그만큼 말조심, 입조심을 해야 한다는 의미이다.

사람은 누구나 주관을 가지고 있으므로 어떤 사안이나 사람에 대해 나름대로 평가를 내리게 된다. 상대방에 대해 좋게 혹은 나쁘게 평가하는 것은 그에게 좋은 인상을 받았거나 혹은 반대로 좋지 않은 인상을 받았다는 의미로 해석할 수도 있다. 하지만 가능하면, 좋은 평가이든 나쁜 평가이든 누군가에 대해 섣부른 판단은 하지 않는 것이 바람직하다.

말을 재미있게 하려다 보면 의욕이 넘쳐 살도 붙이고 과장도 하고, 때로는 나를 돋보이게 하려고 남을 깎아내리는 경우도 생길 수 있다. 그런 번드르르한 화술에만 익숙해지다 보면 말에 담아야 할 진심보다는 자극적이고 거친 표현을 빈번하게 사용하게 된다.

그리고 어느 순간에는 자신의 의도를 보다 강하게 전달하기 위해 부정적인 표현도 동원한다. 거침없는 사신의 화술에 감탄하며 상대방을 현혹하는 화려하고 자극적인 말 잔치가 벌어지는 것이다.

그러나 이렇게 마음껏 대화를 나눈 뒤 돌아서서 후회하는 경우란 할 말을 다 못 해서라기보다 말을 너무 많이 했을 때가 대부분이다.

한 아파트 단지에서 일어난 일이다. 아랫집 사는 경희 엄마가 윗집 사는 유진 엄마를 찾아가 하소연을 늘어놓았다.

"속상해 죽겠어요. 108동에 사는 준호 엄마라고 아시죠? 글쎄 그 여자가 나를 수다쟁이에다 '트러블 메이커'라고 동네방네 떠들고 다닌다는 거예요!"

"어머 왜요? 무슨 일이에요?"

"얼마 전에 준호가 학원 시험에서 5학년 10명 중 9등을 했다고 하기에 얼마나 공부를 안 했으면 그런 등수가 나오냐고 그랬거든요. 그리고 준호 엄마가 직장에 다녀서 그런지 볼 때마다 그 집 애들이 꾀죄죄하기에 좀 씻으라고, 누가 보면 집 없는 애들인 줄 알겠다고 했거든요. 난 생각해서 해준 말인데, 그런 소리 했다고 준호 엄마가 화를 냈대요. 그게 그렇게 화낼 소리예요?"

유진 엄마는 할 말 안 할 말 가리지 못하고 제 생각을 그대로 내뱉어 버린 경희 엄마에게 마하트마 간디의 말을 들려주고 싶었다.

"남을 헐뜯기에 앞서 자기 자신을 바로 잡아라. 남에 대한 비난은 언제나 정확하지 않다. 왜냐하면 아무도 그 사람의 내부에서 일어난, 또는 일어나고 있는 일을 알 수 없기 때문이다."

이 말은 다른 사람을 함부로 판단하지 말라는 경고이다.

내가 그 사람에 대해 판단을 내렸을 때 그는 이미 다르게 바뀌었을 수도 있기 때문이고, 또 내 판단이 그 사람의 의도를 잘못 해석한 데서 비롯되었을 수도 있기 때문이다. 이처럼 늘 나의 눈과 판단이 옳을 수는 없으므로 그것을 입 밖으로 내놓을 때는 더욱 조심해야 한다.

입이 하나이고 귀는 두 개인 것에 대해 '말을 적게 하라고 입은 하나뿐이고, 남의 말은 더 많이 들어주라고 귀는 두 개씩 있다'는 풀이가 있는 것처럼 말을 많이 하다 보면 해야 할 말보다는 안 해도 좋은 말이 많아진다.

어느 순간 자신이 의도했든 아니든 누군가를 헐뜯거나 불평하는 부정적인 표현도 늘어놓게 된다. 아차 하는 순간 입을 다물어도 말은 이미 내 입을 떠난 뒤일 뿐이다. 들을 때는 상대방도 재미있어할지 몰라도 헤어지면 그 역시 나에 대해 새로운 부정적인 평가를 내릴지 모른다. 그렇다고 실수할지 모르니까 해야 할 말도 참고 아껴야 한다는 것은 아니다.

누군가를 늘 칭찬하고 긍정적으로 이야기하는 사람은 그 역시 사람들로부터 호의적인 평을 받는다. 하지만 늘 불평하고 부정적인 사람은 타인들에게 왠지 부담스러운 존재가 될 수 있음을 기어하자.

상대방의 아픔 헤아려라

사회생활이란 타인과의 공생을 의미한다. 혼자만 잘나서는 어떤 조직 사회도 원만하게 돌아갈 수 없다. 그래서 필요한 것이 다른 사람에 대한 배려이다.

'배려'라는 단어를 국어사전에서 찾아보면 '도와주거나 보살펴주려고 마음을 씀'이라고 풀이되어 있다. 즉, 누군가를 대할 때 상대의 입장에서 생각하고 이해하는 마음 씀씀이라고 할 수 있다. 특히 어려운 상황에 처한 상대방에게 마음이 담긴 배려는 큰 위안이 된다.

이를테면 혼잡한 버스나 전철을 이용하는 중에 무거운 짐을 들고 오르는 노약자에게 자리를 양보하며 "어디까지 가세요?" 하고 다가가는 것, 혹은 독감에 걸려 기침을 해대는 부하 직원에게 "많이 안 좋은가 보네. 오늘은 일찍 퇴근해서 좀 쉬도록 해요"라고 말해주는 것 등이다. 이처럼 상대방의 처지에 대한 깊은 배려와 따뜻한 말 한마디는 사람들에게 감동을 선사한다.

서양 사람들은 길거리에서 실수로 옷깃만 스쳐도 미안하다고 말한다. 그 역시 타인을 배려하는 마음에서 생겨난 문화라고 할 수 있다. 반면 우리나라 사람들에게는 길거리에서 어깨가 툭 툭 부딪히거나 발을 밟히는 것은 별일도 아니고 사과할 일도 아니다. 그래서 아무도 미안해하지 않는다. 오히려 '왜 어깨를 치고 지나가느냐'고 시비가 붙지 않으면 다행일 정도이다.

타인에 대한 배려는 크든 작든 상대에게 기쁨과 감동을 줄 수 있다.

다음 이야기는 그것을 알게 해주는 하나의 예가 될 수 있다.

디자이너인 경진 씨는 수년 전에 부모님을 동시에 잃었다. 여름을 맞아 생전 처음 효도 관광으로 보내드린 여행에서 푸껫 인근 해안을 돌던 요트가 인원 초과로 뒤집혀 함께 탔던 부모님이 익사한 것이었다. 그나마 부모님의 시신은 빨리 찾았지만, 그가 입은 정신적 충격과 마음의 상처는 쉽게 아물지 않았다. 그러한 상태에서 그는 회사에 휴가를 낼 수밖에 없었다. 그 후 몇 달 만에 다시 회사로 돌아왔지만, 생각만큼 일에 집중할 수가 없었다.

"경진 씨, 많이 힘들어 보이는데 괜찮겠어요? 좀 더 쉬어야 할 것 같은데…."

동료들은 그를 걱정하며 이렇게 말했다.

"나아지겠지요. 아직 좀 정신이 없긴 하지만."

그러나 그의 정신력은 아직 완전하지 못해서 자주 멍해 있거나 실수를 하는 일이 잦았다. 하지만 회사에 디자이너라고는 셋 뿐인데다 그리 큰 회사도 아니어서 휴가를 더 내어 쉴 수만은 없는 처지였다. 동료들이 안타까운 마음에 회사 측에 요청했다.

"저희가 보기에 경진 씨는 좀 더 쉬어야 할 것 같습니다. 이번 일로 받은 충격이 너무 커서 마음이 안정되기까지 시간이 더 필요해 보이거든요."

동료의 말에 상사가 이렇게 말했다.

"내가 보기에도 그렇긴 한데…. 회사 입장에서 한 사람한테만 너무 길게 휴가를 주는 건 형평에 어긋나고 해서, 어떻게 해야 할지 고민 중입니다. 쓸 만한 디자이너 한 사람 키우는 데 드는 시간도 만만치 않으니 그만두게 할 수도 없고요."

"그러니까요! 물론 보통의 경우 몇 달씩 장기 휴가를 내는 건 말이 안 됩니다. 하지만 경진 씨는 특별한 경우잖습니까? 부모님이 그냥 돌아가신 것도 아니고 그런 엄청난 사고는 흔치 않잖아요. 그래서 저희는 이런 제안을 드리고 싶습니다."

그들의 제안은, 경진 씨가 충분한 휴식과 재충전을 할 수 있도록 최대 일 년까지, 원하는 기간 휴직을 할 수 있게 해주는 것이었다. 물론 당사자는 그럴 필요 없다고 극구 사양했으나 회사 입장에서도 그렇게 하는 것이 도움이 된다고 그를 설득했다. 더구나 휴직기간 중 월급의 30~50%를 지급한다는 파격적인 대우까지 약속했다.

"제가 회사에 무슨 대단한 일을 했다고 그렇게까지…. 너무나 감사해서 어떻게 해야 할지…"

경진 씨는 자신을 배려해 준 동료와 회사 측에 깊이 감사하며

관계를 바꾸는 유쾌한 대화의 힘

감동의 눈물을 흘렸다.

수년 전 있었던 동일본대지진이나 세월호 사건, 이태원 참사 같은 뜻밖의 재난을 겪은 사람들에게 외상 후 스트레스 증후군이 나타난다고 한다. 그들은 사고 이후에도 사고 현장에 있는 것 같은 착각과 환청에 시달려 일상생활이 어려워진다. 그러므로 사고 당사자들은 당장은 아무렇지 않은 듯해도 반드시 치료를 받아야 한다. 그것이 장기적으로 볼 때 모두에게 도움이 되는 것이다.

경진 씨는 의류회사의 일개 디자이너일 뿐이다. 그가 겪은 일은 개인적으로는 엄청난 비극이지만 회사에서까지 책임지고 나서지 않아도 상관없다. 하지만 직장 동료들과 회사 측에서는 뜻깊은 배려를 해주었다. 물론 그런 결정을 내린 것이 회사 입장에서는 결코 쉽지 않았을 것이다. 회사는 이익을 추구하는 집단이므로 직원도 손익계산에 맞지 않으면 얼마든지 감축할 수 있다. 그럼에도, 이 회사는 한 사람의 직원에게 인간적으로 배려하는 넓은 아량을 보여주었다.

사람도 사회도 타인의 아픔과 약점까지도 배려하여 끌어안을 수 있는 넓은 마음을 가져야 한다. 많이 가질수록, 남보다 크고 좋은 열매를 가질수록 겸손하고 타인을 배려하는 마음이 필요하다. 남을 배려하는 마음이 없으면 그야말로 세상을 다 가져도 가진 것이 아니기 때문이다.

세 치 혀, 사람을 잡는다

중학생 혜영이네 가족은 아빠의 직업상 몇 년씩 외국 생활을 하곤 했다.

마지막으로 외국 생활을 접고 12년 만에 한국에 정착한 뒤 당혹스러운 일이 일어났다. 귀국하여 중학교 3학년 2학기에 들어간 혜영이가 학교생활에 적응을 못 하고 괴로워하기 시작한 것이다.

"엄마, 나 학교 다니기 싫어요. 다시 외국으로 나가면 안 돼요?"

딸의 투정을 엄마는 대수롭지 않게 넘겼다.

"돌아온 지 얼마 안 돼서 그런 거야. 친구들 많이 사귀고 재미있게 지내도록 해봐. 언니는 안 그런데 너만 왜 투정이야?"

그 후에도 혜영이는 자주 학교가 싫다는 말을 했지만 엄마는 귀 기울이지 않았다. 엄마 역시 한국에 다시 정착하느라 애쓰는 중이었기 때문이기도 했다.

혜영이는 점점 야위어갔고 몹시 힘들어하는 듯했지만, 중3

관계를 바꾸는 유쾌한 대화의 힘

이라 그런가 생각하고 대수롭지 않게 넘겼다. 그런데 한 학기를 마칠 때쯤, 어느 초겨울 날 아이는 극단적인 결정을 내렸다.

"어머니, 혜영이가 자해를 했어요! 지금 빨리 병원으로 와주세요!"

난데없는 전화에 사색이 되어 가족이 모두 병원으로 달려갔을 때 혜영이는 팔뚝에 심각한 자상을 입고 중환자실에 누워 있었다.

"아니 네가 왜 그런 짓을 했니? 왜 죽으려고 했어? 미쳤니?"

중환자실에 누워서도 침묵으로 일관하며 눈물만 흘리는 딸의 모습에 어머니는 오열했다. 그리고 그때서야 혜영이가 학교에서 괴롭힘을 당하고 있었다는 사실을 알았다.

혜영이의 한 친구는 이렇게 말했다.

"반에 노는 애들이 있는데요, 걔들이 처음부터 혜영이가 외국에서 살다 왔다고 잘난 척한다면서 애들을 부추겨서 못살게 굴었어요. 혜영이가 듣는 앞에서도 있는 말 없는 말 지어내서 험담을 해댔고요."

그리고 그 아이들은 혜영이 시험 성적이 잘 나오면 커닝을 했느니, 선생님들이 잘 봐줘서 답을 미리 알았다느니 하는 소리를 떠벌리고 다녔다. 담임선생님에게 여러 번 하소연했지만 담임선생님 역시 혜영이가 적응하는 데 다소 힘이 드는 정도일 것이라고 단순히 생각하여 크게 신경 쓰지 않았다. 하지만 예민한 사춘기 소녀에게 그런 모함과 험담은 참을 수 없는 것이었다.

그리고 누구에게도 도움을 받을 수 없다고 생각하여 극단적인 결정을 내린 것이다.

다행히 혜영이는 목숨은 건졌지만, 학교폭력위원회가 열리기도 전에 결국 이모가 사는 캐나다로 다시 떠나버렸다.

혜영이가 가장 견디기 어려웠던 것은 아이들을 부추겨 자신을 왕따시키는 것보다도, 없는 말을 지어내어 자신을 모함하고 헐뜯는 것이었다. 엉뚱하고 기막힌 소리를 전해듣고 그 말을 했다는 당사자를 찾아가 따지자 '난 그런 소리 한 적 없다'고 발뺌을 했다. 그러고는 뒤돌아서 또다시 험담을 해댔다.

이처럼 말은 형체도 없고 날카로운 칼날도 없다. 하지만 잘못된 말은 이처럼 듣는 이의 가슴을 수만 갈래로 찢어놓을 수 있는 무시무시한 위력을 지니고 있다. 심지어는 목숨까지도 위협한다. 사춘기 청소년들뿐 아니라 사회생활을 하는 성인들의 경우도 크게 다르지 않다.

업무상 사업상 여러 사람과 교류를 하다 보면 이런 사람, 저런 사람, 다양한 성향을 가진 수많은 사람들을 만나게 된다. 일 때문이거나 혹은 개인적인 일로 이야기를 나누다 보면 나와 잘 맞고 호감이 가는 사람이 있다. 이왕이면 나도 누군가에게 자주 만나고 싶은 사람, 호감이 가는 사람이 되고 싶은 것이 인지상정이다.

반면 어떤 사람은 나와 성향이 좀 다른 듯해 만나기가 꺼려지고 만나면 만날수록 더욱더 만나고 싶지 않거나 왠지 만나봐야

관계를 바꾸는 유쾌한 대화의 힘 ～～～

손해를 본다는 느낌이 들고, 혹은 뭔가 찜찜한 느낌이 드는 사람도 있다. 이런 사람 중에는 특히 제삼자에 대해 험담을 늘어놓기를 취미 삼는 사람이 있다.

물론 살다 보면 정말 '다시 만나고 싶지 않다'고 느끼게 하는 사람도 있을 수 있으니, 그런 경우 한두 번 정도는 대상에 대하여 반감을 솔직하게 드러낼 수도 있다. 그런데 그것에 재미를 붙인 듯 만날 때마다 그를 헐뜯고 비난한다면 말하는 당사자에 대한 인간적 신뢰감이 반감되기 시작한다.

상대방이 듣지 않는 곳에서 한 이야기가 결국은 당사자의 귀에 들어가는 경우도 종종 있다. 이때 그 당사자는 마음에 상처를 입게 된다. 칼로 입은 상처는 약을 바르면 곧 낫지만, 말로 입은 상처는 약도 없고 흔적이 오래 남는다. 어쩌면 영원히 지워지지 않을 수도 있다.

스페인에는 "당신 앞에서 누구의 험담을 하는 자는 언젠가는 다른 누구 앞에서 당신 험담도 할 사람이다"라는 속담이 있다. 이는 내 앞에서 누군가 다른 사람을 욕할 때 맞장구치며 좋아할 일이 아니라는 뜻이다. 그 험담의 대상이 곧 내가 될 수도 있기 때문이다.

말에는 책임이 따라야 한다. 뒤에서 무책임하게 떠벌리는 말에 생각 없이 맞장구치며 좋아하다가 뜻하지 않게 봉변을 당할 수도 있다. 그러면 누군가가 나에게 제삼자에 대한 험담이나 욕, 비난 따위를 할 때는 어떻게 해야 할까?

다른 사람에 대한 험담은 동시에 세 사람에게 상처를 준다는 사실을 기억하자. 한 사람은 험담을 듣는 당사자이고, 또 한 사람은 그에 맞장구치는 사람이며, 가장 심하게 상처를 입는 사람은 험담을 입에 담아 누군가를 비난하는 바로 그 자신이다.

또한 "남의 험담을 하는 사람은 경망스러운 인간이고, 그와 더불어 맞장구를 치는 사람은 비겁한 인간이며, 이것을 엿듣고 전하는 사람은 간사한 인간이다"라는 주자(朱子)의 말을 명심하기를 바란다.

우리가 누군가를 험담을 하는 데는 상대방에 대한 미움이 작용하기 때문이다. 그의 언행이 못마땅하여 비난하고 헐뜯고 싶을 때 차라리 위로의 말을 건네는 것은 어떨까. '그렇게밖에 하지 못하는 네가 가엾다.' 하고 측은지심을 가져보는 것이다. 한번 밉게 보기 시작하면 한없이 밉고 싫은 것이 인간이다. 완전한 인간이란 없으며 모든 사람이 모두 나와 같을 수는 없음을 이해한다면 한 걸음 물러나 상대를 바라볼 수 있게 된다.

말에는 그 사람의 생각과 가치관이 담겨 있다. 내가 어떤 말을 하느냐에 따라 좋은 인상을 줄 수도 있고 그렇지 못할 수도 있다.

일부러 내 이미지를 구길 생각이 아니라면 남을 헐뜯는 말을 하여 스스로 자신의 가치를 낮출 이유는 없다.

과거는 물론 오늘날에도 늘 말이 불화의 씨앗이 될 수 있는 말, 말조심에 관한 명언들은 무수히 많다. 한번 뱉으면 주워 담

관계를 바꾸는 유쾌한 대화의 힘 〜〜〜

을 수 없는 말을 하기 전에 신중해야 한다는 점을 많은 이들이 강조하였던 것이다.

다음과 같은 명언들을 통해 우리는 종종 자신의 모습을 돌아볼 수 있기를 바란다.

오늘 나는 얼마나 진실된 말을 했는지, 혹은 타인에게 상처를 주고 영혼을 파괴하는 말을 무심코 내뱉은 적은 없는지 반성해 보는 기회가 되기를 바란다.

거짓말은 진실을 감추려 하지만 결국은 진실을 더욱 드러내게 한다.
_ 윌리엄 셰익스피어

거짓말은 잠시 살아남을 수 있지만, 진실은 영원하다.
_ 루이스 캐널

거짓말은 믿음의 적이다.
_ 마하마트 간디

진실이 아닌 말은 결코 멀리 가지 못한다.
_ 알베르트 아인슈타인

진실이란 보석처럼 묵직하다. 그래서 덜 자주 말해진다.

진실이란 햇빛과 같아서 결국은 스스로를 드러낸다.

_속담

말의 참된 가치는 그것이 진실을 담고 있을 때 드러난다.

_속담

일대일 상황에서 효과적으로 대화하기

긴장을 풀고 침착한 태도로 임하라
지나치게 긴장하면 시선이 불안정하거나 안절부절못하는 모습을 보이게 된다. 여유가 있는 사람은 당당해 보인다. 모든 행동에 여유를 갖도록 한다.

의사 전달은 솔직하고 능숙하게
질문의 요지를 빠르게 이해하고 그에 맞는 재치 있는 답변을 하는 연습이 필요하다.

대답은 간단명료하게
불필요한 접속사나 장황한 설명은 귀에 거슬릴 뿐이다. 면접이나 상담 등은 상대를 이해시키는 과정이므로 쉽고 명확한 용어를 사용한다.

천천히 말하되 같은 말을 반복하지 않는다
같은 말을 반복하지 않도록 내용을 정리하여 말한다.

천천히 또박또박 말한다
천천히 말하는 것은 느린 것과는 다르다. 말도 너무 느리게 하면 자신감이 없는 사람으로 오해될 수 있다.

결론을 먼저 말하고 이야기에 살을 붙인다
질문에 대한 답변은 결론부터 말한다. 너무 길게 대답하면 핵심을 전달하기 어렵다. 또한 업무의 신속성이 떨어진다고 판단될 수 있다.

긍정적인 생각, 긍정적인 인생

이웃사촌인 박 씨와 장 씨는 각자 두 아들을 두었는데 그들의 큰아들은 모두 우산 장수이고, 또 작은아들은 모두 양산 장수였다.

박 씨는 장마철만 오면 이런 걱정을 했다.

"어유, 이렇게 비가 오니 오늘도 양산 팔기는 다 틀렸구나. 작은 녀석이 또 굶게 생겼네."

그러다 날이 개고 화창할 때면 그는 또다시 이런 걱정으로 마음 편할 날이 없었다.

"이렇게 화창하니 들고 나간 우산은 언제 팔아먹누. 우산 장수는 다 망하겠네."

그러나 장 씨는 달랐다.

비가 오면 우산을 판매하는 큰아들의 수입이 오르겠다 싶어 기뻐했고, 화창한 날이면 양산 장수 작은아들이 돈 좀 벌겠다 싶어 늘 행복했다.

사람들에게 흔히 회자되는 이 이야기는 같은 상황에 처했을

관계를 바꾸는 유쾌한 대화의 힘

때 그것에 대처하는 서로 다른 태도를 보여준다. 그리고 같은 상황을 어떻게 해석하느냐에 따라 행-불행으로 나뉠 수 있다는 사실에 대해 설파한다.

나는 과연 어떤 사람인가? 비가 오면 눅눅하다고 찡그리고, 해가 쨍쨍하면 날이 덥다고 찡그리지는 않는가?

대화에서도 마찬가지다. 이야기를 하다 보면 어떤 사람은 항상 부정적으로 이야기하고, 또 어떤 사람은 항상 긍정적으로 이야기하는 경우가 있다.

미국 애틀랜타주에 사는 한 여성에 관한 이야기이다.

제시카 오드리는 아기를 낳은 후 갑자기 몸이 뚱뚱해져서 사람들과 어울리기를 싫어했다. 처음부터 뚱뚱했던 것은 아니었으므로 오드리는 자신의 모습을 수치스럽게 생각했다.

'사람들이 나를 한심하게 쳐다보겠지. 돼지 같으니 집 안에나 처박혀 있으라고 비웃을 거야.'

오드리는 하루하루가 고통의 연속이었으며 어떤 모임에도 나가지 않았다.

그러던 어느 날 패션 디자이너인 사촌 언니 헬렌에게서 전화가 왔다.

"내일 리버사이드호텔에서 열리는 자선 패션쇼에 참가하는데 너도 와줬으면 좋겠어."

"언니, 내가 언제 그런 데 가는 거 봤어? 누구 염장 지르는 거야, 지금? 싫어!"

오드리는 한마디로 거절했다.

"이번엔 꼭 와줬으면 해! 이번 한 번만 부탁이야, 제시카!"

헬렌이 유별나게 간청하는 바람에 오드리는 뚱뚱한 몸을 최대한 가릴 수 있는 검고 헐렁한 옷을 입고 커다란 선글라스로 얼굴을 가린 채 패션쇼를 보러 갔다.

쇼가 시작되자 신나는 음악과 함께 다양한 옷을 입은 모델들이 멋진 포즈로 런웨이에 등장하여 무대 끝에서 한껏 폼을 잡다가 돌아 들어갔다.

한데 지금까지 보아온 쭉쭉 뻗은 평범한 모델들이 아니었다. 그 모델들은 언뜻 보기에도 모두 몸집이 어마어마한 비만 체형의 소유자들이었다. 오드리는 그 순간 너무 놀라 숨이 멎는 듯했다.

그 패션쇼는 외모지상주의에 빠진 세상에 대해 인간의 존엄성을 일깨우고자 기획된 행사였다. 특히 뚱뚱한 몸매의 여성들에게 각자의 몸은 누구에게나 그 자신만의 개성과 아름다움이 있다는 메시지를 전하기 위해 한 여성 단체에서 평균 90킬로그램 이상의 모델들로 선발하여 개최한 자선 패션쇼였던 것이다.

"결혼 전 저는 몸무게가 45킬로 정도였는데 현재는 95킬로가 넘어요. 하지만 아직까지 날씬했다면 패션모델이 되지 못했을 겁니다. 저는 이제 뚱뚱해서 행복하답니다. 호호호!"

"제게 이 살이 없었다면 남편은 제게 프러포즈하지도 않았을 거래요! 이 무대에 서도록 적극적으로 밀어준 사람도 남편입

관계를 바꾸는 유쾌한 대화의 힘 ~~~~

니다. 이제 전 날씬한 사람을 부러워하지 않아요. 전 저일 뿐이에요! 그들의 개성이 날씬하고 호리호리한 몸매에 있다면 저의 개성은 풍만하고 볼륨감 넘치는 멋진 몸매에 있는 것 아니겠어요?"

비만 체형 모델들의 솔직한 말을 들으며 오드리는 그동안 자기가 얼마나 바보 같은 생각에 빠져 인생을 낭비했는지 깨달았다. 그 후로 그녀는 더이상 자신의 몸을 부끄러워하지 않게 되었을 뿐 아니라 모든 일에 적극적으로 참여하기 시작했다.

그리고 다음번 뚱보 패션쇼에서는 그녀도 모델로 당당하게 참여했다.

오드리의 뜻깊은 첫 패션쇼가 끝난 후 다과회가 열리자, 사람들의 질문이 쏟아졌다. 오드리는 환한 미소를 지으며 이렇게 대답했다.

"세상에는 날씬한 사람도 있고 뚱뚱한 사람도 있잖아요. 우리 같은 비만인 덕분에 날씬한 사람들은 자신들이 얼마나 날씬한지 비교 확인이 되는 거잖아요? 이제는 살을 빼려고 노력하지 않아요. 모든 사람이 다 같은 모습으로 살 수는 없어요. 나만의 개성을 찾아 아름다움을 가꾸려고 노력하죠. 얼마 전까지는 저 역시도 살 때문에 괴로워하고 집 안에만 처박혀 있었어요. 하지만 이제는 이렇게 뛰쳐나와서 당당히 이 자리에 섰습니다.

지금까지 저처럼 스트레스받던 분들도 이젠 자신을 가지세요. 당신도 할 수 있어요!"

오드리는 살이 빠진 것도 아니고 성형수술을 한 것도 아니다. 다만 하루하루 고통스럽게 여기던 자신의 처지를 정반대로 멋지게 해석함으로써 이전과 완전히 달라진 삶을 살게 된 것이다.

이처럼 같은 상황을 얼마나 긍정적으로 받아들이느냐에 따라 불행이 행복으로 바뀔 수도 있다. 이것은 말하기에도 적용된다. 누군가와 열심히 말을 하다 보면 당혹스러운 상황에 직면하게 되는 경우가 있다. 이런 위기를 기회로 삼아 상황의 반전을 꾀할 줄 아는 재치가 필요하다. 이를 위해서는 열린 사고가 필수적이다. 틀에 박히고 고정적인 관념의 틀을 과감히 벗어날 줄 아는 용기도 재미있게 말하기 위한 필요조건이 아니겠는가.

자신감과 질문, 성공적인 대화의 열쇠

"어서 오십시오! 반갑습니다!"

개점 시간인 오전 10시 30분경에 백화점이나 할인점 등에 가본 사람은 누구나 들어본 인사말이다. 문이 열리기를 기다리다가 아름다운 음악 소리와 함께 육중하고 투명한 출입문이 열릴 때 고객들을 맞이하는 반가운 목소리들이 바로 이렇다. 단정하게 차려입은 남녀 직원들이 좌우로 늘어서 90도로 허리를 접으며 명랑하고 활기차게 외친다. 듣는 사람은 쑥스러우면서도 기분이 좋아지는 것이다.

그런데 만약 통일되지 않은 인사로 어색한 몸짓을 하거나 목소리조차 제각각 어중간한 톤으로 흐지부지해 버린다면 그곳에 들어서는 고객들의 기분은 어떨까? 밝고 명료한 음성으로 건네는 인사말과 들릴 듯 말 듯 우물쭈물 건네는 인사말이 주는 느낌은 확연히 다르다. 물론 밝고 명료한 목소리의 인사말이 듣는 사람의 기분을 사로잡는 데 훨씬 효과적이다.

사람의 의사소통에서 목소리가 차지하는 비중은 55%를 차지하는 보디랭귀지에 비하면 38% 정도로 낮다. 하지만 첫 만남에서 목소리의 역할은 매우 중요하다. 습관적으로 말을 크고 또박또박하게 하는 사람이 있는가 하면, 작은 소리로 수군수군 속삭이듯 말하는 사람도 있다. 어느 쪽이 좋고 나쁨을 말하려는 것이 아니라, 처음 만나는 사이에서는 속삭이는 목소리보다 크고 분명한 음성이 더 강한 인상을 남기는 데 도움이 된다는 말을 하려는 것이다.

또한 목소리가 크고 분명한 발음으로 말하는 사람은 거짓이 없고 어떤 일에도 자신 있고 당당하다는 인상을 받는다. 반면 작은 소리로 수군거리는 사람은 무언가 꿍꿍이셈이 있는 듯한 느낌을 준다. 쉬운 예로 영화나 드라마에서도 모반을 꾀하거나 범죄를 모의하는 사람들은 어둡고 작은 공간에 머리를 맞대고 모여 앉아 작은 소리로 쑥덕거리는 모습으로 등장한다.

이런 이유로 작은 목소리로 말하면 무언가 정당하지 못한 의도를 가졌다고 오해받을 여지가 있다. 그러므로 자신의 의견을 상대에게 최대한 어필하기를 원한다면 크고 분명한 목소리로 떳떳하고 당당하게 말하도록 노력해야 한다.

거리낌 없는 당당하고 큰 목소리가 그렇지 않은 목소리보다 더 끌리는 것은 당연한 이치 아니겠는가. 인생을 자신 있게 살고 싶다면 크고 분명한 목소리로 당당하게 외쳐라.

자신감뿐 아니라 질문 또한 성공적인 대화를 위한 핵심이다. 화자의 입장에서 자신 감있게 자신의 이야기를 하면서도 들

관계를 바꾸는 유쾌한 대화의 힘 ~~~~

는 이에게 질문을 던짐으로써 대화를 더욱 탄력적으로 이끌어 갈 수 있다. 듣는 입장에서도 상대의 이야기 속에서 질문거리를 찾아낼 수 있다.

질문의 동력은 호기심이다. 호기심이 없으면 궁금증도 생기지 않는다. 대화 상황에서 상대방의 이야기를 듣다 보면 여러 가지 궁금증이 생길 수 있다. 만에 하나, 자신의 약점을 드러내는 두려움 때문에 정작 중요한 질문을 하지 않음으로써 결과적으로 치명적인 오류를 범하기라도 한다면? 생각만으로도 얼마나 당혹스러운 일인가. 그러므로 적절한 시기에 꼭 필요한 질문은 그 대화를 희망적인 결과로 이끄는 수단이 될 수 있음을 기억하길 바란다.

사람은 누구나 자기보다 약한 사람에게 관대하다. 그러므로 누군가가 모르는 것을 솔직하게 질문해 온다면 친절하게 답하려 노력하게 된다. 갈등 관계에 있던 사람이라도 마찬가지다.

그러므로 질문은 대화의 원리 가운데 핵심이다. 상대방으로부터 더 많은 정보를 끌어낼 수 있는 비결이 되기도 하기 때문이다.

사회적으로 성공한 사람들의 특징 중 하나는 자신의 말을 하기보다 남의 말을 더 많이 들어준다는 사실이다. 즉, 남의 말에 귀 기울이기, 경청의 원리에 충실하다.

질문이란 바로 경청을 잘하는 사람만이 할 수 있는 대화 요령이다.

예비 신혼부부가 신혼집에 들일 새 가구를 사러 매장에 갔다.

화려한 조명 아래 멋진 가구들이 새출발의 희망에 부푼 이들 커플의 눈길을 자극했다.

"어서 오십시오. 제가 보기엔 예비 신혼부부이신 것 같은데요."

직원은 가구 하나하나를 살피는 그들의 모습에서 예비 신혼부부임을 알아차렸다.

"네, 몇 가지 살 건데요, 가격대가 어느 정도나 하나요?"

"가격은 저렴한 것부터 높은 가격대까지 다양합니다. 어느 정도를 원하시나요?"

"어차피 신혼 때 가구는 아이 생기면 다 망가진다고 하던데요. 보통 가격대로…."

직원이 볼 때 그들은 원하는 특정 제품도 없고 특별한 디자인을 찾지도 않았다. 그런 사람들은 당장 가구를 보여주어도 별다른 불만도 없으면서 마음에 들어 하지 않아 하며, 쉽게 결정을 내리지 못하므로 물건을 팔기가 더 힘들었다. 그래서 직원은 가구를 먼저 보여주기보다 그들이 정말 원하는 것을 알아내기로 했다.

"신부님께서는 가구를 고를 때 기능적인 면과 미적인 면 중에서 어떤 점을 중시하세요?"

"전 사용하기 편리한 게 좋아요. 보기만 예쁘고 여닫기 불편하다든지 장식이 있는 건 청소하기도 어려우니까 일단은 심플해야죠."

"아, 네! 그럼, 색상은 따로 생각해 두신 게 있나요?"

"침대랑 소파랑 모두 밝은 브라운이나, 아니면 아이보리색으로 하고 싶어요."

"알겠습니다. 그런데 화장대는 필요 없으세요?"

"네! 요즘은 욕실을 많이 사용하니까요."

그러자 직원이 남편 될 사람에게 물었다.

"혹시 남편들이 아내를 가장 아름답다고 느낄 때가 언제인 줄 아십니까?"

"글쎄요, 어떤 선배는 아내가 거울 앞에 앉았을 때 하고 임신했을 때라고 하던데…."

그러자 신부 될 여자가 깜짝 놀라며 이렇게 말했다.

"어머, 정말이야? 그럼, 화장대도 사야겠네! 왜 진작 말 안 했어?"

직원은 막연히 구매 의사만 있는 고객에게 적극적으로 질문하여 원하는 바를 스스로 이야기하도록 이끌어 냈다. 또한 남편될 사람에게 던진 질문은 그 답을 들은 여자가 마음을 바꾸도록하는 중요한 역할을 했다. 그렇게 함으로써 직원은 어렵지 않게고객이 원하는 바를 정확히 파악하고 적절한 제품을 적극적으로 추천할 수 있었다.

이와 같이 때에 따라서는 백 마디 설명의 말보다도 핵심이 담긴 한마디의 질문이 강력한 효과를 발휘한다. 그러므로 누군가와 중요한 목적을 가지고 이야기를 나눌 때는 99%의 시간을 상대방에게 베풀어야 한다. 그의 말을 잘 들어주고 관심을 보이며 질문을 하는 것이다. 누군가가 나에게 호감을 보이며 관심을 표현하는데 싫어할 사람은 없다.

질문은 상대방에 대해 더 많은 것을 알 수 있게 해주는 좋은 대화법이다. 질문은 결코 나의 약한 모습을 보이는 것이 아니다. 오히려 상대방이 마음의 문을 열게 하는 또 하나의 방법이다.

때에 따라서 모르는 것은 알 때까지 물어도 괜찮다.

물론 상대가 하고 싶어 하는 이야기에 대해 진정 어린 호기심을 가지고 질문하되, 무언가 파헤치려는 것처럼 심문하듯 해서는 안 된다. 모르는 것뿐만 아니라 아는 것도 확인하는 차원에서 질문할 수 있다. '돌다리도 두드려보고 건너라', '아는 길도 물어 가라'는 말처럼 질문은 상대방의 의도를 파악하고 확인하는 좋은 방법이 될 수 있다.

단, '그렇다, 아니다'로 대답이 끝날 수 있는 질문은 피하는 것도 질문을 잘하는 요령임을 기억하자.

관계를 바꾸는 유쾌한 대화의 힘

말 잘하는 사람들의 5가지 법칙

말을 잘하는 사람은 특별히 타고나는 것인가?

꼭 그렇지 않다. 다만 다른 사람보다 친화력이 있고 변화무쌍한 주변 환경에 민감하여 일상적인 상황에서도 번뜩이는 감각으로 이야깃거리를 찾아내고 배우기를 즐기는 사람일 뿐이다.

이런 사람은 남의 말을 들어줄 자세가 되어 있으며 그것을 통해 새로운 경험을 쌓고 자기만의 것으로 승화시킬 줄 안다. 그리고 그렇게 익힌 이야기의 소재를 실제 상황에서 활용하면서 끊임없는 단련을 거쳐 자기만의 노하우를 갖게 된 것이다. 그런 사람을 우리는 달변가 또는 화술의 전문가라고 말한다.

어떤 자리에서도 한 번도 제 의견을 스스로 발표해 본 적 없고, 자료 준비를 아무리 해도 발표 순서가 돌아오면 매번 입이 얼어붙는 곤혹스러운 기억만 가득한 사람이 화술의 달인이 되고자 도전한다면 무모하다고 해야 할까?

언어 능력이 있는 인간이라면 누구나 화술의 전문가를 꿈꿀 수 있다. 그리고 얼마나 노력하느냐에 따라 화려한 변신을 기대할 만하다. 현대 사회는 정보 사회라 해도 과언이 아니다. 눈만 뜨면 날마다 여기저기서 온갖 새로운 정보들이 쏟아져 나온다. 화술에 대한 정보도 마찬가지다. 경험자들의 수많은 조언이 담긴 다양한 책에서는 물론 인터넷을 검색해 봐도 원하는 정보의 80%는 금방 얻을 수 있다. 중요한 것은 그런 다양한 정보를 어떻게 활용하고 그것을 어떻게 검증받느냐이다.

활용은 개인의 노력에 달린 것이고, 검증은 전문가에게 자신의 언어 습관을 평해달라고 부탁하는 것이다. 자신의 언어 습관에서 잘못된 부분을 알아야 고칠 수 있을뿐더러 장점도 찾아낼 수 있기 때문이다. 나에게도 나쁜 습관만 있는 것은 아니라는 사실을 알면 자신감을 얻는 데 도움이 된다.

화술 전문가들이 중요하게 여기는 것은 청중이나 클라이언트 또는 고객의 마음을 움직이는 것이다. 듣는 사람에게 감동을 주는 것은 이야기의 논리가 아니라 진심이 담긴 마음이며, 상대방의 허를 찌르는 비유와 배려이다. 즉, '상대방을 배려하며 이야기'하는 것이다. 상대방과 공감대를 형성하지 못하면 어떤 대화도 연설도 성공할 수 없다.

독일 최고의 사업가로 동기 부여 트레이너로도 큰 성공을 누렸던 위르겐 휠러의 연설법 가운데 가장 유명한 '시즐(sizzle)을 잡아라.'라는 기법이 있다. 원래 '시즐'이란 용어 자체는 프라이팬에 고기를 구울 때 지글지글 익는 소리를 의미한다. 이것은 식욕을 돋우는 매우 매력적인 소리로, 말을 할 때도 상대방이 표현하는 감정에 충실하게 대응하라는 뜻이다.

드라마나 광고와 마찬가지로 말도 시작한 지 처음 몇 초에서 몇 분이 가장 중요하다. 즉, 말을 시작하고 10초 이내에 청중이 '시즐'을 느낄 수 있어야 한다. 처음 10초 동안 청중의 귀와 눈을 집중시키지 못하면 나머지 시간 내내 진땀 나는 연설이 될 수도 있다.

캐나다를 비롯해 영국, 일본 등지의 8천여 기업체에서 화술 관련 교육을 하고 있는 캐나다의 화술 전문가 마리온 위츠는 '자신의 생각을 프레젠테이션하는 법'을 특히 강조한다. 그는 '프레젠테이션을 잘하는 법을 배우고 열심히 연습하면 원하는 바를 이룰 수 있다'고 한다.

그리고 자신의 저서에서 '프레젠테이션의 다섯 가지 법칙'을 다음과 같이 제시했다.

제1 법칙 – 목표를 설정하라

내가 과연 잘할 수 있을까, 내가 말하고자 하는 바를 청중이 제대로 이해할 수 있을까를 걱정하는 대신 정확한 목표를 설정하는 것이다.

제2 법칙 – 프레젠테이션 유형을 결정하라

교육용인지, 판촉용인지, 사실 설명용인지 등을 결정하는 것이다.

제3 법칙 - 청중을 파악하라

청중의 유형을 알면 그들의 이해도에 따라 어휘 수준을 결정할 수 있다.

제4 법칙 - 원고를 구어체로 준비하라

준비된 원고라고 해서 문어체로 쓸 필요는 없다. 상대와 직접 대화하듯 구어체로 원고를 만들어 자연스럽게 말하라.

제5 법칙 - 실제로 프레젠테이션해 보라

실전에 임하는 자신의 목소리와 호흡, 몸짓, 표정 관리 같은 구체적인 방법들이 제시된다.

전문가들의 서적은 이와 같이 화술과 재미있게 말하기에 대한 노하우를 알려주며 그에 따른 자신감을 갖게 해준다.

세상에 불가능한 일은 없다. 얼마나 노력을 했느냐의 차이가 있을 뿐이다.

재미있게 말하는 사람이 되고 싶다면 오늘부터 세상을 바라보는 눈을 새로 뜨고 귀를 새로 열어 좀 더 열린 자세를 가져라.

이제는 침묵이 아닌 웅변의 미덕을 요구하는 시대이다.

좋은 인간관계를 위한 10가지 비결

1. 남의 말에 귀 기울여준다
내 말을 잘 들어주길 바란다면 우선 상대방의 말에 귀 기울여야 한다.

2. 상대방에게 끝까지 말하게 한다
누구나 자신의 말을 중간에 자르는 사람을 싫어하게 마련이다. 이것은 나의 의견뿐 아니라 나의 존재 자체가 존중받지 못한다는 생각을 갖게 한다.
남의 말을 자르고 끼어드는 것은 무례할 뿐 아니라 매우 경솔한 행동이다. 상대를 오래 만나고 싶지 않다면 남의 말에 계속 끼어들어 염장을 지르는 것도 한 방법이다.

3. 상대방의 존재를 인정해 준다
상대의 존재를 인정해 주면, 그는 자부심을 갖게 된다.
자신이 인정받았다고 생각하면 상대 역시 나에게 도움이 되고자 할 것이다.

4. 상대방의 말에 적절한 리액션을 잘한다
상대방이 하는 이야기에 맞장구를 쳐주어야 한다. 그는 말하면서 상대가 어떤 반응을 보일지 예민하게 살피고 있다. 따라서 그의 말에 귀 기울이고 있음을 표현해야 한다.

5. 상대방의 생각에 공감대를 형성해야 한다
상대방의 말과 생각에 공감하지 못하면 진지한 대화가 어렵다. 상대가 정말 하고자 하는 말이 무엇인지 숨은 뜻을 파악하고 공감대를 형성하는 것이 중요하다.

형식적인 만남이라 해서 무시하거나 건성으로 넘기는 태도는 진지하고 좋은 관계를 형성하기 어렵다.

6. 진심이 담긴 칭찬을 한다

진심이 담긴 칭찬과 격려는 사람의 마음을 여는 비결이다 칭찬하는 사람은 누구나 사귀고 싶은 사람이 되며, 칭찬을 듣는 사람은 용기와 자신감을 얻게 된다. 칭찬은 사람을 기쁘게 한다.

7. 나와 다른 상대의 의견도 존중한다

나와는 전혀 다른 의견일지라도 상대방의 의견을 무시하거나 논박하지 말라. 끝까지 상대의 의견을 귀담아들어야 논박도 할 수 있다. 이후 토론을 하더라도 감정이 개입되어서는 안 된다.

8. 나의 잘못을 먼저 인정해야 한다

상대방의 잘못을 따지기보다 나의 잘못부터 살펴야 한다. 그렇게 하면 상대방에게 따질 일이 없어진다.

9. 부드럽게 도움을 청한다

딱딱하게 내뱉는 명령조의 말은 아무리 가까운 사이라도 기분이 상할 수 있다. 상대방을 존중하는 마음으로 부드럽게 도움을 청하면 거절하기도 힘들다.

10. 상대방을 의심하지 않는다

뻔한 거짓말일지라도 상대방이 아니라고 하면 그냥 수용해야 한다. 굳이 상대방을 의심하지 않아도 진실은 언젠가는 밝혀질 것이기 때문이다. 의심은 좋은 인간관계를 망치는 훼방꾼이다.

5
Chapter

성공을 위한 대화의
터닝 포인트

하기 쉽고 나중에 책임지지 않기 위한 '듣기에만 좋은' 진심이 빠진 빈말은 울림이 없다. 그러므로 진심을 담아 대화하고 그것을 행동으로 보여주는 노력이 중요하다.

81세 할머니의 성공 스토리

2017년, 81세의 일본 할머니 한 분이 세상의 이목을 집중시킨 일이 있었다.

1936년생 와카미야 마사코 할머니는 1954년 고등학교 졸업 후 43년간 미쓰비시 은행에 근무하다가, 퇴직 후에는 몸이 아픈 어머니를 돌보면서 집에서만 지냈다. 그러다 보니 사람들과 소통할 시간이 부족하여 답답증을 느끼고 있을 때 누군가 이렇게 알려주었다.

"컴퓨터만 있다면 집안에서도 얼마든지 소통할 수 있는데!"

그러한 사실을 알게 된 할머니는 당장 컴퓨터를 사들이고 혼자서 컴퓨터 활용법을 익히기 시작했다. 할머니가 처음 컴퓨터를 처음 접하던 나이는 당시 60세였다. 할머니로서는 생전 처음 만져본 컴퓨터의 아주 기초적인 지식만 익히는 데도 무려 3개월이 걸렸다. 그 3개월 동안 와카미야 할머니는 어려움에 봉착하는 순간마다 결코 투덜대거나 포기하지 않고 그 한계를 극복하는 데만 몰두했다. 마침내 3개월의 노력 뒤에는 놀라운 일이 벌어졌다! 할머니는 자신과 같은 더 많은 노인이 컴퓨터와 인터넷에 쉽게 접근하고 이해할 수 있도록 커뮤니티 사이트와 컴퓨터 교재까지 만들어내기에 이르렀던 것이다. 그리고 한 걸음 더 나아가 스마트폰 앱에도 관심을 갖게 되었다. 스마트폰을 사용하다 보니 자신과 같은 노인을 위한 애플리케이션이 없다는 것을 알게 되었고 노인들을 위한 앱을 만들어 달라고 여기저기 부탁해 보았다. 하지만, 아무도 그 말에 귀 기울이는 사람은 없었다.

"스마트폰을 제대로 활용할 줄 아는 노인들이 많지 않고 수요도 부족해서요…"

결국 돈이 되지 않으니, 노인들을 위한 앱을 만들지 않는다는 사실을 알게 된 할머니는 다시 한번 한계를 극복하기로 마음먹었다.

"그래? 그렇다면 내가 만들면 되지! 이 나이에 컴퓨터 배우고 책도 냈는데 못할 게 뭐가 있어!"

그때부터 와카미야 할머니는 앱 프로그래밍을 공부하기 시작했다. 80대 할머니가 노인용 앱 개발에 뛰어들었다는 소식이 퍼지자, 뜻밖에도 할머니를 돕겠다는 사람들이 나타나기 시작했다. 결과는 어떻게 되었을까?

주위의 도움과 부단한 노력 끝에 할머니는 마침내 '하나단'이라는 노인용 게임 애플리케이션을 완성하기에 이르렀다. 그때 나이가 81세였다. 81세의 할머니가 게임 앱을 만들었다는 사실

관계를 바꾸는 유쾌한 대화의 힘

은 세상을 깜짝 놀라게 하기에 충분했다. 60세도 아니고 81세의 나이에, 이제는 어떤 생산적인 일도 할 수 없다고 해도 이상하지 않을 할머니 와카미야 씨는 그러한 세상의 편견과 선입견을 스스로 깨부수고 일어선 것이다.

81세 할머니의 이와 같은 원동력은 무엇인가.

바로, '긍정'의 힘이다.

'할 수 있다'고 생각하고 도전한다면 나이는 의미가 없다는 메시지를 몸소 보여준 살아있는 사례가 아닐 수 없다.

믿는 대로 이루어진다는 말이 있다. 이제까지 불평불만에 사로잡혔다고 생각된다면 잠시 심호흡을 해보자. 그리고 '일이 즐겁다, 사는 것이 행복하다, 나는 무엇이든 잘할 수 있다, 하루하루가 새롭고 감사하다'는 생각을 해보자.

긍정적인 사고는 긍정적인 말을 하고, 부정적인 사고는 불평불만의 말만 늘어놓게 만든다. 따라서 생각을 바꾸는 것에서부터 시작해야 한다.

생각이 바뀌면 말이 바뀌고, 말이 바뀌면 인생이 바뀐다.

루이 18세 시대에 프랑스 외무대신을 지낸 탈레랑은 이런 말을 했다.

"늘 불평을 말하고 남에 대한 욕을 입에 올리는 사람이 성공한 예는 없다. 어느 한 가지 일에 성공한 사람들을 보면 그들은 자신의 입을 통제할 줄 알았다. 다시 말해 쓸데없는 말을 입에 올리지 않았던 것이다. 묵묵히 자기 자신을 채찍질하면서 나가는 동안에 비로소 기회와 성공을 만날 수 있다."

불평과 불만은 현실에 대한 불만족에서 나오는 것이다.

"불평과 잔소리의 한마디 한마디는 집안에 무덤을 한 삽씩 파고 들어가는 것이다"라는 말처럼 인생을 파멸로 이끄는 지름길이 될 수도 있다.

물론 불만이 없는 사람은 없다. 그리고 '불만이 있어야 발전도 있다'는 말도 일리가 있다. 인류사에 남을 훌륭한 과학적 발명품들은 당대의 불편과 불만족에서 촉발된 것이기 때문이다. 이를테면 에디슨 시대 전구의 발명이나 전화기나 축음기, 자동차, 비행기, 피뢰침은 물론, 오늘날 현대인의 필수품이 되어버린 휴대전화, 드론, 하늘을 나는 자동차 등등… 현재에 이르러 하루가 다르게 새로이 등장하는 수많은 문명의 이기들이 모두 그렇지 않은가.

그러므로 적당한 불평불만은 독이 아니라 약이 될 수도 있다. 다만 정도가 지나쳐 사는 것 자체가 고통이 되어버리거나 삶의 의욕마저 무너져버릴 만큼 부정적인 생각에만 사로잡혀서는 안 된다.

'아, 지겨운 하루가 또 시작됐구나.' '난 왜 이렇게 되는 일이 없지?' '오늘도 헛수고만 했어.' '아이, 지겨워. 언제 월급이 오르려나.' '오늘 하루는 또 어떻게 때우나.' '고객 상담은 너무 힘들어.' '아, 짜증 나.'

흔하고 아주 익숙한, 많이 들어보았거나 적어도 한 번쯤은 스스로 중얼거려본 적 있는 소리가 아닌가.

매일 아침 눈을 뜰 때마다 지겨운 하루가 시작된다고 생각하는 사람은 평생을 불만스럽게 사는 것이다. 무슨 일을 해도 잘되지 않는다고 생각하는 사람 역시 그런 상태로는 어떤 일도 의욕적으로 해낼 수 없다. 처음엔 한두 번 그렇게 느끼고 뇌까리다가 점점 그런 불평불만의 말이 입에 붙어버리면 습관적으로 짜증을 내게 된다. 불평불만이 입버릇이 되어버리면 결국 그 사람의 생각 자체가 변화되고 그것은 또한 얼굴에도 나타나며, 길게 본다면 인생까지도 바뀌게 된다.

뉴저지주에 사는 로버트 씨는 젊은 시절 군대를 다녀올 정도로 애국심도 깊은 사람이었다. 그는 제대 후 사업을 시작하여 누구보다 열심히 밤낮없이 일했다. 어서 빨리 돈을 벌어 안정된 삶을 살고 싶었기 때문이다.

처음 수년 동안에는 마음먹은 대로 모든 일이 잘 풀려나갔다. 그러나, 인생이 늘 생각대로만 흘러가지 않으니, 문제다.

"다음 달까지 납품을 해야 하는데 원재료와 부품 구하기가 하늘의 별 따기보다 어려워졌어… 이를 어쩐다… 당장 다음 주에는 밀린 물품 대금도 갚아주어야 하는데… 어휴… 정말 큰일이야, 파워볼 복권이라도 맞지 않으면 사업을 접어야 할지도 몰라…"

큰 걱정에 사로잡힌 로버트 씨는 만나는 사람마다 붙잡고 이러한 상황을 털어놓으며 하소연했다. 그럼에도 경기 불황까지 겹친 상황은 좀처럼 나아지지 않았다. 그러다 보니 뜻대로 되지 않는 상황에 봉착할 때면 참지 못하고 아무에게나 화를 내고 짜증을 터뜨리곤 했다. 자신도 모르는 사이에 매사 불평을 입에 달고 사는 사람이 되어버렸다.

세월이 흐르는 동안, 찡그린 이마에는 어느새 깊은 주름이 새겨졌고 양 볼에도 심술과 짜증이 덕지덕지 붙은 볼썽사나운 인상으로 심술궂은 늙은이가 되어갔다. 그러나 정작 본인은 자신의 변화를 알아차리지 못했다. 위기를 겪던 사업이 호황기를 맞으며 다시금 나아져 갈 때도, 더없는 흑자를 거두었을 때도 만족하기보다 또 다른 불만 거리를 찾아 투덜거리기에 바빴다. 그런 가운데도 그는 몇 년 전 실리콘 용기생산공장을 새로 인수하는 등 사업영역을 확장해 나갔다. 그 생산라인에서 제대군인 매튜가 열심히 작업을 하고 있을 때, 사장 로버트 씨가 지나가며 습관적으로 한숨을 쉬며 투덜거렸다.

"어휴, 벌써 대출 원리금 상환일이잖아… 생산량은 늘 제자리이니… 공장문을 닫든지 해야지… 에잇, 속상해… 짜증 나, 뭐하나 내 뜻대로 되는 게 없으니…"

잠시 후, 휴식 시간이 되었을 때, 매튜는 사장실에 앉아 줄담배를 피워대는 로버트 씨에게 다가가 이렇게 말했다.

"사장님, 이라크 전투에 참가했다가 부상을 입고 제대한 저를 채용해 주셔서 정말 감사해요… 그런데, 조금 전 생산라인을 지나가며 중얼거리시는 소리를 들었어요… 사장님, 이런 말씀 드리면 주제 넘는다고 생각할지 모르겠지만… 사장님은 지금, 이 세상 걱정을 혼자서 다 짊어진 것처럼 보여요. 최악의 경우, 회사 문을 닫으면 되지, 뭐가 문제입니까? 그러다 상황이 나아지면 다시 시작할 수 있잖아요?! 안 좋은 일도 있지만 그 가운데서도 고마워할 일은 널려 있어요… 그런데 사장님은 늘 구시렁거리시더군요… 제가 사장님 입장이라면 세상 부러울 게 없겠어요! 저를 보세요, 팔은 오른쪽밖에 없고, 다리 한쪽도 총상 후유증으로 뻗정다리가 돼버려서 운전도 제대로 할 수 없어요! 하지만 불평 한마디 하지 않잖아요? 죽지 않고 살아 돌아왔고 이렇게 제힘으로 살 수 있으니까요! 사장님처럼 그렇게 불만 거리만 찾고 투덜거린다면 일은 물론이고 건강도, 집도, 친구도 언젠가는 다 잃어버릴지도 몰라요. 늘 불평하시는 모습을 보면서 정말 답답해서 드리는 말씀이에요!"

매튜는 팔꿈치 아래가 비어있는 소맷자락을 펄럭이며 안타까운 듯 말했다.

뜻밖의 상대에게 예상치 못했던 말을 들은 사장은 순간적으로 화가 치밀기도 했으나, 이내 무엇으로 크게 한 방 얻어맞은 사람처럼 멍하니 매튜의 얼굴만 바라보게 되었다. 잠시 후, 로버트는 정신을 차리고 자신이 얼마나 많은 것을 가진 부자인지 깨닫기 시작했다. 그리고 말단직원 매튜의 말처럼 '지금과 다른 사람', 예전의 자신으로 돌아가겠다고 뒤늦은 결심을 하기에 이르렀다.

불평불만이 많은 사람은 현실을 긍정적으로 바라보지 못한다. 일이 잘 안되는 이유를 남의 탓으로 돌리느라 자신에게 어떤 문제가 있는지는 미처 깨닫지 못하기 때문이다.

'일찍 일어나는 새가 먹이를 많이 먹는다'는 말은 맞다. 그러나 일찍 일어날 뿐 아니라 더 멀리 나는 수고도 따라야 한다. 현실의 불만 거리를 찾으려 애쓸 것이 아니라 늘 자신의 부족한 점을 찾아 고치고 보완하려는 노력이 따라야 한다는 말이다.

와카미야 할머니와 로버트 씨는 현실의 불만족에 대처하는 근본적인 차이를 보여준다. 우리가 주목해야 할 것은 로버트 씨 같은 습관적인 투덜거림이 아니다. 불만족스러운 상황을 어떻게 헤쳐 나가는지 보여준 와카미야 할머니처럼, 현실의 불만을 그저 불평거리로 삼는데 끝날 것이 아니라 그것을 타파해 나갈 방법을 능동적으로 찾아 나가는 것이다.

향을 싼 종이에서는 향내가 난다

말이 그 사람의 됨됨이를 반영한다고 할 때, 문득 우리나라의 이혼율이 세계 우위를 차지하는 것과 어떤 연관이 있지 않을까 하는 생각이 든다. 세계적인 이혼율을 자랑하기 때문인지 텔레비전 드라마에서도 빠지지 않고 등장하는 소재가 바로 불륜과 이혼이다. 서로에 대해 불신과 불만이 가득한 상태에서 곱고 아름다운 말, 품위 있는 말을 하기는 어렵다.

지금 배우자에게 화가 나 있는 여자가 있다. 얼마 전 남편에게 다른 여자가 있다는 사실을 알게 되었다. 그것도 자신보다 젊고 유능한 커리어우먼이었다.

여자는 남편에게 그것에 대해 캐묻기 시작한다.

"당신, 엊그제 전화 받을 때 어디 있었어?"

"엊그제 언제? 내가 하루에 이동 거리가 얼마나 되는지 알기나 하냐? 무슨 소리야?"

남편은 퉁명스레 대꾸한다.

"왜 말을 돌려? 강남 쪽에서 당신 봤다는 사람이 있어서 그래!"

아내는 대답을 회피하는 남편을 더욱 다그친다.

"어디서 누굴 봤다고 이 야단이야? 사업하는 사람이 사무실에만 앉아 있나?"

"젊은 여자랑 같이 강남에 있는 호텔에서 나오는 걸 본 사람이 있다니까!"

"이게 어디서 헛소리야! 눈에 눈곱이나 떼셔. 어젠 강남 쪽 가지도 않았어. 야야, 밥 먹고 할 일 없으면 자빠져 잠이나 자라, 응?"

"야! 너, 이래도 아니라고 발뺌할래? 이 나쁜 자식아!"

남편의 거친 말투에 여자는 더 이상 참지 못하고 낯선 여자와 남편이 다정히 찍힌 수십 장의 사진을 내던진다. 두 사람은 서로에게 감정을 터뜨리고 되는대로 말을 토해낸다. 이런 순간 상대에 대한 존중과 배려의 대화는 불가능하다.

서로에 대한 존중과 배려가 사라질 때 두 사람의 대화는 품위를 잃고 땅바닥에 추락한다.

이혼율과 국민적인 언어 습관이 반드시 연관된 것은 아닐지라도, 말하기 전에 한 번 더 생각하는 여유를 갖고 존중하는 마음으로 상대방을 대한다면 이혼으로까지 가는 파국을 어느 정도는 막을 수 있지 않을까? 나에게 예의를 다하고 품위 있는 말을 사용하는 상대방에게 대놓고 천박한 막말을 하기는 어려울 테니까.

관계를 바꾸는 유쾌한 대화의 힘 ～～～

같은 내용이라도 어떻게 말하느냐에 따라 그 사람의 인격을 짐작할 수 있다. 주위를 살펴보면 사람들에게 인정받고 인생에서 성공한 사람들은 품위 있는 말을 사용한다는 것을 알 수 있다. 그들의 말에는 인격이 투명하게 비쳐 보인다.

반면, 생각 없이 순간순간 아무렇게나 느낀 대로 내뱉는 말은 그 사람의 인격뿐 아니라 신뢰도에도 영향을 미친다. 또 시시때때로 유행하는 말을 좇아 흉내 내는 사람을 보면 듣기엔 잠시 재미있을지 모르나 한편으로는 더없이 경박하고 천박할 뿐이다.

조용한 광역 버스에서 한 청년이 통화를 하고 있었다. 그는 자기가 통화하는 데만 정신이 팔려 있을 뿐 다른 것은 아무것도 신경 쓰지 않았다.

"그러니까 쌍, 빨리 내놓으란 말이야! 당신이 내 아이템 훔쳐 갔잖아? 좋은 말로 할 때 도로 내놓으라고. 어쭈? 너 거기 어디야? 전화 끊지 마, 끊으면 당장 쫓아가서 가만 안 둬!"

그는 버스에 타서 내릴 때까지 전화기에 대고 이런 험한 말을 계속 쏟아부었다. 흥분한 그의 목소리가 너무 커서 승객 모두에게 생생하게 전달되고 있었다. 아이템을 사고파는 문제로 누군가와 심하게 다투고 있었는데 욕설이 끊이지 않았다. 그런데 이상하게도 시간이 흐를수록 그것을 하릴없이 들어야 하는 나머지 다른 승객들의 마음이 점점 우울해지기 시작했다. 승객들은 그 욕설이 자신을 향한 것이 아니었음에도, 한마디씩 터져 나올 때마다 바늘로 가슴을 콕콕 찌르는 듯하다는 말로는 부족할 만큼 형언하기 어려운 심적 괴로움을 느꼈다.

마침내 참다못한 한 승객이 앞을 보며 한마디 하려는 순간, 때마침 버스가 정차했고 그 청년은 끊임없는 욕설을 이어가며 버스에서 황급히 뛰어내렸다. 만약 그가 내리지 않고 그대로 욕설 통화를 계속했더라면 분노한 다른 승객들에게 어떤 봉변을 당했을지도 모른다.

그는 자신과 전혀 상관없는 사람들에게조차 자신의 천박함과 무식한 언어 습관을 고스란히 노출함으로써 망신을 자초했다. 그가 갈등을 해결하는 데 그렇게 험악한 말을 해대는 것 외에는 방법이 없었을까? 단언컨대 그가 인생에서 성공을 거두기는 어려울 것이다.

누군가와 대화를 나눌 때 그 상황을 리드하고 싶다면 품위 있는 말을 사용하라.

'생선을 싼 종이에서는 비린내가 나고 향을 싼 종이에서는 향기로운 냄새가 난다'는 말이 있다. 내가 하는 말에서는 어떤 냄새가 나는지 한번 되짚어보는 것은 어떨까.

관계를 바꾸는 유쾌한 대화의 힘

감칠맛 나게 대화하라

재치 있는 입담은 듣는 사람을 즐겁게 할 뿐만 아니라 자신도 깨닫지 못하는 사이에 마음의 벽을 무너뜨리고 상대방을 설득하는 힘을 가지고 있다. 직설적으로 자신의 의견을 내세우고 주장을 펼치는 것보다 훨씬 부드럽게 상대를 끌어들이는 것이다.

'감칠맛'이라는 단어를 국어사전에서 찾아보면 이렇게 나온다.

– 음식물이 입에 당기는 맛

– 마음을 끌어당기는 힘

어떤 이야기든 입을 열기만 하면 사람들을 빨아들이는 힘을 가진 사람이 있다. 그런 사람에게 흔히 "저 사람 참 감칠맛 나게 말하네!"라는 표현을 쓴다.

반면 아무리 재미있는 이야기도 싱겁게 만들어버리는 사람도 있다. 다 같은 이야기라도 감칠맛 나게 하는 조미료와 같은 역할을 하는 것이 바로 '재치'이다.

수많은 사람들을 만나 관계를 맺어본 사람이라면 어떤 자리에서든 재치와 유머가 넘치는 사람이 인기가 높다는 사실을 알 것이다.

재치와 유머를 갖춘 사람 주위에는 늘 많은 사람이 모이고, 그런 사람은 대인관계에서도 유리한 입장에 서게 된다.

어느 기업에서 사원들을 모아놓고 교통안전에 관한 강연을 하고 있었다.

직원들은 뻔한 강의 내용을 상상하며 강당에 모여 앉았다. 그리고 강사가 등장하기를 기다리며 잠이나 편히 자야겠다고 생각하고 있었다. 마침내 강사가 등장하고 그는 이렇게 말문을 열었다.

"유럽의 어느 나라에서는 과속으로 교통사고가 자주 발생하는 지역에 표지판을 하나 내걸었답니다. 그 결과 사고를 크게 줄이는데 대성공을 거두었어요."

미리부터 게슴츠레 눈을 감으려던 사람들은 예상과 다른 이야기에 '어떻게?' '무슨 표지판이길래?' 하고 궁금증이 생겨 귀를 쫑긋거리며 다음 이야기를 기다리기 시작했다.

"지나친 과속 때문에 빈발하던 교통사고로 인한 사망이 그전에 비해 자그마치 80%나 줄어든 이유는, 바로 이런 표지판 하나 때문이었어요. '이 지역은 누드촌입니다. 서행 운전하시기 바랍니다.'"

얘기가 끝나기 무섭게 여기저기서 웃음이 터져 나왔다. 이처럼 같은 내용이라도 얼마나 재치 있게 이야기하느냐에 따라 듣

관계를 바꾸는 유쾌한 대화의 힘 〜〜

는 사람의 호기심을 자극하고 집중력도 높일 수 있다. 모두의 예상대로 강사가 지루하고 뻔한 숫자와 통계를 들먹였다면 그 시간은 누구에게도 도움이 되지 않는 무의미한 시간이 되었을 것이다. 그러나 그 강사는 어떻게 말해야 사람들에게 효과적으로 내용을 전달할 것인지 잘 알았으므로 모두에게 유익한 시간으로 만들 수 있었던 것이다.

2024년 11월에 미국 대통령 선거를 앞두고 있는 공화당과 민주당 후보로 트럼프와 바이든의 대결로 나이는 각각 77세와 81세이다. 각 언론에서는 바이든 대통령의 나이가 너무 많다는 보도가 집중적으로 조명되고 있는 시점이었다. 그러자 조 바이든 현 대통령은 지난 3월 워싱턴DC에 있는 언론인 클럽 만찬에서 농담과 비판을 섞어가며 이렇게 말했다.

"한 후보는 너무 늙었고 대통령이 되기에는 정신적으로 부적합합니다. 그 사람 말고 다른 한 명은 바로 접니다!"

대선 경쟁자 도널드 트럼프 전 대통령과 자신을 빗대어 말한 것으로, 최대 약점으로 꼽히는 자신의 나이에 대한 논란을 '자학적인 유머'로 받아넘긴 것이다.

유머나 농담의 소재로 자기 자신을 삼는 것은 가장 안전하면서 더욱 강렬한 반응을 얻을 수 있는 효과적인 방법임을 기억하길 바란다.

또한 트럼프 전 대통령이 아내 멜라니아의 이름을 기억하지 못했다는 논란에 대해서도 바이든은 이렇게 말함으로써 트럼프보다 자신이 나은 점을 재치 있게 강조했다.

"그와 나의 가장 큰 또 다른 차이는, 난 나에게 가장 소중한 게 뭔지 알고 있다는 것입니다. 난, 질 바이든의 남편이고 난 그녀의 이름을 정확하게 알고 있어요!"

1942년생인 조 바이든과 트럼프 전 대통령의 나이 차이는 불과 3년 7개월에 불과하지만, 트럼프는 바이든의 나이를 부각시키며 기억력 등에 관한 의문을 계속 제기해 왔다. 그런 상황에서 국민들의 우려를 불식시키기 위해 조 바이든 미국 대통령은 선거 광고에서 이렇게 말했다.

"봐라, 나는 젊은이가 아니다. 그건 비밀이 아니다! 그러나 어떻게 해서 미국인을 위한 결과를 만들어내는지는 이해한다."

그가 만약, 그런 약점을 자꾸만 들추는 사람들을 상대로 화를 내거나 혹은 나이를 거론하는 것 자체를 회피하며 '왜 자꾸 나이만 들먹이느냐? 나도 얼마든지 잘할 수 있다'는 식으로 애써 상대를 설득하는 인상을 주었다면 어땠을까?

그는 회피나 설득보다, 나이가 많은 것은 사실이고 비밀도 아닌데, 미국인을 위해서 무얼 어떻게 해야 하는지, 그 누구(자신보다 나이 어린 트럼프)보다도 자신이 가장 잘 알고 있다는 의미로 이렇게 강조한 것이다.

나이가 많은 것은 사실이지만 그것이 한 국가의 대통령직을 수행하는데 제약이 될 수 없음을 완곡하게 강조하고 있다. '무조건 할 수 있으니 일단 표를 달라'고 외치는 것이 아니라 왜 자신을 믿고 지지해야 하는지 재치 있게 웅변함으로써 설득력은 더욱 증폭된다.

이와 같이 자신에게 매우 불리한 상황에서도 유머와 재치를 섞어 감칠맛 나게 말할 수 있으려면, 한 박자 여유 있게 상황을 바라보고 이해하는 마음 자세가 필요하다.

상대방이 자신에게 치명적인 약점을 부각시키며 기를 죽이려 할 때도 적절한 유머는 긍정적인 면을 강조하고 부정적인 면은 제거하는 데 유익한 도구가 된다.

성공적인 사회생활을 하고 싶다면 재치와 유머 감각을 길러야 한다. 직설적이고 간단하게 요점만 집어서 이야기하는 것은 누구나 할 수 있다. 이제는 양념을 더하듯 재치 있고 감칠맛 나게 말하는 사람이 성공하는 시대이다.

가는 말 오는 말

　　얼마 전 이사 온 13층에서는 한 달째 밤낮으로 요란한 소리와 진동이 아파트를 울린다. 특히나 깊은 새벽에는 작은 소리나 진동도 벽을 타고 모든 세대에 더욱 크게 퍼져 나가기에 피해는 심각했다. 그래도 13층에서는 그러한 소음을 멈추지 않았다.

　"아무리 관리실을 통해 이야기해도 조심하지 않는다 이거지? 좋게 말로 해서 안 되면 직접 내가 나서야 하는 거야 뭐야?"

　어느 날 새벽녘에도 어김없이 쿵쿵거리는 소리에 깬 1203호의 한예민 씨가 이렇게 투덜거렸다.

　"아, 너무나 힘들어요… 내가 깜짝깜짝 놀라면 뱃속의 아기도 같이 놀라는 게 느껴진다고요…이렇게 살 수는 없잖아요…" 한예민 씨의 아내 문소리 씨도 두근거리는 가슴을 부여잡으며 이렇게 중얼거렸다.

　한예민 씨는 거실로 나가 기다란 막대를 천장에 부딪쳐가며 위 층으로 소음이 전달되기를, 자신들의 불편한 심기가 전해지기를 바랐다. 그러나 아주 잠깐 13층에서는 소음과 진동이 멎는 듯하다가도 아랑곳없이 이어졌다.

"에잇, 이것들을 그냥!! 오늘은 도저히 그냥 넘어가지 않을 거야!!"

퇴근길에 마시고 들어온 술이 채 깨지 않은 한예민 씨가 결심한 듯 후닥닥 현관문을 박차고 뛰어나갔다.

"이봐요! 문 열어봐요! 벌써 한 달이 넘도록 오밤중까지 뭐 하는 짓이야! 너희들은 잠도 없냐? 문 열어!! 문 열라고!"

1303호의 현관문을 발로 차고 두드려도 안에서는 아무런 응답이 없었다. 그 소리에 주위 세대의 사람들도 부스스한 얼굴로 그 앞으로 모여들었다. 모두들 불만 가득한 표정이었다.

"정말, 이상한 사람들이에요! 하루 종일 쿵쿵대는 소음과 진동 때문에 편두통이 생겼다고요!!"

모여든 이웃들 사이에서도 이런 불만이 터져 나왔다. 그때였다. 1303호의 현관문이 벌컥 열리며 악을 썼다.

"뭐야? 밤중에 남의 집 앞에서 왜 이렇게 시끄럽게 굴어요?!"

"시끄럽다고?? 이 집에서 나는 소음 때문에 골치가 아파서 다들 병이 났다고요! 적어도 밤에는 잠 좀 잡시다, 시끄러운 건 당신이야!"

1203호의 한예민 씨도 지지 않고 큰 소리로 내뱉었다.

"뭐? 내 집에서 내가 춤을 추든지 축구를 하든지 무슨 상관이야? 층간소음 방지책도 없이 엉터리로 지은 아파트 건설사에 하소연을 할 것이지!"

몰려 나와 있던 이웃 가운데 한 사람이, 그토록 반성 없이 당당한 태도의 1303호 남자를 향해 무언가를 집어 던졌다.

"아–악!!"

이마에서 피를 흘리며 외마디 비명과 함께 그가 쓰러지는 곁으로 주먹만 한 벽돌 조각이 떨어졌다.

이런 일로 서로 기분이 상하기 시작하면 좋은 말이 나올 수가 없다.

그 후 경찰이 출동하면서 소동은 그쯤에서 멈추었지만, 끔찍한 사고로 발전할 뻔한 이런 다툼은 이제 이웃 간에도 흔한 일이 되어버렸다. 이처럼 궁지에 몰린 쥐와 같은 상황에 부닥치면 이성을 유지하기가 어렵다. 그러지 말아야 한다는 것은 잘 알면서도 침착하게 상대방을 배려하는 말을 하기란 생각처럼 쉽지 않다.

무조건 과실이 큰 쪽에서 침착하고 공손하게 대응한다면 뉴스거리가 되지도 갈등이 일어나지도 않을 것이다. 문제는 이처럼 서로 화를 참지 못하고 맞불을 놓듯이 더욱 험하게 나오는 경우이다. '말 한마디로 천 냥 빚을 갚는다'는 속담이 있다. 또 '가는 말이 고와야 오는 말도 곱다'는 속담도 있다. '말' 한마디의 힘을 웅변하는 표현이다. 한마디 말이라도 어떻게 하느냐에 따라 인간관계나 사회생활에서 성공과 실패가 갈라질 수 있다. 그러니 이왕이면 고운 말을 써야 한다. 한데, 중요한 것은 상황이다. 분위기 좋고 점잖은 자리에 가면 나도 모르게 품위를 유지하기 위해 신경 쓰고 말도 조심하게 된다.

어지간히 분간 없는 사람이 아니라면 일부러 분위기 깨는 소리는 하지 않을 것이다. 다만 껄끄럽거나 어색한 자리, 또는 어떤 이유로 분위기가 험악해진 상황일 때다. 그런 상황에서도 말을 내뱉기 전에 먼저 마음을 다스리는 여유가 필요하다.

위와 같은 이웃 간의 갈등에서도 하고 싶은 말을 그대로 쏟아내면 그 순간은 속이 후련하고 일단은 말로써 상대를 제압했다는 승리감에 젖을지도 모른다. 하지만 시간이 지날수록 남는 것은 후회뿐이다. 말은 물과 같아서 한번 쏟아내면 쓸어 담지도 못하고 귓전에 남아서 두고두고 나를 괴롭힐 수 있기 때문이다. 그때는 후회해도 너무 늦어버리는 것이다.

위와 같이 층간소음 갈등으로 오랫동안 시달리는 이웃 사이에서 어떻게 하면 문제를 효과적으로 풀어낼 수 있을까.

1203호의 한예민 씨 입장에서는 매우 지쳐있었다고 이해를 하더라도 첫마디부터 화를 내며 항의하는 것은 그리 바람직하지 않은 태도가 아닌가. 또한 문제를 일으킨 당사자인 1303호의 입장에서도 좀 다르게 대응했더라면 어땠을까 짐작해 본다.

"아… 죄송합니다… 제가 밤늦게까지 일을 하고 돌아와서 집 안 정리를 하다 보니까 그렇게 됐습니다… 실은 제가 홀어머니와 둘이 사는 데요… 어머니가 치매라, 하루 종일 집안에 혼자 갇혀 지내시다 보니 날마다 살림살이를 다 뒤집어 놓더라

고요. 그뿐 아니라 대소변도 아무 데나 질러 놓으시고… 밤중
에 돌아와 보면 항상 난장판이 되어 있으니, 늦더라도 그걸 우
선 치우고 정리해야 다음 날 또 일을 하러 나갈 수 있고… 그러
다 보니 새벽까지 시끄럽게 쿵쿵거리고 다녔나 봅니다… 정말
죄송합니다…"

그는 치매 어머니를 모시는 고단한 아들의 입장에서 스트
레스와 분노가 가득 찬 상태였을 것이다. 그렇다 한들, 자신의
분노를 상관없는 타인들에게 공격적으로 표출하는 것은 결코
바람직하지 않기에, 이렇듯 숨을 고르고 부탁하듯 침착하게
자신의 사정을 솔직하게 설명하고 양해를 구하며 진심을 전
달한다면 어떤가. 이유도 모른 채 수면권을 침해받고 평화롭
게 살 권리를 박탈당하여 고통스러워하던 이웃들도 그의 딱
한 사정을 알게 되면 아무리 미워도 더 이상 화를 낼 수가 없
을 것이다. 그때는 '목소리 큰 사람이 이긴다'는 통속적인 말
도 먹히지 않는다.

"아아, 그러셨군요… 어르신이 치매인데 혼자 돌보시며 직장
에도 다니시느라 고생이 많으시겠어요. 혹시 괜찮으시면 관리
실과 부녀회에 알려서 어르신이 혼자 계신 낮 동안 이웃 주민들
이 한 번씩 들여다보거나 하면서 도움을 좀 드릴 수도 있을 겁
니다. 또 주민센터에 알아보면 분명히 지원을 받을 방법이 있을
거예요! 그런 줄도 모르고 저희는 밤낮으로 시끄럽고 쿵쿵거리
는 현상 때문에 예민해졌었네요… 이렇게 서로 이해를 하면 다

관계를 바꾸는 유쾌한 대화의 힘 〰〰

해결되는데 말이죠.!"

이렇게, 서로를 이해하고 조금씩 양보할 수 있는 계기가 마련되면 백지장도 맞들어주는 좋은 이웃이 되는 것이다.

서로 원수가 되느냐 동지가 되느냐는 여느 관계에서나 마찬가지로 상대방에게 어떻게 말하느냐에 달려 있다. 어떤 상황에서도 생각나는 대로, 입에서 나오는 대로 거친 말을 그대로 토해내지 않도록 마음을 다스리는 연습은 그래서 필요하다. 그리고 이것은 말을 잘하고 재미있게 할 수 있는 능력의 바탕을 이루는 덕목이다.

칭찬의 십계명
_ 경영컨설턴트 켄 블랜차드

1. 칭찬할 일이 생겼을 때는 즉시 칭찬하라

2. 잘한 점을 구체적으로 칭찬하라

3. 가능한 한 공개적으로 칭찬하라

4. 결과보다는 과정을 칭찬하라

5. 사랑하는 사람을 대하듯 칭찬하라

6. 거짓 없이 진실한 마음으로 칭찬하라

7. 긍정적으로 바라보면 칭찬할 일이 보인다

8. 일의 진척 사항이 여의치 않을 때 더욱 격려하라

9. 잘못된 일이 생기면 관심을 다른 방향으로 유도하라

10. 가끔씩 자기 자신을 칭찬하라

관계를 바꾸는 유쾌한 대화의 힘

소신 있게 대화하라

한 입시학원이 세를 확장하면서 강사들의 월급 조정 문제로 잦은 회의가 열렸다. 강사들은 수업이 늘었으니 그만큼 급여를 올려야 한다고 주장했다.

"한 달 전에도 일괄적으로 조정해 드렸는데 또 올려달라고 하시면 어떡합니까?"

원장이 말했다.

"하지만 이번 달에도 또 수업이 많이 늘었잖아요. 수업 시간이 늘면 그만큼씩 급여를 올려주신다고 하셨잖아요?"

대표 강사가 이렇게 말하자 교무 담당이 강사 편을 들어 말했다.

"원장님도 아시다시피 이 일대에서 우리 학원 선생님들이 가장 잘 가르친다고 소문이 나서 애들이 엄청나게 늘었잖아요. 곧 여름방학이라 새로 다섯 반 정도 더 늘어나면 어차피 다시 수당 조정이 있어야 할 거고, 원장님이 이번까지만 좀 배려해 주세요, 강사들이 잘하고 있으니까요."

교무 담당의 말에 강사들은 더욱 적극적으로 원장에게 한 번 더 급여를 조정해줄 것을 요구했다. 잠시 생각하던 원장은 이렇게 대답했다.

"아무래도 그건 곤란해요. 한 달 전에 조정된 급여를 다시 조정해 달라는 건 너무 무리한 요구 아닙니까, 선생님들? 이번 여름방학 특강 코스 잘 마무리해 주시면 그때 다시 생각해 보겠습니다."

그러자 교무 담당이 재빨리 태도를 바꿔 강사들에게 말했다.

"그래요, 선생님들, 원장님 말씀이 맞아요. 학원은 뭐 흙 파서 장사하나요? 이익이 나야 월급도 올려줄 수 있는 거니까, 이번엔 선생님들이 좀 양보하세요."

그의 말에 힘을 얻은 원장은 입을 다물고 회의실을 나가버렸다.

그 뒤로 아무도 입을 열지 않았다. 강사들은 모두 교무 담당의 언행에 말문이 막혔던 것이다.

어찌 보면 그의 말이 맞다고 볼 수도 있었다. 교무담당자는 원래 원장을 도와 학원 운영에 관여하는 입장이니까. 하지만 회의가 시작되기 전까지 그는 누구보다도 강사들 편에서 원장을 성토하며 기본 수업 시간이 초과하면 급여 조정은 당연한 권리라고 이야기했었다.

그런데 회의가 시작되고 처음에는 강사들 입장을 대변하다가 원장이 강경하게 나오자 얼른 입장을 바꿔 그의 편을 들어버린 것이다. 강사들도 원장에게 큰 기대는 하지 않았으므로 별로 실망할 것도 없었지만, 교무 담당의 황당한 태도에는 모두들 기

관계를 바꾸는 유쾌한 대화의 힘

가 막혔다.

그런데 이후 원장은 처음엔 강사들 편을 들다가 갑자기 원장 편을 든 교무 담당을 더욱 신뢰하게 되었을까?

나중에 그 학원을 그만두게 된 한 강사가 원장과 함께 점심을 하게 되었다. 그때 강사는 그 궁금증을 해결해 보기로 했다.

"교무 담당이 일은 잘하시죠? 강사들이나 학생들 관리도 아주 잘하시고요."

그러자 원장은 이렇게 한마디로 대답했다.

"일은 잘하는데 자기 의견이 없어요. 그래서 더 중요한 일은 맡길 수가 없어요."

교무 담당은 이미 원장의 신망을 잃은 상태였다.

이처럼 자기 의견에 일관성이 없는 사람은 다른 이들로부터 신뢰를 얻을 수가 없다. 그와 무슨 이야기를 나누더라도 지금 하는 말이 언제 어떻게 바뀔지 모르니 진심을 이야기할 수가 없다. 그리고 그가 진심을 이야기하더라도 듣는 이의 마음에 울림을 주지 못한다.

교무 담당은 자신의 생사여탈권을 쥔 원장에게 굽실거렸다. 차라리 잘릴 때 잘리더라도 자신이 옳다고 믿는 쪽에서 열심히 항변해 주었더라면 적어도 어느 한쪽에는 믿음직한 사람이라는 인식을 심어주었을 것이다. 그로서는 어느 쪽에서도 욕을 먹지 않는 방법으로 그런 태도를 취한 것인지 모르겠지만 잘못된 판단이었다.

수십 명이 함께 일하는 회사에서도 이 같은 상황은 언제든지 벌어질 수 있다.

나의 승진에 관련된 근무 고과 평정권을 가진 사람과 우연히 사회적 논쟁거리나 경제적 이슈를 놓고 이야기하다가 상반된 입장을 보일 때는 어떻게 해야 할 것인가? 상급자인 상대방에게 끝까지 내 주장을 펼치면 혹시 나중에 불이익을 당하지나 않을까 하는 생각을 할 수도 있다. 그래서 어느 정도 내 주장을 펼치다가도 끝에 가서는 슬그머니 꼬리를 내리며 언제 그랬냐는 듯이 그의 편을 들며 이야기를 마무리할 수도 있다.

이때 주위에 다른 사람이 아무도 없었다면 모를까, 그 논쟁을 지켜본 누군가가 있었다면 다음 날부터 이런 얘기가 돌지도 모른다.

"아, 박 대리 그 친구 말이야, 그렇게 안 봤는데 말을 이랬다 저랬다 하더구먼. 권 팀장이 끝까지 우기니까 얼른 그편을 드는 거야. 사람이 소신과 주관이 있어야지."

그런 말을 전하는 사람도 정작 박 대리 입장이 되면 어떻게 나올지 모른다. 하지만 제삼자 입장에서는 보이는 대로, 느끼는 대로 평하게 마련이다.

누군가와 한가지 주제를 놓고 이야기하다 보면 때로는 상반된 입장을 보인다. 그럴 때 소신 있게 자신의 의견과 주장을 이야기하는 자신감이 필요하다.

대화 도중 일관성을 잃고 상대방의 기분에 맞추고자 그의 입

관계를 바꾸는 유쾌한 대화의 힘 〰〰〰

맛에 맞는 의견으로 변경한다면 언뜻 그의 믿음을 산 것처럼 느껴질 수도 있다. 하지만 그 외 사람들로부터는 소신도 일관성도 없는 사람이라는 비난을 면치 못할 것이다.

그리고 정작 믿음을 얻었다고 생각한 그 한 사람마저도 사실은 그렇게 생각하지 않을지도 모른다는 사실을 알아야 한다. 나라면 내 말에 따라 이랬다저랬다 하며 입맛만 맞추려 드는 사람에게 믿음이 가겠는가? 한번 생각해 볼 일이다.

때와 장소에 맞는 말

어느 장례식장에 늦은 밤 비보를 듣고 찾아온 한 사람이 조용히 들어섰다. 향냄새가 가득하여 고즈넉하고 언뜻 어수선하기도 한, 분향소에 들어선 그는 고인의 영정을 향해 애도의 절을 올렸다. 먼저 세상을 떠난 이에 대한 그리움과 아쉬움이 교차하는 표정으로 잠시 고개를 조아리고 있을 때 갑자기, 그가 미처 고개를 들기도 전에 어디선가 익숙한 멜로디가 들려왔다.

꼭 그런 데서 들리는 휴대전화 벨 소리는 대개 이렇다. '밧줄로, 꽁꽁 밧줄로 꽁꽁 단단히 묶어라~~' 아니면 '곤드레만드레 나는 취해버렸어~' 같은, 귀에 쏙쏙 들어와서 놓치지 않고 받기 좋은 톡톡 튀는 벨 소리 말이다. 그런데 조심스럽고 경건해야 할 곳에서조차 그렇게 눈치 없이 울려대는 건 망신이랄 수밖에 없다. 이런 요란한 벨 소리가 터져 나오면 여기저기서 눈길이 모여지고 '쯧쯧' 하는 소리도 들리기 시작한다. 재빠르게 얼른 그 벨 소리를 틀어막으면 그나마 다행이겠지만 으레 그런 순

관계를 바꾸는 유쾌한 대화의 힘

간에는 허둥대다가 평소보다도 더 오랫동안 노랫소리가 흘러
나와 노골적인 눈총을 받게 된다. 식은땀이 흐르고 뒤통수가 따
가워지게 마련이다.

"이놈의 전화, 꼭 이런 때만 울려요!"

허공을 향해 헛된 고함을 질러봐야 이미 물은 쏟아졌고 스타
일은 완전히 구겨진 뒤다.

일 년에 초상집에 갈 일이 그리 많지 않겠지만 어쩌다 한 번
간 자리에서 이런 일을 겪으면 쥐구멍이라도 찾고 싶은 심정이
다. 정반대로 남들이야 째려보든가 말든가 '니가 왜 거기서 나
와, 니가 왜 거기서 나와~'를 두 소절이 넘게 듣고도 누구한테
서 온 전화인지 확인하고 받을 것인지 말 것인지를 진지하게 고
민한 뒤 아주 천천히 통화 버튼을 누르는 신중한 분도 있기는
하다. 그런 사람들의 뒤통수에서는 입 밖으로 터져 나오지 못한
욕설이 사람들 목구멍 속에서 울렁거린다. 이는 조용히 고인을
애도하는 자리의 경건함을 훼손당한 이들의 불만의 표현이다.

그런데 이렇게 때와 장소에 맞지 않으면 욕을 먹고 스타일 구
기는 벨 소리만이 아니다. 한번 뱉으면 두 번 다시 주워 담을 수
없는 '말', 그것이 오히려 더 심각한 경우가 아닐까?

회의는 직장생활에서 중요한 부분을 차지한다. 기획 회의 또
는 아이디어 회의, 마케팅 전략 회의 등등 각 부서 업무 특성에
따라 회의 시간도 한두 시간에서 길게는 반나절 혹은 밤샘 회의
로 이어진다. 특히 아이디어 창출이 가장 중요한 업무 내용이기

도 한 직종에서는 아이디어 회의가 딱히 회의인지 업무 진행인지 구분이 어려울 정도로 밤을 잊은 채 이어지기도 한다. 가장 좋은, 최고의 아이디어가 떠오를 때까지 회의가 계속되기 때문이다.

어느 날 이동통신 브랜드의 신상품 광고를 진행하기 위해 광고팀이 짜였다. 카피라이터 신입사원인 현주 씨가 처음으로 실무에 투입되었다.

오후 4시경, 광고3팀 팀장이 팀원들을 회의실로 소집했다.

"자, 이거 읽고 아이디어들을 한번 내봐요. 자유롭게 브레인스토밍 합시다!"

팀장이 이렇게 말하며 신상품에 대한 두툼한 안내서를 팀원들에게 나누어주었다.

"아, 또 끔찍한 아이디어 회의가 시작되는구나. 어휴~."

팀원인 박 대리가 이렇게 중얼거리며 작은 한숨을 내쉬었다. 모두들 같은 심정이라는 듯 고개를 끄덕이며 안내서를 집어 들었다.

"박 대리님은 아이디어 회의가 왜 끔찍해요?"

현주 씨가 이렇게 물었다.

"팀장님이 오케이할 때까지 집에 못 가는 거 알지? 최현주 씨도 조금만 지나 봐. 아직 처음이라 나보다 훨씬 괴로울걸!"

박 대리의 말은 새로운 광고를 만들 때마다 늘 더욱 멋진 아이디어를 내기 위해 치러야 하는 정신적·육체적 고통의 강도를

관계를 바꾸는 유쾌한 대화의 힘 ∿∿∿∿

의미하는 것이었다.

"이제 입사한 지 얼마나 됐지? 아직도 파악이 안 됐어? 광고장이들이 밤새우는 건 보통 사람들이 밤에 꼬박꼬박 집으로 퇴근하는 것만큼 당연한 일이야. 자, 각오는 됐겠지?"

옆에 있던 김 대리도 주먹을 쥐어 보이며 이렇게 말했다.

"그, 그런가요? 죄송하지만… 회사에는 출퇴근 시간이 엄연히 정해져 있잖아요. 그런데 왜 밤샘을 해야 하죠? 밤새우고 새벽에 들어가면 출근은 더 늦게 해도 되는 건가요, 그럼?"

"그런 게 어디 있어? 새벽 6시에 퇴근해도 출근은 제시간에해야지. 그러니까 죽는다는 거지, 하하."

"어머나, 그럼 저 오늘 집에 못 가는 거예요? 아무리 늦어도밤 10시쯤이면 끝날 줄 알았는데요."

현주 씨가 울상을 지으며 말하자 팀장이 이렇게 말했다.

"이제 새 아이템 시작인데 그렇게 일찍 집에 갈 생각이었어? 집에 빨리 가고 싶으면 기막힌 아이디어 하나 내놓으면 돼!"

그러자 현주 씨가 갑자기 정색을 하며 말했다.

"팀장님, 그럼 하룻밤 사이에 광고 하나를 완성한다는 건가요? 그렇지 않으면 날마다 밤새울 일이 그렇게 많나요? 개인적으로 할 일도 많은데 무턱대고 집에 갈 생각 말라고 하시면 어떡해요? 내일 저녁엔 남자 친구랑 약속도 있는데…."

"그래? 최현주 씨가 아무리 억울하다고 느껴도 지금까지 우린 이런 식으로 일해 왔어. 물론 밤샘 작업이 바람직한 건 아니지만, 하다 보면 밤 시간이 가장 적합하다는 걸 알게 될 거야. 한심한 소리 말고 그 안내서나 읽고 의견 제시하라고. 광고 3팀, 앞으로 2시간 후에 본격적으로 회의 시작할 거야!"

팀장은 현주 씨의 말에 언성을 높이고는 밖으로 나갔다. 그러자 현주 씨가 울상을 지으며 남은 팀원들에게 말했다.

"선배님들, 제 말이 틀렸어요? 말 그대로 아이디어는 각자 머릿속에서 나오는 건데, 한자리에 이렇게 모여서 짜낸다고 빨리 나오고 많이 나오는 게 아니잖아요!"

"그렇게 똑똑하면 빨리 그거 읽고 시키는 대로나 하셔! 최현주 씨 말 대로 하면 우리는 바보라서 밥 먹듯이 밤샘하며 몇 년씩 여기서 일하는 줄 아나!"

"그러니까 같이 파업을 해서라도….”

"뭐? 파업! 아주 헛소리를 하시는군! 우리가 지금 여기 왜 모였나?

최현주 씨 이 회사 왜 들어왔어? 카피라이터가 그렇게 날로 먹는 직업인 줄 알았나?"

"그게 아니라… 제 말씀은 밤샘은 건강에 해로우니까… 가능하면 각자 집에 가서 아이디어를 생각해 와서….”

현주 씨는 다음 날 사내 고충 위원회에 그러한 내용을 불만 사항으로 접수했다. 얼마 후 회사가 발칵 뒤집혔다. 물론 직원들을 밥 먹듯 밤샘 회의로 부려 먹는다는 제보가 문제가 된 것은 아니었다. '도대체 신입사원을 어떻게 가르쳤기에 아직 업무 파악도 제대로 못 하고 있느냐'며 신입사원 연수 담당자와 광고 3팀 팀장에게 책임을 묻기에 이른 것이다.

이후로 현주 씨는 동료들로부터 '또라이'라느니 "어휴, 시한폭탄이야. 언제 또 엉뚱한 짓을 할지 불안해 죽겠네!"라는 평을 들어야 했다. 물론 현주 씨 입장에서는 충분히 의문을 품고 시정을 요구할 만한 문제일 수도 있었다. 그러나 중요한 것은 문제의 본질에 대한 충분한 이해가 부족했다는 것이다.

사회생활, 직장생활에서 이처럼 해야 할 말과 하지 말아야 할 말을 구분 못 하고 어처구니없는 실수를 저지른다면 동료와 상사로부터 신뢰를 회복하기가 쉽지 않다. 그러므로 말 한마디라도 때와 장소에 맞게, 자신이 처한 상황을 파악한 후에 신중하게 해야 한다. 그러려면 미리 모임의 성격이나 상황을 파악하고 이해하는 최소한의 노력이 필요하다. 어떤 모임이 있다니까 아무 생각 없이 다른 일에 몰두해 있다가 그저 출석부에 도장이나 찍는다는 생각으로 나갔다가는 이렇게 현주 씨처럼 동료들의 동의를 얻기 어려운 어리석은 말을 뱉어낼 수도 있기 때문이다.

때와 장소에 맞는 적절한 말 한마디는 그를 평가절상 시킬 뿐 아니라 친절하고 예의 바른 사람이라는 인상을 줄 수 있다는 것을 기억하자.

진심이 빠진 공허한 대화, 불신을 산다

인생을 살면서 우리는 수많은 친구들을 사귀게 된다. 그러면서 옛 친구와 헤어지기도 하고 새 친구를 만나기도 한다.

인터넷과 SNS를 통해 우연히 연락이 닿아 중학교 시절 친구 다섯 명이 십수 년 만에 다시 만나게 되었다. 어렵사리 한자리에 모인 친구들은 지난 세월을 모두 잊은 듯 그 시절로 돌아가 한참 수다를 떨며 웃음꽃을 피운 뒤 서로 연락처를 주고받으며 다시 만날 약속을 했다.

"어떻게 만난 건데, 우리 꼭 다시 만나자!"

"당연하지. 다음엔 내가 밥 살게. 꼭 연락해!"

이렇게 오랜만의 왁자한 모임 후에 네 명은 계속 연락을 하며 다시 만나곤 했는데 그중 한 사람, '밥을 사겠다'던 친구 영주는 만나기가 어려웠다.

"애들 때문에 너무 바빠서 못 나갔어. 다음에 꼭 나갈게." 다음 약속이 정해져서 다시 전화를 걸면 으레 이런 대답이 돌아왔다.

"그때 가봐야 알겠다. 몸이 좀 안 좋아서…. 나중에 우리 집에 와, 내가 밥 살게!"

그 후로 일 년이 지났다. 이제는 다른 친구들도 지쳐서 영주한테는 연락도 잘 안 하고 자기들끼리만 만나게 되었다. 그러다 얼마 전 한 친구가 마침 자기 생일도 있고 해서 겸사겸사 영주에게 연락을 했다.

"한 달에 한 번도 뭐가 그렇게 바빠서 못 나오니? 얼굴 좀 보자. 얼굴 다시 잊어버리겠다, 얘!"

"미안해. 사실 다른 애들은 별로 만나고 싶지 않아. 그러니까 너 시간 날 때 밥 한번 같이 먹자. 내가 살게, 응?"

이번에도 영주는 다음을 기약하고자 했다. 이미 자신이 몇 번에 걸쳐 '다음'을 이야기했는지 기억조차 못 하는 사람처럼 태연하고 자연스러웠다. 전화를 한 친구는 영주에게 받을 빚이 있는 사람이 아니었다. 그들 사이에는 학창 시절의 아련한 추억이 남아 있을 뿐이었다. 그럼에도 영주는 만남에는 반드시 어떤 답례가 필요하다는 것을 진리로 믿는 사람 같았다.

"아니야, 됐어. 낼모레 내 생일이고 해서 밥 사려고 너희 만나자는 건데 이번에도 넌 안 나온단 말이지?"

이후 그 친구는 영주를 만나지 않기로 결심했다. 밥을 못 얻어먹어서 서운한 게 아니었다. '밥을 사겠다'는 영주의 한마디는 단지 그저 '안녕하세요?' 하는 형식적인 인사말의 의미와 조금도 다르지 않다는 것을 알았기 때문이다. 그 말을 들은 사람이 그것을 하나의 '약속'으로 이해하든 말든 상관없이 영주에게는 그저 상용하는 관용구일 뿐임을 알게 된 것이다.

남자들의 경우 우연히 길에서 아는 사람을 만나면 반가워하고 헤어지면서 '언제 술 한잔하자'고 쉽게 말한다. 그러나 그런 바람결에 스치는 공허하고 모호한 한마디가 실제 만남으로 이어지는 경우는 열에 하나나 될까? 그렇다면 정말로 그냥 듣기 좋은 인사말로 여기고 뒤돌아서면서 잊어버리는 것이 좋을까?

하지만 마음이 담기지 않은 말은 쉽게 떠벌리지 말아야 하며, 약속을 했으면 일단 그것을 지켜야 한다는 최소한의 책임감과 예의는 갖춰야 하지 않을까. 사람에 따라서는 그런 공허한 말 한마디를 별다른 의미 없이 가볍게 여기는 사람도 있지만, 반면에 진정한 것으로 새겨듣는 사람도 있다. 그리고 후자에 속하는 사람은 약속을 남발하고도 전혀 의식을 못 할뿐더러 그게 잘못이라는 생각조차 하지 못하는 사람에 대한 신뢰감이 유리 조각처럼 부서져 내리는 것을 경험한다.

프랭클린 루스벨트는 1933년 3월 제32대 미국 대통령에 취임하는 자리에서 이렇게 말했다.

"우리가 가장 두려워해야 할 것은 바로 두려움 그 자체입니다. 막연하고 이유도 없고 정당하지도 않은 두려움이야말로 후퇴를 전진으로 바꾸기 위한 노력을 마비시키는 것입니다."

그즈음 미국은 대공황으로 엄청난 사회·경제적 혼란에 빠져 있었다. 그런 상황에서 루스벨트의 대통령 취임사는 불안한 미

　　　　　　　　　　　　관계를 바꾸는 유쾌한 대화의 힘　～

국인들에게 강력한 믿음과 희망을 주었다.

그의 취임사는 자리를 빛내기 위하여 허울만 좋은 빈말이 아니었다. 그는 진정으로 당시 국민에게 필요한 것이 무엇인지를 간파했다. 그리고 강력한 리더십을 발휘하여 국민에게 미국인으로서의 정체성을 되찾을 수 있도록 자신감을 불어넣고, 자기결정권을 부여하고, 책임을 다하는 데 필요한 수단을 적극적으로 지원했다.

루스벨트가 20세기의 가장 훌륭한 대통령이며 현대 미국의 틀을 만든 대통령으로 평가받는 데는 그만한 이유가 있다. 그것은 희망에 대한 약속은 누구나 할 수 있는 것이지만, 위기의 본질을 파악하고 그것을 뚫고 나가는 강력한 리더십을 발휘하기는 결코 쉽지 않기 때문이다. 루스벨트는 국가를 위해 개인을 무모하게 희생시키지 않았을 뿐 아니라, 국민을 먼저 생각하는 대통령이었다. 또한 뉴딜정책을 추진하는 데에서도 강요보다는 진심이 담긴 호소로 국민들의 자발적인 동의를 얻어낼 수 있었다.

이처럼 루스벨트는 강제와 억압이 아닌, 진심에서 우러나온 호소력 있는 말 한마디로 국민의 신뢰를 얻어냄으로써 소아마비라는 개인적 한계와 대공황, 세계대전이라는 여러 가지 힘겨운 조건을 극복하고 미국 역사상 가장 위대한 시대를 일구어낼 수 있었다.

솔직하고 진심 어린 말은 누구에게나 감동을 안기게 마련이다.

반면에 하기 쉽고 나중에 책임지지 않기 위한 '듣기에만 좋은' 진심이 빠진 빈말은 울림이 없다. 그러므로 진심을 담아 대화하고 그것을 행동으로 보여주는 노력이 중요하다.

사회생활, 학교생활, 직장생활 어디서건 뒤를 생각하지 않고 즉흥적으로 무책임하게 말하는 사람은 있게 마련이다. 특히 이익을 추구하는 공동운명체인 직장이라는 사회에서 부지불식간에 그와 같은 언행을 습관적으로 하는 사람이라면 동료들에게 신뢰의 대상이 되기는 어렵다. 반대로 아무리 지나치면서 한 사소한 말이라도 그 말에 책임지려 하고 행동하는 사람은 누구에게나 '믿음이 가는 사람'으로 평가되지 않을까.

글은 기록으로 남게 되므로 한 마디를 쓰더라도 한두 번은 생각하고 쓰게 마련이다. 하지만 한번 입술을 타고 흘러나와 버리면 그만인 말은 되돌릴 수도, 지워버릴 수도 없다. 말이란 형체도 없고 잡을 수도 없으나 강력한 힘을 가지고 있다. 듣는 사람에게 자신에 대한 신뢰감을 높여줄 수도 있고, 자신을 하찮은 사람으로 한없이 추락시킬 수도 있기 때문이다.

루스벨트처럼 희망의 약속으로 사람들의 믿음을 얻기는 쉽지 않다. 하지만 진심이 담긴 말 한마디는 허울뿐인 수백 마디의 말보다 깊은 울림이 있음을 기억하라. 또한 어떤 말이나 약속이든 반드시 지키려는 마음 자세도 중요하다.

관계를 바꾸는 유쾌한 대화의 힘 〰️

타인을 향한 비난의 화살은 나를 겨냥한다

   다른 사람의 잘못을 들추어내는 것은 쉽다. 내가 어떤 사람을 못마땅하게 바라보기 시작하면 그 사람의 모든 것이 마음에 들지 않고 비난거리가 될 수 있다. 하지만 비난을 받은 당사자는 그것을 수용하고 고쳐야겠다는 생각보다는 분노를 먼저 느낀다. 그리하여 분노의 당사자로부터 똑같은 비난이 나에게 돌아온다.

 내가 어떤 의도로 상대의 잘못을 들추었든 간에 그 화살은 결국 나에게 돌아온다는 사실을 잊어서는 안 된다.

 "남에게 비판을 받고 싶지 않다면 남을 비판하지 말라."

 이것은 미국의 제16대 대통령인 에이브러햄 링컨의 좌우명이다. 그러면 링컨 대통령은 생전에 남을 비판한 적이 한 번도 없었을까? 그래서 그런 말을 남긴 것일까? 그렇지 않다. 그 자신이야말로 그와 같은 진리를 깨닫기까지 무수한 비난을 수많은 사람들에게 퍼부었던 장본인이다.

 청년 시절 링컨은 자신감 넘치는 젊은이 특유의 성향을 보여주듯 만나는 사람들의 허물을 거리낌 없이 들춰내곤 했다. 또한 특정한 사람에 대한 조롱이나 비웃음이 가득한 글을 써서 일부러 사람들 눈에 잘 띄는 곳에 흘려놓기도 했다.

"데이비드 씨는 어찌나 어리석은지 학생들의 특성에 대해 아무리 설명해 줘도 알아듣지 못한다. 그런 사람이 어떻게 선도위원을 하는지 모르겠다…"

이런 식의 글 때문에 일생 동안 링컨을 원수같이 여기는 사람도 생겨날 정도였다.

훗날 변호사가 된 뒤에도 신문에 자신과 신념이 다른 인사들을 비난하는 글을 투고하기도 했다. 남에 대한 비난의 화살이 결국 자신에게 돌아오듯 그로 인해 봉변을 당할 뻔한 일도 여러 번 있었다.

어느 해 가을, 링컨은 정치인 제임스 실즈를 대상으로 "그는 허세를 잘 부리고 시시비비를 가리기 좋아하는 허풍쟁이이다"라는 조롱 조의 글을 한 신문에 익명으로 투고했다. 실즈는 이 때문에 사람들의 비웃음을 사게 되었고, 그 글을 쓴 사람이 링컨이라는 사실을 알아내자 예민하고 자존심 강한 그는 당장 쫓아가 결투를 신청했다. 평소 링컨은 '결투'에 대해 반대 입장이었지만 자신의 명예가 달린 일이었으므로 거절할 수가 없었다.

약속된 날 두 사람은 미시시피 강변 모래밭에 마주 섰으나 입회인들이 적극적으로 중재에 나서는 바람에 다행히도 결투는 중지되었다. 하지만, 이 사건은 링컨에게 생애에서 가장 큰 충

관계를 바꾸는 유쾌한 대화의 힘 ～～～～

격과 교훈을 주었다.

'그가 목숨을 걸고 결투를 신청할 만큼 그 일이 그렇게 심각한 일이었나?'

그 후로 링컨은 어떠한 일이 있어도 남을 비난하지 않았으며 사람들을 비난하기 전에 먼저 그들을 이해하려고 노력하게 되었다.

그리하여 '남에게 비판을 받고 싶지 않다면 남을 비판하지 말라'는 글귀를 좌우명으로 삼았던 것이다.

다른 누군가의 결점을 바로잡아주려는 노력이 잘못되었다고는 할 수 없다. 하지만 그보다 먼저 나는 과연 누군가에게 그의 결점을 들출 만큼 티끌 하나 없는 사람인가 돌이켜보고 개선하려는 노력이 앞서야 할 것이다. '똥 묻은 개가 겨 묻은 개 나무란다'는 말이나, '서투른 목수가 연장 탓한다'는 말처럼 자신의 허물은 잘 모를 수 있다는 사실을 잊지 말아야 한다.

비난의 말이 터져 나오려 할 때는 일단 숨을 한번 고른 뒤 '저 사람은 왜 저런 행동을 할까?' 또는 '나라면 이런 경우에 어떻게 할까?' 하고 먼저 생각해 보는 것이 필요하다. 그렇게 입장을 바꾸어 생각하면 이해심은 물론 동정심과 포용심까지 생겨날 것이다.

어떤 사람이 두 개의 작은 화분을 놓고 실험을 했다.

"아, 정말 잘 자라는구나! 향기도 아주 좋고. 오늘도 잘 자라거라!"

한쪽 화분은 이렇게 칭찬과 격려를 해주며 가꾸었다. 그러나 또 다른 화분은 그 반대로, "이 못난 것, 아무 쓸모도 없는 것! 에이 보기 싫어. 물도 아까워!"라고 쉼 없이 구박을 해대며 방치했다.

두 화분은 똑같이 볕이 잘 드는 곳에 두었는데도 얼마 후에는 너무도 다른 결과를 보였다. 날마다 칭찬과 격려의 말을 들은 쪽은 꽃을 잘 피우고 싱싱하게 자랐지만, 비난의 말을 들은 화분은 점점 시들어서 꽃도 피우지 못하고 결국 죽고 말았다.

이처럼 비난의 말은 생각도 느낌도 없다고 생각하는 식물마저도 실의에 빠뜨리고 결국 죽음에까지 이르게 한다. 내가 누군가에게 칭찬의 말을 듣고 싶다면 먼저 그에게서 장점을 발견하여 칭찬하고 격려해 주어야 한다. 반대로 내가 아무 생각 없이 누군가를 비난하면 그것은 고스란히 나에게 화살이 되어 돌아온다는 것도 잊지 말아야 한다.

누구든지 항상 함께 이야기하고 싶은 사람, 늘 즐겁고 재미있게 대화하는 사람이 되는 방법은 어렵지 않다. 단점보다는 장점을 찾아 이야기해 주고 비난보다는 진심으로 격려의 말을 해주려고 노력하면 된다. 선택은 자신에게 달려 있다. 무심히 던진 비난의 말이 화살이 되어 내게 돌아오는 것을 망연히 바라볼 것인지, 아니면 유쾌한 칭찬의 말로 인생의 승리자가 될 것인지.

관계를 바꾸는 유쾌한 대화의 힘 〰

상대에게 외면당하는 대화 습관

한 사람이 평생 만나고 헤어지는 사람은 모두 몇 명이나 될까?

그것을 헤아린다는 것 자체가 불가능할 것이다. 무인도에 홀로 숨어 살지 않는 이상, 늘 누군가를 만나고 헤어지는 일이 삶의 시작이며 끝이 아닐까. 특히 사람을 만나는 일이 주 업무인 마케팅이라면 날마다 새로운 사람을 얼마나 많이 만나고 잘 사귀느냐가 마케팅 실적을 좌우할 것이다. 물론 사후관리도 중요하겠지만 말이다.

날마다 수많은 사람을 만나다 보면 어떤 사람은 첫눈에 호감이 갈 뿐 아니라, 말도 잘 통해서 다시 만나고 싶고 생각만 해도 기분이 좋아지는 사람이 있다. 반면 조금만 대화가 길어지면 왠지 모를 답답함이 느껴지거나 오래 말을 섞었다가는 피곤해서 두 번 다시 마주치지 않았으면 하고 바라는 사람도 있다.

만나는 사람마다 최선을 다해 대하고 재미있게 대화하려고 노력하지만, 혹 상대방으로부터 본의 아니게 나를 멀리하고 싶게 만든 적은 없는지 되짚어보는 일도 필요하다. 그리고 어떻게 하면 상대방으로부터 확실히 외면당할 수 있는지 그 바보 같은 비결을 알아보는 것도 좋지 않을까. 함정을 미리 알아둔다면 그것을 피할 수 있지 않겠는가.

아래의 몇 가지 포인트를 염두에 두고 대화한다면 당신은 상대방에게 외면당하고 더 이상 상종하고 싶지 않은 대상이 될 수 있을 것이다.

첫째, 매사에 우유부단하게 처신한다. 그리고 자기 의견은 절대로 말하지 않는다.

특히 남자가 여자를 만나게 되었을 때, 보통 여자들은 자기 의견을 분명히 말하지 않는 남자를 좋아하지 않는다. 물론 상대방 입장에서는 너무 고집스러워 보이는 것을 경계하여 취한 행동일 수도 있다. 하지만 뚜렷한 의견이나 취향을 정확히 말하지 못하는 남자는 동성 간에는 물론 특히 남녀 사이에서 여자에게 환영받지 못한다.

그런 사람은 매사 중요한 결정의 순간에조차 '당신 좋으실 대로'를 외친다. 이것은 처음에는 상대방에 대한 배려라는 착각을 일으킬 수도 있다. 하지만 그것이 본색임이 드러나면 짜증이 나기 시작한다. "당신은 왜 당신 생각을 말하지 않나요?" 하고 물어 오면 이미 그의 마음은 당신을 떠났다고 생각하라.

관계를 바꾸는 유쾌한 대화의 힘 ~~~~~

둘째, 자기감정에 휘둘리는 모습을 보여준다.

어떤 영화나 소설을 보고 감동받은 이야기를 한다면 상대방은 그를 감정이 풍부한 사람이라고 생각할 수 있다. 감정이 풍부한 사람은 섬세하고 예술적이며 부드러운 면이 매력적으로 보인다. 반면 일상적으로 일어나는 다양한 상황에 늘 예민하게 반응하며 감정을 제대로 조절하지 못하는 '감정에 쉽게 휘둘리는' 사람도 있다.

그런 사람은 일 처리에서도 감정적이란 평을 들을 가능성이 크다.

한 아파트 단지에서 일어난 일이다.

한 달에 몇 번씩 주민들이 모여 단지 내 구석구석을 청소하는데 희경 씨가 맡은 구역에 일거리가 많아서 시간이 오래 걸렸다. 그때 옆 동에 산다는 남자 주민이 웃으며 다가와 도와주었다.

"이쪽엔 쓰레기가 왜 이렇게 많아요? 같이 하시죠!"

그의 도움으로 희경 씨는 일을 훨씬 수월하게 끝낼 수 있었다.

그리고 얼마 후 단지 내 마당의 아스팔트 보수에 관한 건으로 정기 반상회가 열렸다.

"좋아요, 이참에 아스팔트를 새로 포장하는 게 좋겠어요."

"그보다는 아예 잔디로 싹 바꾸는 게 어떨까요?"

어떤 사람은 원래대로 아스팔트를 새로 포장하면 좋겠다고 하고, 또 어떤 사람은 아예 아스팔트를 걷어내고 잔디를 깔자고 주장했다.

잔디를 깔자는 주장을 한 것은 지난번 청소 때 희경 씨를 도와준 그 남자였다.

"잔디가 좋지만, 돈이 많이 들고 사후관리도 신경 써야 하니까 좀 어렵지 않을까요?"

대부분의 사람들은 이렇게 부정적인 반응을 보였다. 그러자 그는 희경 씨를 향해 동의를 구하듯 이렇게 말했다.

"그쪽은 어떻게 생각하세요? 잔디 까는 것 좋지 않아요? 삭막한 아스팔트보다는 백배 낫죠! 한여름에 아스팔트가 얼마나 뜨겁습니까. 잔디 까는 것에 동의하시죠?"

희경 씨는 그의 말에 가슴이 철렁했다. 잘 알지도 못하는데, 우연히 청소 한 번 도와주었다고 자기를 정면으로 지목하며 자신과 같은 의견이지 않으냐는 식으로 말하는 것이 부담스러웠다. 희경 씨는 그러나 동의하지 않았다. 그의 의견대로 하자면 주민들의 추가 부담도 있을 것이고 아무래도 현실적이지 못한 것 같았기 때문이다.

회의는 결국 며칠 뒤로 미뤄졌는데 그 후로 그는 희경 씨를 본 척도 하지 않았다. 뭔가 화가 난 사람 같았다. 원래 아는 사이도 아니었지만, 그가 보였던 일련의 행동들이 너무 극단적이었다.

이처럼 자신이 무언가 호의를 베풀면 상대도 그 보답으로 자신에게 호의를 베풀 것이라는 기대를 하고, 그것이 무너지면 배

관계를 바꾸는 유쾌한 대화의 힘 ~~~~

신이라도 당한 사람처럼 구는 행동이 바로 자신의 감정에 휘둘리는 좋은 예이다. 그런 사람과는 왠지 다시 말을 나누기도 싫어진다.

셋째, 이미 결론 난 일을 기회 있을 때마다 꺼내어 문제 삼는다

한마디로 과거에 대한 집착이 큰 사람의 경우이다. 그것도 그냥 혼자 과거의 미흡했던 과오에 대해 아쉬워하는 것으로 끝나는 것이 아니라 자꾸만 사람들 앞에서 되뇌는 것이다.

그것이 한두 번이면 주위 사람들도 저 사람이 그 일에 대해 무척 아쉬워하나 보다 하고 이해할 것이다. 그러나 다들 까맣게 잊은 후에도 자기 혼자만 그 일을 잊지 못하고 떠올려 다시 이야기하는 것은 주위 사람들을 피곤하게 만든다. 물론 지나간 일에 대해 반성하고 후회함으로써 같은 상황에서 다시 실수하지 않겠다는 다짐으로 들릴 수도 있다.

그러나 무엇이든 지나치면 부족한 것만 못하다는 사실을 기억해야 한다. 그런 사람은 지난 일에 대한 미련 때문에 쉽게 다음 일로 넘어가지 못함으로써 또다시 다른 사람들에게 외면하고 싶은 사람이 될 수 있다.

넷째, 어떤 경우라도 자기식대로 생각하여 오해하며 불평한다

오랫동안 지방 출장을 다녀온 장 대리에게 팀장이 말했다.
"이번에 수고가 많았으니까, 다음번에는 출장 빼줄게. 좀 쉬어요."

팀장은 장 대리를 배려해서 한 말인데 그는 이렇게 말한다.

"팀장님, 무슨 문제라도 생겼나요? 제가 뭘 잘못…?"

"아니야, 무슨 소리야! 장 대리 생각해서 그런 거라니까."

그래도 그는 속으로 계속 뭐가 문제인가를 추적한다. 그러다가도 "이 일은 너밖에 할 사람이 없는걸. 네가 계속해 온 일이니까 이번에도 부탁해!"라고 말하면 '죽으라고 부려 먹는구나!' 하고 생각한다.

이처럼 어떤 일이든 자기식으로 해석하는 것은 물론, 상대의 진정한 배려에도 또 다른 저의가 있겠다고 판단하며 부정적으로 생각하며 곧이곧대로 받아들이고 불평하는 사람이 있다. 그렇게 한다면 그들에게 곧 외면당하고 꺼리는 상대가 될 수 있음을 기억하라.

관계를 바꾸는 유쾌한 대화의 힘 ~~~~~~~

부정적인 인상을 주는 대화 습관

사람들을 만나 대화를 나누다 보면 저마다 말하는 습성이 다르다는 것을 알게 된다. 그중에는 말 한마디로도 상대방을 끌어들이는 사람이 있는가 하면 한두 마디만 나누어 봐도 꺼려지는 사람이 있다.

자신의 능력을 제대로 평가받지 못하게 할 뿐 아니라, 사람들에게 부정적인 인상을 주는 대화 습관에 대해 알아보자.

첫째, 입만 열면 도덕적인 설교를 늘어놓는다

자신은 도덕적으로 반듯하고 옳은 길만 걷는다고 생각하기 때문에 생긴 버릇이다. 그래서 어떤 일이든 고지식한 자신의 견해를 옳고 그름의 기준으로 삼아 판단하고 그에 어긋나면 매우 비판적이 된다. '자고로 사내대장부라면…' 하는 투의 말을 자주 사용하거나 '내가 어릴 때, 보릿고개를 겪던 시절에는…'식의 라떼 스타일의 가르침 또는 낡은 가부장적 사고방식에 얽매여 기회만 되면 누구에게나 가르치려고 드는 언어 습관이 여기에 속한다. 상대방은 일면 그의 설교에서 배울 점이 있다고 생각하다가도 그것이 자주 반복되면 사람 자체를 다시 바라본다. 그리고 결국에는 좋은 평가를 할 수 없다.

둘째, 권위주의에 집착하는 말을 자주 한다

자신의 권위를 내세우는 데 그치지 않고 다른 사람의 권위를 마치 자신의 것인 양 끌어대어 내세우는 경우이다. '과거 노무현 대통령께서 그러셨지…' 혹은 '사장님께서 하신 말씀 중에…'와 같이 다른 사람의 판단이 그러하니 그것이 옳다는 식으로 타인의 권위에 기대어 자신의 뜻을 밝히는 것이다. 이런 경우는 자기 생각을 분명히 밝히기보다는 남의 말이나 판단에 의지하여 자신의 의사를 표현하는데, 이는 자신의 의견에 대한 확신이 부족하거나 자신감이 부족하기 때문이다. 중요한 것은 어떤 경우든 자기의 판단에 의한 의사 표현을 해야 한다는 것이다. 의사 표현력이 부족한 사람이 환영받지 못하는 것처럼, 남의 권위에 기대어 자기 의사를 표현하는 것도 다른 사람들에게 좋은 인상을 주지 못한다는 것을 기억하자.

셋째, 근거 없이 무작정 결론을 내리고 다른 사람들에게 인정받기를 원한다

회의나 토론에서 자기 의견은 얼마든지 이야기할 수 있다. 하지만 다른 사람들이 근거나 보충 설명을 요구할 경우 제대로 근

관계를 바꾸는 유쾌한 대화의 힘 ~~~~

거를 밝히지 못하거나 무책임하게 마무리하는 경우가 있다. '그런 건 알아서 뭐 하느냐?' 혹은 '나도 어디서 들은 얘기다.' 하는 식으로 말하는 것이다. 대화는 의사소통을 위한 행위이며 나와 다른 사람들을 이해시키는 작업이다. 효과적으로 다른 사람들을 이해시키려면 충분하고 확실한 근거와 책임감 있는 부연 설명이 뒤따라야 한다. 그것이 부족하면 다른 사람들에게 신뢰받기 어렵다.

넷째, 유식하고 어려운 말을 골라 쓰며 잘난 체한다

대화의 대부분을 영어를 비롯한 외국어로 채운다거나 한자어 표현을 자주 인용하는 언어 습관 역시 사람들을 피곤하게 한다. 때에 따라서는 우리말로 해석이 안 되거나 꼭 필요하게 외국어를 써야 할 때도 있다. 하지만 그렇지 않은 경우에도 툭하면 자신의 유식함을 과시하려는 듯 사실은 자신도 잘 이해하지 못하는 표현을 마구잡이로 사용하면 듣는 사람에게 좋은 평가를 받기 어렵다. 말을 잘하는 사람은 상대방의 수준에 맞는 어휘를 사용하여 쉽게 풀어 대화하는 사람이다.

그 외에도 상대에게 만만하게 보일 수 있는 대화 습관도 정리해 보면 다음과 같다.

무조건 남의 말을 수용하고 쉽게 감동한다.

누가 어떤 이야기를 하든 비판하지 않고 무조건 받아들이는 사람은 상대방에게 본의 아닌 오해를 살 수 있다. 그러므로 '법

없이도 살 사람'이라는 표현은 좋은 말이 아니다. 그만큼 만만하고 마음만 먹으면 얼마든지 내 맘대로 다룰 수 있는 사람이라는 뜻도 되기 때문이다. 또 그런 사람은 쉽게 감동하는 성향이 있다. 남의 말을 쉽게 믿고 받아들이는 사람은 깊이 생각하고 판단하지 않으므로 피상적인 말만으로도 쉽게 감동하는 것이다.

그렇다고 무조건 의심하고 따지거나 경계하는 것도 옳은 태도라고는 할 수 없지만, 특히 이런 경우에는 사람들에게 만만한 사람으로 보일 수 있음을 명심하라.

바른말을 잘 못 하고 지나치게 친절하게 군다.

남들에게 듣기 좋은 소리를 하기는 쉽다. 그러나 그의 단점을 알려주고 충고를 해주기는 쉽지 않다. 입에 쓴 약이 몸에 좋다는 말이 있지만, 상대가 나의 말을 어떻게 받아들일지 알 수 없으므로 몸에 좋은 쓴소리를 못 하는 것이다.

그러면서 친절하고 자상한 역할만 하려고 한다. 하지만 지나치게 친절한 것도 사람들에게 좋은 인상을 주지 못한다. 지나친 친절은 자신감이 부족한 데서 오기 때문이다. 자신 없어 하는 사람은 다른 사람들에게 우습게 보인다.

이상과 같은 잘못된 대화 습관은 사람들과 교류하며 살아가는 사람이라면 누구나 주의해야 할 것들이다.

말하기는 하품을 하는 것과는 다르다. 상황에 맞는 대화 습관

관계를 바꾸는 유쾌한 대화의 힘 〜

을 갖추려면 꾸준히 공부를 해야 한다. 고객에 대한 연구, 사람 심리에 관한 이해가 필요하며 풍부한 교양과 다양한 경험을 쌓고, 재치와 유머를 겸비하기 위해 노력해야 한다.

한마디로 사람들의 마음을 울리고 깊이 공감하도록 하며 그들에게 찬사를 받을 수 있는 아름다운 말솜씨는 하루아침에 이루어지는 것이 아니다. 그러나 꾸준히 노력하면 반드시 성공할 수 있다는 사실을 기억하자.

관계를 바꾸는
유쾌한 대화의 힘

초판 1쇄 인쇄 | 2024년 8월 1일
초판 1쇄 발행 | 2024년 8월 3일

지은이 | 유재화
펴낸곳 | 자유로운상상
펴낸이 | 하광석
디자인 | 김현수(이로)

등 록 | 2002년 9월 11일(제 13-786호)
주 소 | 경기도 하남시 미사강변중앙로 204번길 11 1103호
전 화 | 02 392 1950 팩스 | 02 363 1950
이메일 | hks33@hanmail.net

ISBN 979-11-983735-3-3(03800)